왜 아빠와
여행을
떠났냐고
묻는다면

45세 딸이
80세 아빠와 걸으며
보고 듣고 느낀
순간의 기록들

왜 아빠와
여행을
떠났냐고
묻는다면

안드라 왓킨스 지음 | 신승미 옮김

indigo
Story and make

내 아빠 로이 리 왓킨스 주니어에게,
그리고 하늘이 너무 빨리 가족의 품에서 앗아간
제프리 리 넬슨에게 이 책을 바친다.

일러두기

- 본문에서 도서는 『 』잡지는 「 」영화나 노래 등은 〈 〉으로 묶어 표시했다.
- 본문의 각주는 모두 옮긴이의 것이다.
- 저자가 이야기하는 부분은 저자의 경험을 바탕으로 쓰였다. 저자의 아빠가 이야기하는 부분(필기체)은 일부는 아빠가 말한 그대로이고, 일부는 저자의 상상력이 덧붙여져 기술됐다.

안드라 왓킨스가 걸었던 나체즈 길 지도

Map of The Natchez Trace

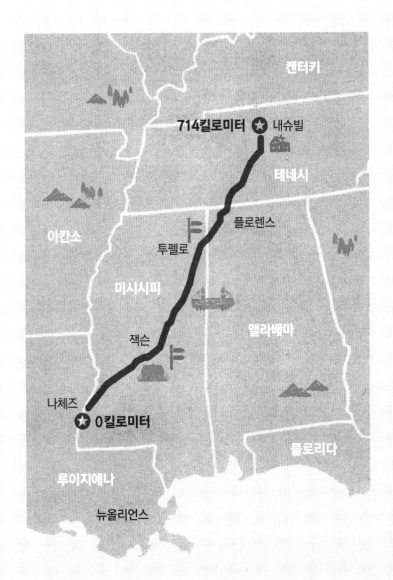

켄터키

714킬로미터 ⭐ 내슈빌

테네시

아칸소

플로렌스

투펠로

미시시피

앨라배마

잭슨

나체즈

⭐ **0킬로미터**

플로리다

루이지애나

뉴올리언스

당신은 아빠와 단둘이 여행을
떠나본 적 있나요?

사람들에게 자신의 삶에서 가장 바라는 것이 무엇이냐고 묻는다면 뭐라고 말할까?

아마도 대부분이 '사랑하는 사람과 행복하게 사는 것'이라고 답할 것이다. 사람마다 행복에 대한 정의는 다를 수 있지만 행복해지고 싶다는 사실에는 모두 동의하기 때문이다.

나 또한 마찬가지였다. 막연하게나마 행복해지길 원하면서도, 정신없이 바쁘게 살아오느라 무엇이 나를 행복하게 해주는지, 지금 내가 가장 사랑해야 할 사람이 누구인지에 대해서는 한 번도 생각해본 적이 없었다.

공인 회계사라는 번듯한 직업을 갖고 있었지만 창조성을 발휘할 여지도 없이 기계처럼 일했고, 수백만 달러 규모의 회사를 운영하면서 얻은 거라고는 위궤양뿐이었다. 세계 금융위기의 여파로 내 수입은 일 년도 안 되는 사이 수십만 달러에서 만 달러 이하로 확 줄어들어 있었다. 또래 친구들이 모두 다 일찍 결혼해서 자신만의 가정을 꾸리고 있을 때, 나는 어떻게 하면 오늘도 외롭지 않게 보낼까 궁리하며 하루를 보내곤 했다.

가족들에게도 불만이 많았다. 융통성 없고 고집 센 아빠와 나를 어린애 다루듯 대하는 엄마는 만나면 으르렁 대기 바쁜 사이였다. 우리는 서로 양보할 줄 몰랐다. 마치 다른 행성에서 온 외계인처럼 서로의 말을 이해하지 못했다. 오해를 풀어보려는 노력은 언제나 또 다른 오해를 낳았고, 이해받지 못한 상처는 미움과 원망으로 변하곤 했다.

그러던 어느 날 아침, 잠에서 깨 창밖을 내다보던 나는 불현듯 한 가지 사실을 깨달았다.

바로 내가 삶을 낭비하고 있다는 것.

지금처럼 행복을 바라기만 할 뿐 행동하지 않는다면 아무것도 바뀌지 않을 거라는 사실은 자명했다.

그렇다면 가슴속이 텅 빈 듯한 이 공허함을 채우기 위해 무엇을 해야 할까? 어떻게 해야 이 답답한 일상에서 벗어나 더 행복해질 수 있을까?

그렇게 해서 나는 소설을 쓰기 시작했고 이 도보 여행을 계획하게 되었다. 남들이 보기에는 미친 짓 같을 이 여행을 통해 나에게 정말 중요한 것이 무엇인지 찾고, 또 내가 쓴 소설을 홍보

하기로 결심한 것이다.

다들 눈코 뜰 새 없이 바쁘게 살아가다 보니 곁에 있는 사람을 소중한 줄 모르고 당연히 여기며 살아간다. 소중한 가족과 추억을 만들어야 하는 순간에도 다음이라는 말로 미루기 일쑤다. 그러나 다음은 영원히 오지 않는다. 예측할 수 없는 삶이 우리의 사랑하는 사람들을 데리고 가버리기 때문이다.

나는 사람들에게 추억을 만들라고 권하고 싶은 마음에 이 책을 썼다. 소중한 사람을 붙들라고, "그걸 못 한 게 한이 돼요"라는 말을 "같이할 수 있어서 기뻤어요"라는 말로 바꾸고 싶었기 때문이다.

내 아빠인 로이 리 왓킨스가 없었다면 이 책은 세상에 태어나지 않았을 것이다. 아빠는 나체즈 길에서 겪는 온갖 어려움과 싸우며 나아갔고, 자신만의 독특한 기쁨을 3개 주에 퍼뜨렸다.

함께 모험을 떠나자는 나의 제안을 들어준 것에 감사한다. 또 잊지 못할 모험이 되도록 기울여준 모든 노력에도 감사한다. 세상에서 가장 유능한 책 판매원이 되어 내 책을 팔아주었고, 세상에서 가장 맛있는 프라이드치킨을 찾아냈으며, 포기하고 싶은 순간마다 용기를 북돋아 주었다. 그러나 무엇보다도 내 아빠가 되어준 것에 감사한다. 아빠는 나에게 날마다 선물이다.

"아빠, 사랑해요."

내 엄마인 린다 왓킨스는 아빠와 나를 돌보기 위해 자신의 삶에서 3주라는 시간을 나에게 할애해주었다. 그 시간 동안 다시네 살배기 딸을 돌보는 느낌이 들었을 것이다. 모두가 반대하는 길에 뛰어든 정신 나간 딸을 먹이고, 입히고, 씻기고 편안하게해준 엄마에게 고마움을 전한다.

"엄마, 고마워요."

또 내가 나를 못 믿을 때조차 나를 믿어준 세상에서 가장 헌신적인 남편 마이클 T 마허와 이 정신 나간 여정에 초반부터 참여해준 내 친구 앨리스에게도 감사를 전한다. 내 도보 여행의첫 주 내내 나를 챙겨주었고 떠난 뒤로는 날마다 메시지를 보내격려해주었다. 그녀가 없었다면 끝까지 걸을 수 없었을 것이다.그녀가 나와 여행할 수 있도록 허락해준 그녀의 남편에게도 감사한다.

이 책은 34일간 나를 찾기 위해 고군분투한 여정의 기록이다.또 사랑하는 아빠와 잊지 못할 추억을 쌓아가며 서로를 이해하게 된 한 부녀의 회복기이기도 하다. 만약 이 책을 재미있게 읽었다면 당신이 할 수 있는 최고의 찬사는 당신의 아빠와 추억을만드는 것이다. 나처럼 굳이 5주나 투자할 필요는 없다. 714킬로미터나 되는 길을 발이 퉁퉁 부르트도록 걸을 필요도 없다. 그저 한 시간이나 오후 한 나절, 하루나 며칠이면 충분하다.

지금 사랑하는 사람들과 함께 여행을 떠나보라. 힘들긴 해도 타인의 눈으로 자신을 관찰하는 행운을 누릴 수 있다. 그리고 여행이 끝날 때쯤에는 더 나아진 자신을 발견하게 될 것이다. 세상에는 함께 떠나야 더 즐거운 여행도 있는 법이니까.

다시 한 번 전 세계의 독자들에게 고마운 마음을 전한다. 수많은 선택의 여지가 있는 세상에서 나와 아빠에게 시간을 내주어서 고맙다.

당신에게 사랑하는 부모님의 웃음소리를 매일 듣는 행운이 가득하길 바라며.

안드라 왓킨스

목차

Chapter 2.

서로의 상처를 보듬으며 살아가는 존재, 가족

Chapter 5.

우리는 사랑하는 사람들과 어떤 추억을 쌓아야 할까

Chapter 1.

아빠와 함께
여행을
떠나기로
결심하다

어디로 가야 할지 알 수 없을 때
여행은 시작된다

여행이란 예측할 수 없는 이정표와 함께하는 힘겹고 기나긴 길이다. 홀로 떠나는 여행도 좋으리라. 하지만 다른 사람과 함께하지 말라는 법도 없지 않을까.

간선도로변의 익숙한 마일 이정표(거리를 마일로 알려주는 표지)들을 가로질러 아빠의 집 앞에 차를 세우면서, 나는 아빠가 어디 있을지 빤하다 싶었다.

팝콘 통을 배에 올려놓고 안락의자에 앉아 있겠지. 여든 살인 아빠는 잔뜩 먹어대고 텔레비전을 향해 소리치면서 하루하루를 보냈다. 나는 아빠의 왕좌가 비어 있을 때마다 그 자리를 차지하고 싶은 유혹을 떨쳐버렸다. 안락의자의 벨벳 천에 대고 얼마나 많은 방귀를 뀌었을지 상상이 됐기 때문이다. 어떨 때는 발가벗고 앉아서 방귀를 뀌기도 했겠지.

차에서 내리니 텔레비전 소리가 들렸다.

"내가 왜 또 이 짓을 하는 거람?"

나는 뒷문으로 들어가면서 가만히 중얼거렸다.

"안드라!"

역시나 아빠는 팔다리를 쫙 벌린 채 안락의자에 늘어져 있었다. 울퉁불퉁한 흉터가 파자마 상의 사이로 훤히 드러났다.

"여긴 웬일이냐?"

나는 입을 열었다가 다시 꾹 다물었다. 일단 이야기를 꺼내고 나면 되돌릴 수 없을 테니까.

미시시피주 나체즈부터 테네시주 내슈빌까지 이어진 714킬로미터의 나체즈 트레이스 파크웨이Natchez Trace Parkway를 걸을 동안 도와줄 사람이 필요했다. 처녀작 발표를 앞두고, 1만 년의 역사를 지닌 길을 조상들과 똑같이 걷는 살아있는 최초의 사람이 될 작정이었다. 운동에 소질 없는 중년의 뱃살을 단 여자가 5주 동안 날마다 하프 마라톤보다 긴 거리를 걷기란 불가능하다고 다들 설득했지만, 아무도 내 고집을 꺾지 못했다.

나도 아빠 못지않게 운동을 지독히 싫어했다. 하지만 이 도보 여행을 통해 내 소설의 주인공이자 저 유명한 루이스와 클라크 탐험대의 한 축인 탐험가 메리웨더 루이스Meriwether Lewis를 재현하고 싶었다.

탐험 당시, 루이스의 나이는 겨우 서른다섯 살이었다.

자살이었을까, 아니면 타살이었을까. 루이스의 죽음은 미국 역사상 여전히 풀리지 않은 최고의 수수께끼로 남아 있다.

사람들의 기억에서 지워진 고속도로를 5주 동안 혼자 걸으려면 날마다 새로운 이정표 옆에 나를 내려줬다가 그곳으로부터 24킬로미터 떨어진 지점에서 나를 태워올 조력자가 필요했다. 바쁘지 않은 사람, 시간 여유가 있는 사람을 찾아야 했다. 모험을 간절히 원하는 사람이면 더 좋을 터였다.

나는 후보 명단을 뽑아 쭉 훑어봤다. 남편 마이클은 5주 동안 일에서 손을 놓을 수가 없었다. 무엇보다 그가 돈을 버는 덕에 내가 좋아하는 글쓰기를 마음껏 할 수 있는 상황이니 제외할 수밖에 없었다. 친구들은 다 자녀와 남편과 벌이가 좋은 일자리가 있었다. 한 시간 동안 사람들을 추려냈다. 죽죽 그은 줄로 너덜너덜해진 명단에서 골치 아픈 이름 하나가 두드러졌다.

아빠.

아빠는 아무 일도 하지 않았다. 더군다나 미시시피주에서 앨라배마 주를 지나 테네시 주까지 5주 동안 유람을 떠날 시간도 있었다.

아빠가 대답을 하느라 몸을 굽히자 뱃살이 허벅지까지 처졌고 세 겹으로 접힌 턱이 출렁거렸다.

"5주 동안 여행을 가자고? 너하고 나랑 단 둘이? 나는 싫다, 안드라."

"왜 싫으신데요?"

나는 1980년경에 재향군인회에서 나온 아빠의 보청기를 뚫고 들어가고도 남을 만큼 크게 소리를 질렀다.

"그야."

아빠는 팝콘을 한 움큼 씹었다.

"흠…… 마감 칠을 다시 해야 하는 가구가 있거든."

"갔다 와서 하면 되죠. 가구가 어디 도망가요?"

아빠는 의자 팔걸이에 손톱을 쑤셔넣었다.

"주일학교 수업을 그렇게 오래 빠지면 안 되지."

"외동딸이랑 같이 지내려고 교회에 못 간다는데 하나님도 봐주시겠죠, 아빠."

"글쎄, 어…… 나는…… 네 엄마한테 내가 필요할 수도 있지 않냐."

엄마가 아이스크림을 담은 그릇을 들고 도도하게 걸어왔다. 그리고는 아빠의 손가락 사이에 숟가락을 끼워주며 미소를 지었다.

"당신은 집에 없어도 돼, 로이."

엄마의 나무랄 데 없는 화장과 몸에 꼭 맞는 타이츠는 완벽하게 어울렸다.

"난 헬스클럽에 가. 네 시간 뒤에 올게."

엄마는 빗지도 않은 빨간 머리에 양팔을 흔들어대고 있는 딸을 남겨두고 여봐란 듯이 집을 나갔다.

나는 한숨을 쉬며 아빠를 돌아봤다.

"왜 가기 싫으시다는 거예요, 아빠? 2년 전에 맹장이 터진 이후로 아무 데도 안 나가셨잖아요. 이 안락의자에 앉아서 그냥 죽을 날만 기다리고 계시잖아요."

아빠는 아이스크림을 깨작거리며 내 시선을 피했다.

"너랑 5주를 같이 보내다니, 영 재미없을 것 같구나."

아빠와 나는 내가 십 대일 때는 서로에게 소리만 질러댔고, 이십 대일 때는 질세라 열변을 주고받았으며, 삼십 대일 때는 서로 속만 끓이다 멀어졌다. 내 인생을 통틀어 아빠와 나눈 대화는 대부분 상처를 주는 말과 의미심장한 침묵으로 산산조각 났다. 그렇지만 이제 나는 우리의 과거사를 청산하고 한 달 이상 서로 참고 견딜 수 있기를 바랐다. 뭐, 아빠야 여전히 나를 거부할지 모르지만.

틀린 답이에요, 아빠.

나는 혀를 깨물며 전열을 가다듬었다. 아빠는 내 책이 세상으로 나와 독자들에게 전달되게 할 마지막 보루였다. 의미도 없고 주장은 더욱 없는 단어들이 난무하는 세상이 아닌가. 이런 세상에서 나는 가치 있는 작품, 변화를 불러올 이야기, 독자들을 뿌리부터 바꿔놓을 소설을 썼다고 믿었다.

모든 작가는 자신이 쓴 글이 발표될 자격이 있다고 확신한다.

그 글이 쓰레기든 걸작이든 말이다. 단어는 종이 위의 정자와 난자나 마찬가지다. 이들이 합쳐져 작가의 분신인 글이 잉태된다. 책이 피와 오물에 뒤덮인 채 자궁에서 나와 첫 호흡을 위해 우렁차게 울어대며 탄생을 알리지 못하는 것이야말로 지극히 안타까운 일이다.

그런데 이야기에 관심을 갖게 하려면 일단 독자가 공감하게 해야 한다.

나는 호흡을 가라앉히고 최대한 멋진 미소를 지었다.

"좋아요, 아빠. 이렇게 생각해보세요. 우리는 아빠의 이야기를 한 번도 들어본 적 없는 낯선 사람들이 사는 수백 개의 작은 마을을 지날 거예요. 수많은 중고품 가게와 식당이 있을 테고 그곳에는 아빠의 이야기에 넋이 나갈 사람들이 수두룩하겠죠. 그 사람들에게 아빠를 만날 기회를 줘야 마땅하지 않겠어요? 아빠가 돌아가시기 전에요."

아빠의 눈에 꿈꾸는 빛이 서렸다. 아빠는 스코틀랜드 고트 족의 전설을 많이 알았다. 낯선 사람을 만날 때마다 풀어놓는 이야기였다. 나는 여행을 하는 내내 나를 등지고 앉아 나를 제외한 모든 사람들을 이야기로 즐겁게 할 아빠의 넓은 등을 상상했다. 아빠도 같은 장면을 떠올린 게 틀림없었다.

"갈란다, 안드라. 하나님이 나를 3월까지 살게 해주신다면 너랑 같이 여행을 떠나마."

아빠는 나체즈 길에서 내 조력자가 될 터였다. 문단에서 스타 반열에 오른 내 모습이 꿈에 젖은 내 눈에 아롱졌다. 사실 남 몰래 간직한 내 꿈은 「뉴욕 타임스」에 대서특필되는 것이었다.

신예 소설가, 베스트셀러 작가로의 길을 걷다!

나는 이 제목이 세상에 발표되는 신기루에 푹 빠졌다. 결승점인 내슈빌에 비틀거리며 들어설 때 수많은 사람들의 환영을 받게 되리라. 신문사와 방송사에서 나온 사람들. 내 책을 흔들며 사인해달라고 외치는 팬들.

한껏 부풀어 오른 상상의 나래는 의자에서 몸을 일으킨 아빠가 가랑이를 긁으며 방귀를 뀌는 순간 깨졌다.

"그래, 안드라. 진짜 재미있는 여행이 되겠구나."

아, 내가 무슨 짓을 한 거지? 민망한 데를 긁어대는 버릇과 악명 높은 방귀가 다가 아니었다. 수면무호흡증 치료기로도 천둥 같은 아빠의 코고는 소리는 줄어들지 않았다.

게다가 화장실은 어쩐단 말인가. 거대한 배 때문에 제대로 조준을 못하는 아빠와 화장실을 같이 써야 할 판이었다. 아빠의 화장실에 들어가서 변기에 털썩 주저앉았다가 다리에 스며드는 축축한 액체 덕에 곤란했던 적이 한두 번이었던가.

나는 아빠와 5주 동안 함께 지내기가 싫었다.

움찔하며 세면대를 지나치다가 거울에 비친 내 얼굴을 찬찬히 살펴봤다. 이마에는 깊은 주름이 눈가에는 잔주름이 생기기 시작했다. 불도그처럼 축 처진 턱은 아빠의 목살처럼 될 징후도 보였다. 내 얼굴을 향해 나는 혀를 쑥 내밀었다.

"지옥에 떨어진 걸 환영한다, 이 멍청아."

모든 일이 언제나
설레기만 하는 건 아니다

아빠는 미시시피주 나체즈에 자리 잡은 민박집 호프 팜의 객실을 어슬렁거렸다. 빛은 바랬지만 여전히 장엄한 분위기를 풍기는 플랜테이션 수트라는 객실이었다. 714킬로미터의 나체즈 트레이스 파크웨이를 걷는 대모험을 하는 동안 묵을 첫 번째 숙소였다. 아빠는 두 개의 캐노피 침대 사이에 섰다.

"저게 TV냐?"

아이패드만 한 크기의 TV가 책상 위에 놓여 있었다. 아빠는 페르시아 양탄자 위에서 멜빵을 만지작거리고 몸을 앞뒤로 흔들며 자신의 몸무게를 지탱하지 못할 게 빤한 의자를 미심쩍은 눈초리로 바라봤다.

"대체 저걸 어떻게 보라는 거야?"

나는 수면무호흡증 치료기로 아빠를 달래놓고, 어스름해진 미시시피의 황혼 속으로 내 친구 앨리스를 따라 나왔다.

"내가 여기에서 뭘 하고 있는 거지?"

나는 나지막하게 말했다.

"너는 개척자들이 했던 그대로 나체즈 길을 걷는 최초의 사람이 될 거야."

앨리스는 아빠의 황갈색 머큐리 그랜드 마퀴스의 트렁크를 쾅 닫고 안경을 콧등으로 추켜올렸다. 내 가장 친한 친구인 그녀는 아빠의 산만한 덩치와 버거운 성격에 시달리는 내 마음을 달래줄 피난처가 될 터였다.

앨리스는 10년 넘게 내 삶의 동반자였다. 내가 삼십 대 초반일 때 그녀를 비롯한 모든 친구들이 결혼을 했다. 내가 아는 한 불쌍한 미혼은 나뿐이었다. 다들 아이를 가져야겠다고 말하고 임신이 됐다고 자랑할 때, 나는 입술을 물어뜯으며 과연 내가 번식 기능에 문제없는 남자를 만나 아이를 가질 수 있을지 의심했다.

아니지, 내가 불임일지도 모를 일이었다.

집에 들어앉아 식탁에서 혼자 밥을 먹고, 욕실에서 혼자 샤워를 하고, 침대에서 혼자 잠을 잤다. 그렇지만 늘 혼자이고 싶지 않았다.

나는 식사나 술자리, 파티를 억지로 참고 견디며, 내가 도달할 수 없는 삶의 단계에 있는 사람들이 교환하는 정보를 들었다. 다들 파란색 줄이 쳐진 공책에 인생 이야기를 술술 써가는 반면 난 구멍 난 백지만 부여잡고 있었다. 심리적으로 위축됐고 내 삶에 대해 다시 생각하게 됐다. 아무도 나에게 관심을 갖지 않는다고 여겼다.

앨리스만 제외하고.

앨리스는 임신 중이었는데도 임신과 상관없는 다양한 주제로 모임의 대화를 잘 이끌었다. "요즘에 무슨 책을 읽고 있어?"라고 하거나 "지난번에 간 여행에 대해서 들려줘"라는 식이었다. 한번은 누군가가 초음파 사진을 보여주며 지겹게 늘어놓는 이야기를 중간에 끊기도 했다.

"거의 한 시간 동안 임신에 대해서 이야기했네. 점심시간이 몇 분 남지 않았으니까 이제 우리 다른 이야기를 해볼까?"

친구란 자신이 원하는 모습을 반영하는 거울이라고 한다. 그렇다고 치면 나는 앨리스 같은 사람이 되고 싶었다.

내가 이 일에서 저 일을 전전하며 나 자신을 찾으려는 헛된 노력을 하는 사이, 앨리스는 건축 회사의 동업자가 됐고 내게 조카나 마찬가지인 딸아이를 가진 엄마가 됐다. 그녀는 장애인인 오빠를 돌보는 가운데도 남편을 기가 막히게 내조했다. 앨리스와 우정을 키운 이유는 그녀처럼 되고 싶어서였다. 앨리스가 어떻게 만사를 그리 잘 꾸려가는지 끝내 이해하지 못했지만, 그녀를 더욱 잘 알게 되면 그 비결이 나에게 조금은 전달되지 않을까 싶었다.

10년이 흐르는 동안 앨리스는 내 삶에 가장 큰 영향을 미친 사람이었다.

앨리스와 나는 아빠를 조력자로 삼으면 '믿을 수 없는 화자(unreliable narrator, 신뢰성이 낮은 화자. 화자의 말을 믿을 수 없기 때문에 독자는 더욱 흥미를 갖게 된다)'에 맞먹는 역할을 해줄 거라고 생각했다. 아빠는 날마다 나를 내려주고 태워올 작정이었다. 그러나 각 구간별 출발점에서 종착점까지의 24킬로미터 사이에서 수없이 많은 낯선 사람들을 만나리라는 점을 고려하면, 아빠가 저녁에 종착점으로 나를 꼭 태우러 온다는 보장이 없었다.

앨리스는 내가 나체즈 길을 걷는 여정 중 첫 주 동안 아빠를 돌보고 나를 차로 실어 나르는 일을 맡아주기로 했다. 그다음부터는 아빠와 나 단둘이 다녀야 했다.

나는 그때에 대해서는 아예 생각하기도 싫었다.

적어도 아직은.

달빛이 비치는 주차장으로 내려온 나는 아빠와 함께할 시간에 대한 생각을 어깨너머로 내던져버렸다. 앞으로 일어날 일을 생각하다 보면 첫 발을 내딛기도 전에 그만둬버릴 게 분명했다.

앨리스는 쇼핑백 여러 개를 좁은 계단으로 끌어올렸다.

"여기에 네가 걷는 동안 필요한 게 다 있을 거야."

"글쎄."

나는 방충망이 달린 문을 열어 앨리스를 들여보내고 뒤따라 객실로 들어갔다. 마구잡이로 섞인 운동 용품들이 나를 기다리고 있었다. 압박 타이츠, 등산화, 에너지바, 캐멀백, 익스트림 스포츠 선수용 장비와 크림.

하, 선수라고? 꿈도 크다. 고등학교에 다닐 때 1.6킬로미터도 끝까지 못 뛰었고 농구공을 골대에 넣지도 못 했으며 축구공을 발로 차지도 못 했다. 대체 무슨 배짱으로 마흔네 살이라는 나이에 5주 동안 날마다 하프 마라톤보다 긴 거리를 걸을 수 있다고 생각한 거냐?

나는 누비 침대보 위에 지도를 펼쳤다. 기다란 직사각형 지도가 침대 한 쪽에서 다른 쪽으로 펼쳐졌다.

나체즈 길이었다.

농지와 습지대로 둘러싸여 있고 일부 지역에서는 심하게 침식된 협곡이 양쪽에 우뚝 솟은, 거의 720킬로미터에 달하는 고속도로였다. 으스스한 물소 떼들이 처음에는 아메리칸 인디언에 이어서 스페인 정복자, 프랑스 선교사, 전쟁 중인 군대와 영역 다툼을 벌인 길이었다. 나는 그들의 목소리를 상상했고 내 소설에서 그들을 기렸다. 1만 년의 역사가 서린 곳이었다.

나체즈 길은 시간을 관통하는 터널이었다.

나는 2014년 3월 1일부터 4월 3일까지 이 고속도로를 조상들이 걷던 그대로 걸을 계획이었다. 하루에 24킬로미터씩. 일주일에 하루씩 쉬면서 34일 동안.

해야 할 일이 벅차게 들어찬 목록을 출발 전날 밤에 꼼꼼하게 읽었다. 하루치 식량 주머니에 간식 챙겨 넣기. 생수 충분히 사 두기. 이동하는 동안 쉽게 이용할 수 있도록 물건 정리하기. 푹 쉬면서 일찍 자기. 여기저기 쌓인 물건더미 사이를 돌아다니면서 어떻게 해야 작은 가방 하나에 들어가도록 추려낼 수 있을지 고민했다. 이미 셰릴 스트레이드Cheryl Strayed가 퍼시픽 크레스트 트레일Pacific Crest Trail을 걸었던 경험담을 담은 『와일드Wild』를 읽어봤다. 당연히 필요 없는 물건들을 들고 다닐 생각이 없었다.

음식, 물을 가득 채운 캐멀백, 게토레이, 구급상자, 여분의 양말, 손전등, 휴지, 방수 바지, 아이폰 보조 배터리, 내 책의 출간을 알리는 카드, 독자들에게 온 편지, 나체즈 트레이스 파크웨이 지도, 부두 인형, 호신용 스프레이.

다들 필수품과 행운의 부적이었다. 호신용 스프레이를 챙겼으니 무기도 하나 있는 셈이었다. 아니다, 부두 인형까지 고려하면 무기가 둘이었다.

이 정도면 필요한 물건은 다 갖춰졌다.

나는 두루마리 휴지 하나를 납작하게 눌러 지퍼백에 밀어 넣었다.

"아빠, 이 목록 맞춰보는 것 좀 도와주실래요? 내가 부르는 물건에 체크 표시를 하시면 돼요."

아빠는 보청기를 끼고 있었지만 내 말이 들리게 하려면 소리를 질러야 했다. 아빠는 보청기가 고음인 아이나 여자의 목소리는 잡아내지 못한다고 말했다. 그러나 나는 아빠가 나랑 있을 때면 보청기를 꺼놓는다는 사실을 진즉에 눈치챘다. 옆방으로 잽싸게 달려갔더니 아빠는 위태위태한 책상 앞에 서 있었다. 수면무호흡증 치료기는 선반에 반듯이 놓여 있었다.

"아빠! 좀 도와주시라니까요?"

아빠의 한 손에는 전깃줄이 달랑거리고 있었다.

"이걸 꽂을 자리를 못 찾겠어."

아빠는 드와이트 아이젠하워(Dwight Eisenhower, 제2차 세계대전 당시 연합군 최고사령관을 지내고 1952년 미국 대통령에 당선됐다)와 배리 골드워터(Barry Goldwater, 1964년 공화당 대통령 후보)가 실린 누런 신문 기사 조각들이 붙은 벽을 흐린 눈으로 훑어봤다.

"모든 게 옛 시절 그대로구만."

나는 벽을 한참 더듬거리다가 침대 뒤에서 콘센트를 찾았다.

"여기에 꽂으시면 돼요."

전깃줄 끝을 들고 잽싸게 침대 밑으로 들어갔다. 콘센트에 플러그를 꽂는 순간에 숨을 멈췄다.

"이곳의 배선 장치가 규정에 맞춰 설치됐는지 모르겠네요. 괜찮겠죠, 아빠?"

침묵.

"흠, 침대 밑에 있어서 내 목소리가 안 들리시나 보네."

몸을 일으켜 세우는데 오랜 세월 쌓인 묵은 먼지들이 따라 올라왔다. 기침을 하며 무릎에 묻은 먼지를 털어내다 보니 빈방이었다.

"아빠?"

화장실문을 열면서, 아빠가 정확히 변기만 제외한 사방에 오줌을 흩뿌리고 있겠지 싶었다. 그러나 아무도 없었다. 실망하며 다른 방으로 쏜살같이 들어갔다.

"아빠 어디 계셔?"

앨리스는 엄청나게 큰 캐노피 침대 두 개 가운데 한 곳에서 금발을 베개에 쫙 늘어뜨린 채 비스듬히 누워 있었다. 하트 모양의 얼굴에 걸쳐진 안경 너머 눈이 축 처졌고 목소리가 확 잠겨 있었다.

"에텔 양하고 이야기하러 가셨어."

"또? 내가 못 살아. 9시가 넘었는데."

앨리스는 베개를 주먹으로 두드려서 옆에 놨다.

"아버지가 이 밤중에 이야기 상대로 찾을 수 있는 낯선 사람은 그분뿐인가 봐, 안드라."

호프 팜에서 가장 연장자인 에텔 양은 원기가 왕성하고 체구가 작은 칠십 대 여성이었다. 그날 오후에 체크인을 할 때 에텔 양은 현관에서 날 맞으며 두꺼운 안경 너머로 눈을 깜박거렸다.

"진짜로 내슈빌까지 쭉 걸어갈 생각은 아니겠죠, 온드라?"

에텔 양이 내 이름을 엉망으로 발음했을 때 움찔하며 입술을 깨물었지만 바로잡지는 않았다. 내가 방긋 웃으면서 "안드라예요"라고 말해도 대체로 사람들은 틀린 발음을 고치지 않았다.

에텔 양은 두 줄로 된 진주 목걸이를 손가락으로 만지작거렸다. 주름진 얼굴 표정은 무슨 생각을 하는지 알 수 없었다.

"행운을 빌어요. 내 양키 남편이 당신 같은 사람을 만나보기도 전에 저세상에 간 게 퍽 아쉽구먼."

그녀는 실크 옷을 입은 한 팔을 획 뻗었다.

"방으로 안내해드리죠."

나는 그녀의 검은색 펌프스가 카펫에 남긴 자국을 따라갔다.

몇 시간 후, 나는 지난 시간을 확인하고 운동화에 발을 밀어넣었다.

"아빠가 여자들의 환심을 사려고 노력할 때 어떤 모습인지 보게 될 것 같은 불길한 예감이 들어."

나이가 많고 적고를 떠나 어느 자식도 그런 모습을 보고 싶지 않으리라.

삶이 늘 내게 미소 짓지 않더라도

나는 베란다를 따라 경사진 길로 에텔 양이 사는 제일 앞 건물까지 슬렁슬렁 걸어갔다. 정원에서 귀뚜라미 소리가 들렸다. 물결 모양 유리창 사이로 에텔 양의 서재에 앉아 있는 아빠가 보였다. 풍선처럼 부푼 배가 팔걸이 없는 작은 나무 의자를 짓누르고 있었다. 내가 왼쪽으로 조금만 움직이면 소파 뒤에서 위아래로 움직이는 에텔 양의 담갈색 머리카락이 보일 터였다. 아빠의 손짓을 보니 무슨 이야기를 하는지 훤히 짐작이 갔다.

우스꽝스러운 버터빈 노래 이야기가 나올 정도면 이미 엄청나게 많은 비스킷이 이야기꾼의 입에 들어갔겠지.

"아빠!"

나는 문을 밀고 들어갔다. 여전히 웃음소리가 남아 싸늘한 밤 공기 사이로 울려 퍼지고 있었다.

"무호흡증 치료기 켜놨어요. 그리고……."

"안-드-라."

에텔 양이 느릿느릿한 미시시피 말투로 내 이름을 길게 세 음절로 늘려 불렀다.

"아까 이름을 잘못 불러서 미안해요. 로이가 안드라 윌리스 Andra Willis의 이름을 따서 지었다는 이야기를 하던 중이었어요. 그렇죠?"

아빠가 낄낄 웃었다.

"그래요. 안드라 윌리스. 〈로렌스 웰크 쇼Lawrence Welk Show〉에 나온 가수죠."

에텔 양이 한쪽 무릎을 손바닥으로 철썩 쳤다.

"대체 왜 〈로렌스 웰크 쇼〉에 나온 여자 이름을 따서 딸 이름을 지었어요, 로이?"

"린다는 레슬리 린Leslie Lynn이라는 이름이 마음에 든다고 했는데 나는 레슬리 린이라는 사람을 한 명도 모르거든. 그렇지만 안드라 윌리스라는 가수는 아주 좋아했단 말이지. 그 여자가 텔레비전에 나와서 노래를 부를 때마다 챙겨 봤으니까. 정말 예쁜 여자였어요. 아무리 봐도 질리지 않았고."

"아빠! 아휴, 난 아빠가 섹시하다고 생각한 여자의 이름을 따서 내 이름을 지었다고 말하는 걸 듣고 있기 싫어요."

"아직도 그 여자를 가끔 봐요. 재방송에서."

아빠가 그놈의 야한 생각에 빠져 있는 사이에 에텔 양이 나를 돌아봤다.

"그나저나 정말로 내슈빌까지 내내 걸어갈 작정은 아니죠, 안드라?"

그녀의 질문에 어쩔 수 없이 벽 앞에 있는 의자에 앉았다. 나체즈 길을 걸을 생각을 몇 달이나 했더라? 다섯 달? 열 달?

나는 사우스캐롤라이나 주 찰스턴에 있는 내 집 근처에서 일주일에 나흘씩 석 달 동안 훈련을 했다. 찰스턴 항구를 가로지르는 콘크리트 다리를 몇 시간씩 걸었고 웨스트 애슐리 그린웨이(찰스턴에 있는 선로를 철거한 길)의 보도에서 뛰었다. 폭풍이 부는 겨울에는 비옷을 꼭 잠그고 강한 바람을 맞으며 찰스턴 배터리(찰스턴에 있는 방파제)까지 갔다.

몇 주 동안이나 도보 경로를 짰고, 내 소설에 나오는 장소들 사이의 거리를 계산했으며, 잠재적인 독자들의 흥미를 북돋을 방법을 고민했고, 내 이야기를 크게 흥행시킬 홍보 방안을 구상했다.

그만두고 싶을 때가 여러 번 있었지만, 남편은 내가 할 수 있다고 말해줬다. 마이클은 종종 자전거를 타고 내 옆을 달리면서 계속 나아가도록 응원했다. 사람들이 도보 여행을 허락한 이유가 뭐냐고 물으면 마이클은 대답했다.

"내 아내를 몰라서 하시는 말씀입니다."

나는 몸을 단련했다. 또 나체즈 길이 지나는 모든 지역을 상세하게 조사했다. 도움을 아끼지 않는 남편도 있었다.

이제 준비가 됐다.

아침이 밝아오면 내 책의 공식 출간일이 되고, 그 순간을 같이 축하하는 사람은 아빠일 것이다.

어차피 아빠는 끝없는 잔소리로 내 도전의식을 자극해 뭔가 가치 있는 사람이 돼야겠다고 다짐하게 만든 장본인이었으니까. 그런데 내 용감한 시도를 옆에서 지켜보는 목격자로 아빠를 선택한 게 잘한 일인지 모르겠다. 내가 전에 했던 모든 시도는 다 실패로 돌아갔기 때문이다.

공인회계사라는 직업? 창조성을 발휘할 여지가 전혀 없었다.

수백만 달러 규모의 회사 운영? 위궤양이 생기면서 잽싸게 그만둬버렸다.

이제 내 나이 마흔넷, 세 번째 직업인 경영 컨설턴트로 산 지 십 년째다. 2008년 세계 금융위기의 여파로 내 수입은 12개월도 안 되는 사이에 수십만 달러에서 만 달러 이하로 확 줄었다. 정신이 번쩍 들었다. 수입은 계속 줄고 고객도 없고 전망도 없었다. 가뜩이나 취직하기가 하늘의 별 따기인 마당에 중년의 남부 여성이 일자리를 구할 가능성은 제로에 가까웠다.

한때 남들보다 뛰어났던 모든 분야에서 실패했다.

나는 도보 여행을 시작한다는 소식을 수천 명의 독자에게 온라인으로 알렸다. 대담한 일을 할 수 있음을 증명해보라고 스스로에게 공개적으로 도전하기 위해서였다. 그리고 줄곧 회의에 시달렸다. 내가 끝까지 가지 못하면 어떻게 하지? 아무도 내 책을 안 읽으면 어떻게 해? 아빠와 내가 끊임없이 싸우게 되면 어떻게 해야 할까?

목이 막혀서 에텔 양의 질문에 대답하지 못했다. 대신 의자의 나무 손잡이를 손으로 만지작거리면서 카펫의 모양을 유심히 살폈다. 옆방에서 시계 소리가 들렸다.

더는 안 돼!

"아빠, 이제 가셔야 에텔 양이 주무시죠. 너무 늦었어요."

아빠는 나를 무시하고 기억 엔진의 속도를 올렸다.

"내가 이 말을 했던……."

"아빠, 무호흡증 치료기를 켜놨다고요. 그러니까……."

에텔 양의 웃음소리가 늘 반복되는 우리의 말다툼에 끼어들었다.

"로이가 실수로 생겼다는 말을 하던가요?"

"이 여행 자체가 실수였다는 생각이 들기 시작하네요."

나는 아빠를 바라보며 중얼거렸다. 하지만 결국 낚였다.

"실수라뇨, 아빠?"

"흠, 네 할머니가 고모인 릴리안을 가졌을 때 의사가 더 이상 아이를 낳을 수 없다고 말했단다. 어머니는 완전히 절망하셨지.

너도 알지 않냐, 그 심정을."

아빠가 자세를 움직이자 의자가 삐거덕거리며 신음했다.

"그래서 나이 차이가 그렇게 많이 나는 거야. 나랑 누나랑 일곱 살 차이잖아. 부모님이 그리 오랜 세월이 흐른 뒤에도 서로 정이 남아 있었으니 망정이지."

아빠가 웃음을 터뜨리자 축 처진 피부가 출렁거렸다.

"어머니는 항상 나를 기적의 아이라고 불렀어. 당연하지. 외아들이었으니까."

나는 방이 빙빙 도는 느낌에 팔꿈치를 무릎에 올렸다. 로이의 새로운 이야기. 내가 50억 번 듣게 될 이야기.

시계가 10시를 알렸다. 요란한 종소리가 잦아들자 나는 쯧쯧 혀를 찼다.

"이 늙은 로이는 예정에 없던 아이였어."

아빠가 기적의 아이라면 나는 더욱 기적적인 아이라는 뜻이다. 기적적으로 태어난 삶을 함부로 다루는 사람은 없을 것이다. 삶은 나에게 미소를 지어야 했다. 내가 그 기적에서 뭔가를 이루려 하고 있으니까.

"그 시절 이야기를 하자면……."

"아빠, 에텔 양은 주무셔야 해요."

"내가 아버지하고 집 뒤 들판에서 일을 하고 있는데 말이야."

"아빠!"

나는 얼른 걸어가 아빠와 에텔 양 사이에 섰다. 아빠를 의자에서 들어 올리려고 기를 쓰는 사이 아빠는 내 옆으로 고개를 쭉 빼고 계속 이야기를 했다. 나는 아빠에게 인사를 하게 한 뒤 별이 빛나는 길로 억지로 끌고 나와 우리의 객실로 향했다.

아빠가 문을 열어놓은 채 화장실을 사용하고 이에 칫솔질을 하는 소리가 들리는 동안 산들바람이 불어와 침대 캐노피에 잔물결을 일으켰다. 곧 아빠가 이불 속으로 들어가자 침대가 삐거덕거렸고 1분도 지나지 않아서 질척한 숨소리가 요란하게 들렸다. 2014년 2월의 마지막 밤, 어둠 속에 누운 나는 잠든 아빠가 내는 소음을 무시하려고 노력했다.

"아버지는 잘 해내실 거야, 안드라."

앨리스가 조용히 말했다.

나는 옆으로 누웠다.

"소곤거리지 않아도 돼. 어차피 아빠는 듣지도 못 하시니까."

아빠가 숨을 쉴 때마다 내 가슴이 무겁게 짓눌렸다.

"아…… 미안해. 네가 진지하게 이야기하는데 농담으로 받다니 나쁜 버릇이야. 아빠가 예전 같지 않다는 걸 미처 몰랐어. 너무 약해지셨어."

"이 모험 때문에 아주 신나셨잖아. 딱 보면 느껴지더라. 덕분에 끝까지 헤쳐나가실 거야. 신나는 기분과 널 사랑하는 마음 덕분에."

"하, 날 사랑하는 마음이라. 그건 아니라고 본다. 그래, 날 사랑하긴 하시지. 그렇지만 그런 말을 별로 안 하시거든. 사실 한 번도 안 하셨지."

상쾌한 미시시피의 밤공기 속으로 내 말이 잦아들었다. 어쩌면 나는 아빠가 어떤 사람인지 알아낼 수 있을지 모른다. 계속 함께 있다 보면 어쩔 수 없이 대화를 나누게 되겠지. 신랄한 농담과 일방적인 이야기와 짜증스러운 고함 대신에.

나는 이불을 토닥여 정리하면서 목이 메여 눈물을 삼켰다.

"지금은 아빠가 계단에서 넘어지거나 바지에 오줌을 지리지 않고 내일 하루를 무사히 보낼 수 있기를 바랄 뿐이야."

"아버지는 내가 너 혼자 걷게 두는 게 마땅치 않으신가 봐."

나는 몸을 일으켜 앉아 침대 가장자리로 두 다리를 쭉 폈다. 부두 끝에 앉아 있는 것처럼 두 발이 바닥 위에서 달랑거렸다.

"이미 끝낸 이야기잖아. 24킬로미터를 걷는 내내 차로 따라올 필요는 없어. 차라리 그동안에 넌 나체즈 주변의 멋진 곳들을 둘러보는 게 나아."

"나도 그렇게 말씀드리려고 했지."

"그런데?"

침대에서 끼익 소리가 나더니 네모난 창으로 스며드는 빛 가운데로 앨리스의 모습이 드러났다. 나는 앨리스의 얼굴을 보려고 고개를 쭉 뺐다.

"아버지가 네 걱정을 진짜 많이 하셔, 안드라. 무슨 일이 일어날까 봐 무서우신가 봐. 인적 드문 남부의 고속도로를 24킬로미터씩 걷다니. 여자가, 그것도 혼자서, 아무 무기도 없이. 미치광이들한테 날 잡아잡수쇼 하는 꼴이지."

"호신용 스프레이가 있잖아. 아, 잠깐. 아빠한테 말하지 마."

"왜?"

"아빠는 나한테 총이 있는 줄 아시거든. 내가 뭘 가지고 있는지 아시면 안 돼. 사람들한테 다 떠벌리실 거야. 비밀을 지킬 줄 모르셔."

"어쨌든 내일 아침에 너 혼자 내려놓고 가는 걸 허락하실지 모르겠어. 꽤 완고하시더라."

나는 에텔 양의 아침식사 의식을 생각했다. 호프 팜에서 아침식사는 항상 8시 30분 정각에 시작됐다. 투숙객들이 커피를 마시고 베이컨을 먹는 사이 에텔 양은 어떤 이야기꾼도 능가하는 이야기를 풀어냈다. 아빠마저 이길 수 있으리라. 에텔 양은 아침식사를 하는 내내 사람들을 즐겁게 했고 이어서 의무적으로 참가해야 하는 집 구경이 시작됐다. 에텔 양의 규칙이었다.

나는 침대에서 벌떡 일어났다.

"그래, 집 구경!"

"그게 뭐?"

"집 구경을 이용해서 아침에 아빠가 여기에 남게 하는 거야.

내 일정 때문에 어쩔 수 없으니까 우리 둘은 집 구경에서 빼달라고 에텔 양에게 부탁하면 돼. 아침식사가 끝나자마자 빠져나오자. 그러고 나서 네가 출발점까지 날 태워다주면 되지."

"에텔 양이 언짢아하지 않을까?"

"아침에 일어나자마자 가서 말할게. 로이 리 왓킨스 씨가 대단히 귀중한 골동품을 볼 기회인 집 구경을 놓칠 리 없어. 본인이 그런 골동품에 대해선 에텔 양보다 많이 안다고 생각하실 테니까."

내가 높다란 침대로 뛰어오르자 아빠의 수면무호흡증 치료기에서 따다닥 소리가 났다. 앨리스는 베개에 머리를 뉘이면서 한숨을 쉬었다.

"네 말이 맞기를 바란다, 안드라. 네 말이 맞기를."

원하는 게 무엇인지 알기 위해서는
길을 나서야 한다

이튿날 아침에 아빠가 에텔 양을 따라 호프 팜의 웅장한 입구로 가자 앨리스와 나는 발끝으로 살금살금 주방을 가로질러 지나갔다. 나는 뒷문에 붙어 에텔 양이 벽난로 위에 놓인 작은 항아리들이 값을 매길 수 없을 정도로 귀중한 골동품이라는 소식에 얼마나 충격을 받았는지 이야기하는 소리를 들었다.

"뉴올리언스에서 온 박물관 큐레이터는 항아리에 새겨진 목련 가지를 보고 심장마비에 걸릴 뻔했지 뭐예요. 내가 '그냥 꽃병이잖아요'라고 말했더니 손수건으로 눈썹을 닦고는, 그중 하나만 팔아도 댁의 자식을 의대에 보내고도 남을 돈이 생길 거라고 쏘아붙이더군요. 요즘은 안에 아무것도 넣지 않고 저기 올려놓기만 해요. 안타까운 일이죠."

커다란 괘종시계가 30분이 됐음을 알렸다.

"자, 이제 다른 데로 가볼까요."

앨리스가 흠흠 목청을 가다듬었다.

"안드라, 가야 해."

나는 문을 닫고 뒤쪽 계단을 터벅터벅 내려가 차로 향했다.

그리고 트렁크 문을 열어 물통을 범퍼 위로 들어 올렸다.

"네가 노즐을 맡아. 난 캐멀백을 잡고 물을 채울게."

앨리스가 물통의 흰색 버튼을 눌렀고 나는 캐멀백 입구를 아래로 고정시켰다. 꼬인 호스에서 나오는 물처럼 물통의 흰색 주둥이에서 물이 졸졸졸 흘러나왔다. 앨리스가 물통을 안고 흔들었다.

"뭐가 문제지? 왜 물이 안 나와?"

우리는 노즐이 완전히 열렸는지 이리저리 돌려봤다. 그래도 소용이 없자 막힌 부분이 있는지 확인하려고 투명한 플라스틱 속을 들여다봤다. 몇 번이나 이리저리 만지작거린 후 다시 버튼을 눌렀다. 온갖 방법을 썼지만 조금씩이나마 흐르던 물줄기는 오히려 뚝뚝 떨어지는 물방울로 바뀌었다.

"이 속도로 가다가는 다 채우려면 10분은 걸리겠어."

나는 씩씩거렸다.

"다른 방법이 없을까?"

우리는 하얀 뚜껑을 다른 방향으로 돌렸다. 아무 변화가 없자 물통을 한쪽씩 잡고 흔들었다. 내가 물통을 발로 차버리려던 참에 앨리스가 물통을 양쪽 팔꿈치로 잡고 꽉 눌렀다. 물이 캐멀백으로 흘러들어갔다. 정상적인 속도로 들어가는 듯했다.

"대학까지 졸업한 두 사람이 이런 거 하나 작동할 줄 모르다니 말이 되니."

나는 떨리는 마음을 감추려고 웃어넘겼다.

내가 뭘 하고 있는 거람? 내 도보 여행은 빤히 일어날 실패를 피하려는 중년의 시간 낭비에 불과했다.

체력 훈련을 하는 동안 실패에 대해서 많이 생각했다. 경력이 끝장났을 땐 등산용품점으로 쳐들어가 100달러짜리 살로몬 운동화를 카드로 긁었다. 걸어서 다리를 건너면서 영 재미없는 컨설팅 일이라도 다시 시작해볼까 싶어 방법을 궁리했다. 인적 없는 습지의 오솔길에서 새출발에 대해 고민하다가 울음을 터뜨리기도 했다. 좌절감과 절망감을 다리와 발로 풀었고, 집에 돌아와선 운동을 하니 인생관이 바뀌더라고 마이클에게 말했다.

어느 날 아침에 깨어나 한쪽 발목에 통증을 느끼기 전까지는.

"걷다가 발목을 삐었어?"

마이클은 내 옆에 누워 부은 피부를 문질렀다.

"아니. 발목을 삔 기억이 없는데 일어나보니 이 모양이네."

마이클이 전화를 들었다.

"스티븐한테 전화해서 예약할게."

스티븐 코우리는 척추 지압사였다. 그는 대학의 스포츠 팀들을 담당하는 동시에 나 같은 일반 환자들도 치료했다. 나는 진료실에 앉아 그가 햇볕에 탄 손가락으로 내 발목을 검진하는 걸 지켜봤다.

"탈구됐네요. 얼마나 걸을 예정이라고 하셨더라?"

"34일 동안 714킬로미터를 걸어야 해요."

"언제요?"

"이제 두 달도 안 남았네요. 3월 1일에 출발해요."

스티븐의 입이 쩍 벌어졌다.

"그럼 훈련을 언제 시작하셨죠?"

"몇 주 전에요."

"한 번에 몇 킬로미터나 걷고 있나요?"

나는 속이 빤히 보이는 줄 알면서도 머릿속으로 계산을 하는 체했다.

"12킬로미터요?"

스티븐은 머리에 난 솜털을 긁었다.

"발목만 빼면 전반적인 상태는 아주 좋아요. 요가를 계속 한 효과가 보이네요. 일주일에 한 번씩 들르세요. 발목이 낫게 해드릴게요. 사실 이런 부상은 내가 관리하는 운동선수들 사이에서 아주 흔하답니다."

"난 운동선수가 아니에요."

침상에 누운 채 68킬로그램짜리 몸뚱이를 잽싸게 움직여서 양팔로 사십 대의 살찐 배를 가렸다.

"34일 동안 날마다 24킬로미터씩 걸으실 예정이라면서요?"

나는 고개를 끄덕였다.

"그럼 운동선수네요. 자, 발목 좀 볼까요."

침대에 엎드려서 긴 치료를 받는 동안 뼈를 관통하는 아픔에 이를 악물었다. 아무도 나를 운동선수라고 부르지 않았다.

아빠만 빼고는.

내가 열여섯 살 때 아빠는 운동에 재능이 없다는 내 생각을 바꿔주려고 꽤 노력했다. 엄마가 배드민턴 세트를 사왔을 때 내가 함께 배드민턴을 치고 싶은 사람은 아빠뿐이었다. 우리가 치는 공은 멀리 날아가지 않았다. 그저 네트 근처에서 힘없이 오고갔을 뿐이다. 남부의 황혼 속에 서서 모기에 물린 자국을 벅벅 긁으면서 나는 아빠를 이긴 황홀감을 만끽했다.

늘 배드민턴 덕에 나에게 신체조정력이라는 능력이 생겼다고 생각했다. 그러나 이미 내게 있던 능력을 찾도록 아빠가 도왔을 뿐인지도 모르겠다.

나는 찌는 듯한 미시시피의 아침 풍경을 눈을 깜박이며 바라봤다. 내 책이 출간된 마당에, 714킬로미터를 걸어야 하는 마당에, 왜 배드민턴 생각을 하고 있을까?

34일 동안 세 개의 주를 가로질러 걸으려면 높은 투지가 필요하기 때문이었다.

배드민턴을 칠 때보다 훨씬 높은 수준의 투지가 필요할지도 모르겠다. 평생 쓴 투지를 다 그러모아야 할지도.

나는 나체즈 트레이스 파크웨이의 지도를 펼쳤다. 열두 면을 평평하게 펴자 차의 앞유리까지 닿았다. 송풍기에서 나오는 바람이 바깥 풍경에 이는 잔물결과 비슷한 느낌으로 지도를 출렁이게 했다. 고속도로를 표시한 굵은 선이 북쪽으로 구불구불 나아가다가 잭슨의 남쪽과 앨라배마 주 경계 근처에서 각각 동쪽으로 방향을 틀었다. 내 순례가 자신의 무덤까지 이어질 것임을 아는 메리웨더 루이스가 세 번째 면 꼭대기의 접힌 부분 근처에서 나를 쳐다봤다. 지도 한 면의 구간을 걷는 기간은 평균 사흘 정도가 걸릴 터였다.

영원처럼 긴 시간이 내 앞에 놓여 있었다. 나는 어떤 프로젝트든 시작할 때마다 구간을 나눠 배정하는 데 애를 먹었다. 지도를 구겨서 뒷자리에 던져버렸다. 나체즈 길을 끝까지 걸으면 누군가는 관심을 가지고 내 책을 읽어줄까?

"다 왔다."

앨리스가 차를 도로 밖으로 빼서 세웠다. 우리는 돌기둥 두 개 사이에 걸린 나무 표지판을 바라봤다.

나체즈 트레이스 파크웨이

기나긴 여정의 시작.

"그래."

나는 아찔하게 밀려드는 현기증을 가라앉히려고 의자 팔걸이를 움켜쥐었다. 피가 귀로 몰렸다. 하지만 앨리스를 보면서 미소를 지었다. 엄마가 만사가 순조로운 체할 때 짓는 가식적인 웃음과 같은 종류의 미소였다.

어쨌든 만사가 순조로우니까.

진심으로.

나는 앞유리로 시선을 돌렸다.

"저 표지판 앞에서 사진 몇 장만 찍어주라. 그러고 나서 바로 출발할 거야."

이 여행의 시작을 알리는 표지판으로 터벅터벅 걸어가는 동안 심장이 뛸 때마다 눈이 흐려졌다. 714킬로미터는 걷기에 긴 거리였다. 마음속에 회의가 들끓었고 가슴이 답답했고 숨이 막혔다. 그러나 앨리스 쪽으로 몸을 돌리는 순간 평상시의 포즈를 취했다. 동그랗게 벌린 입술. 검은색 바지에 회색 셔츠. 크게 뜬 눈. 아이 같은 미소.

지금껏 살아오면서 거의 항상 내 얼굴은 진실을 감췄다. 이번 경우에는 차 안으로 도망쳐서 집에 가고 싶었다. 마이클에게 돌아가고 싶었다. 평상시의 실패한 상태로 복귀하고 싶었다. 나는 어떻게 살아가야 할지 몰랐다.

더구나 누군가 내가 쓴 글을 읽거나 도보 여행에 관심을 가질 것 같지도 않았다. 글로 돈을 벌 수 있을지도 가늠이 안 됐다. 스타벅스에서 일자리를 얻는 게 낫지 않을까. 멍청한 꿈을 추구하답시고 가족의 귀한 돈을 축내느니 터무니없는 생각을 포기하는 게 낫지 않을까. 나는…….

"다 잘 될 거야."

앨리스가 아이폰을 내밀었다.

나는 잠시 동안 뛰어들까 말까 망설였다. 첫걸음을 내디딜지 아니면 아예 그만두고 도망칠지 결정하지 못했다. 그러나 앨리스의 얼굴에 서린 믿음을 본 순간, 몸을 쭉 펴고 서서 회의적인 생각을 털어버리고 아이폰을 받아들었다.

"그래. 하지만 만일의 경우를 대비해서……."

나는 손가락으로 아이폰 화면을 빠르게 움직였다.

"글을 하나 올리는 게 좋겠어. 그렇지? 내가 시작했다는 걸 모든 사람들에게 알려야겠지?"

"그럼."

앨리스가 가만히 기다리는 사이 나는 인터넷 창을 열어 세상 소식을 보고 싶은 마음을 꾹 누르고 손가락으로 화면 위 글자판을 연신 두드렸다.

"좋아. 첫 번째 글 올렸어."

입을 최대한으로 벌렸다. 손가락을 쫙 펼쳤다. 가장 바보스러운 내 모습이었다.

침묵이 나를 에워쌌다.

도망쳐 숨을 곳이 전혀 없는 상태가 되자 눈이 삶을 향한 뜨거운 열정으로 불탔다.

"내가 울다니 말도 안 돼."

앨리스가 나를 끌어당겨 안는 사이에 나는 얼른 눈물을 훔쳤다. 앨리스는 나를 안으며 조용히 속삭였다.

"그저 걷기 위해 5주를 투자하는 사람은 거의 없어. 그것도 혼자서. 무섭고 외지고 위험하기까지 한 곳을. 너는 여기에 왔어. 너는 걸으려고 해. 그 꿈을 버리지 마. 즐기면서 잘 해낼 거라고 약속해줘. 응?"

눈에 초점이 맞지 않아 땅이 흐릿하게 보였다.

1만 년이라는 세월 동안 얼마나 많은 사람들이 그곳을 지나갔을까?

그들 가운데 한 명이 소곤거렸다.

"이봐, 빨리 시작하지."

아무도 하지 않는 일에 뛰어들 용기

두 발이 나체즈 길 위를 힘차게 나아갔다. 내 발은 소설의 출간을 알리고 싶고 역사에 남을 일을 하고 싶은 열망과 아드레날린의 희생자였다. 내가 파크웨이 표지판 앞에서 입을 쫙 벌리고 찍은 사진을 올리자 전 세계 독자들, 내 글을 응원하는 충실한 팬들이 보낸 격려의 메시지로 전화기에 불이 났다.

나는 714킬로미터를 걷는 내내 그들이 내게 힘을 북돋아주기를 바랐다. 그들과 함께하는 한 공개적으로 망신당하기 싫어서라도 도중에 그만둘 수 없을 테니까.

적어도 출발점에서 그들은 나를 실망시키지 않았다.

대단해요, 안드라!
힘내요, 안드라! 힘!

성공하세요!

칭찬은 나약한 내 마음에 늘 빛이 돼줬다. 나는 급히 길을 건너서 반대쪽 도로의 가장자리에 칠해진 하얀 선, 테네시 주 중부까지 쭉 뻗은 하얀 선에 딱 붙었다. 자갈이 덮인 포장도로에 무릎을 꿇고 사진을 찍었다. 끝없이 한 선으로 이어지는 길이 눈앞에 펼쳐져 있었다. 어서 나아가고 싶은 열의에 목이 메어 창백한 손에 자외선 차단제를 충분히 발랐는지 신경 쓸 겨를조차 없었다. 미처 몸을 일으키기도 전에 내 쪽으로 덜커덕거리며 다가오는 엔진 소리가 들렸다. 뜨거운 매연이 얼굴로 쏟아졌고 콧구멍으로 스며들었다. 내가 도로 옆 잔디 위로 몸을 굴린 찰나 트럭이 쌩하고 빠르게 지나가 커브 길로 사라졌다.

운전사는 브레이크를 한 번도 밟지 않았다. 그 사람이 나를 봤는지조차 장담할 수 없었다.

"제기랄, 안드라. 명심해. 넌 그저 모자를 쓴 170센티미터의 백인 여자야. 계속 걷기나 해. 운전자들이 네가 여기에 있는 걸 어떻게 알겠니."

나는 초봄의 대기를 향해 말했다. 혼잣말을 하더라도 듣는 사람이 아무도 없으니 정신 나갔다고 할 사람도 없겠지.

그렇잖아?

나는 인터넷에 올라온 글을 다시 훑어봤다.

계속 응원할게요, 안드라!

꼭 성공할 거예요!

어서 테네시에서 볼 수 있기를!

엄마가 쓴 글도 있었다.

조심해라.

항상 한계를 넘어서려고 노력하는 외동딸에게 이 말이 다라니. 엄마다웠다.

나는 콘크리트 다리의 난간에 몸을 기댔다. 내 밑으로 차들이 맹렬히 오갔다. 차가 빠르게 지나갈 때마다 너무 성급하게 뛰어든 과거가 하나씩 생각났다. 처참했던 첫 번째 결혼생활. 처음 선택한 직업. 직접 차려 운영한 회사. 지금껏 살아오면서 늘 나에게 필요했던 건 낯선 일에 뛰어들 배짱이었다.

내 나이 마흔네 살, 이제는 내려앉을 곳이 필요했다. 뼈와 피가 철퍼덕 뭉개질 콘크리트 바닥이 아니라 부드러운 바닥이.

"이미 뛰어들었어, 안드라. 진짜야. 저 아래로 다시 뛰어들 필요는 없어. 불안해하지 마."

나도 모르게 스르르 내려앉는 통에 뒷머리가 난간에 긁혔고 그제야 나는 첫 번째 승리를 거뒀음을 깨달았다.

1마일 이정표.

불안한 마음을 저 멀리 날려버리고 급커브 길을 팔짝 건너서 잔디밭에 박힌 강철로 된 갈색 이정표에 발을 올렸다. 내슈빌까지 거슬러 올라가는 길에 1.6킬로미터마다 등장할 이정표였다. 나는 아이폰으로 첫 순간을 기록하면서 속삭였다.

"좋았어. 이제 712킬로미터만 가면 돼."

개미집들이 보도 가장자리를 따라 화산 분화구처럼 솟아 있었고 갓길은 배수로로 경사져 있었다.

"그냥 도로로 걸어도 된다면 얼마나 좋을까."

나는 조심스럽게 발밑을 살피며 하행선의 경사진 보도에 바짝 붙었다. 그렇게 걸으면 다가오는 차들을 볼 수 있으리라고 자신했다.

2마일 이정표 근처에서 흰색 트럭이 멈췄다. 열린 창문으로 제복을 입은 남자의 팔이 삐죽 나와 그쪽으로 오라고 손짓했다.

"기가 막히네. 나체즈 길을 걸으면 안 된다는 말을 여기서 듣게 되는 거야? 3.2킬로미터도 채 못 갔는데?"

나는 그를 향해 천천히 움직였다. 전에 나누었던 대화 하나가 귀에 맴돌았다.

마이클은 미시시피로 떠나기 전에 단 한 가지 부탁을 했다.

"나체즈 길 관할 기관에 전화해. 그리고 당신이 그 길을 걸을 예정이라고 알려둬."

나는 둘이 같이 쓰는 책상의 내 자리를 뒤지면서 그의 푸른 눈동자를 들여다봤다.

"왜? 어차피 누군가가 안 된다고 말할 테고 그러면 난 시작도 하기 전에 그만둬야 할 텐데."

"당신이 떠나기 전에 국립공원관리국에 전화하겠다는 약속만 해줘. 그 사람들에게 알려놓으면 내가 안심이 될 거야."

마이클은 왼손으로 펜을 만지작거리면서도 눈은 내 시선을 잡고 놓지 않았다.

내 남편. 그는 정말 곤란한 입장에 처해 있었다. 내 정신 나간 꿈을 지지할 것인가 아니면 날 보호해야 할 것인가. 나에게 무슨 일이 생기면 다들 남편을 탓할 판이었다.

나는 입술을 깨물며 마이클이 듣고 싶은 말을 했다.

"좋아."

그러나 나는 끝내 전화를 하지 않았다.

한쪽 문에 미국 정부의 로고가 선명하게 새겨진 트럭으로 쭈뼛쭈뼛 다가서면서 나에게 욕을 퍼부었다. 마이클은 항상, 항상, 옳았다. 왜 그 사람들한테 전화를 하지 않은 거람? 적어도 이 빌어먹을 도보 여행의 경로는 알려놨어야 하잖아?

"뭐 하시는 겁니까?"

솜털이 보송보송 난 남자가 미소를 지었다. 기껏해야 스물네 살쯤? 어쩐지 긴장이 풀렸다.

"내슈빌까지 걷는 중이에요."

"이 길 끝까지 다 걷는다고요? 정말로요?"

"그래요."

그는 주차 구역으로 트럭을 이동했다. 그의 얼굴에서 미소가 사라졌다.

"아무도 안 하는 일입니다."

"내가 지금 하고 있잖아요."

그는 손가락으로 계기판을 두드렸다. 몇 번 두드리더니 나를 바라봤다.

"흠, 그럼 조심하십시오. 예산 삭감으로 여기 공원 관리원이 다 없어졌습니다. 나는 유골관리과 소속이에요. 상부에 보고해서 당신의 계획을 모두에게 알릴게요."

"고마워요."

그는 창문을 올리기 전에 마지막 말을 남겼다.

"행운을 빌어요!"

예산 삭감이라. 인터넷에서 읽었고 뉴스에서 들은 말이었다. 교착 상태에 빠진 의회는 국립공원관리국처럼 중요하지 않은 정부 사업 기관의 예산을 삭감해 방문자들이 공공시설에 들어가지 못하게 하는 조치를 내렸다. 나체즈 트레이스 파크웨이를 걸을 계획을 세울 때만 해도 공원 관리원이 줄어들고, 역사적인 명소에 대한 관심이 사라지고, 관리가 차단되는 상황에 부딪칠

줄 몰랐다. 곤경에 처하면 걷는 도중 어디에서라도 공원 관리원을 부르면 되리라고 생각했다. 하지만 알고 보니 이 길에는 공무원들이 거의 없었고 나는 더욱 고립되게 생겼다.

씩씩대며 4.8킬로미터 지점을 통과하던 중에 발이 따끔거렸다. 나는 첫 번째로 만난 수월한 언덕에서 속도를 냈다. 꼭대기에서 3마일 이정표에 도착하자, 누군가 파티를 벌이고 버리고 간 텅 빈 밀러 하이라이프 캔으로 자축을 했다.

태양이 모자의 챙을 뚫고 강하게 쏟아졌다. 한 시간 동안 걷고 나자 뺨이 햇볕에 탔다. 4.8킬로미터를 걷는 동안 10도가 상승했다. 땀에 젖은 셔츠에 공기가 통하도록 배낭을 옮겨 멨다.

"빨리 가자."

내가 어릴 때 '빨리 가자'는 장거리 자동차 여행에서 아빠의 구호였다.

"빨리 가야 해, 린다. 무슨 이유가 있든 멈추면 안 돼. 오줌 누는 것도 안 돼."

나는 아빠가 고속도로 출구를 거듭해서 그냥 지나치는 동안 오줌을 지리지 않으려고 허벅지를 꽉 오므리고 있던 기억이 났다. 목적지에 도착하면 방광이 터질 듯이 아파서 걷기도 힘들었지만 어떻게 해서든 진짜 화장실까지 꾸역꾸역 갔다. 숙녀는 길에서 오줌을 누지 않는 법이니까.

익숙한 열기가 허리께를 관통했다. 나체즈 길에서 처음 경험한 불편함이었다.

나는 천천히 뛰어서 4마일 이정표를 지났다. 다시 약간 경사
진 길이 이어졌다. 나무들 사이로 터널도 있었다. 복부를 짓누
르는 느낌이 커지자 관심을 다른 데로 분산시키려고 사진을 찍
었다. 작은 들꽃들, 봄을 찬양하는 어린 식물의 봉오리. 다리에
여기저기 흩어져 있는 자갈들. 도로 표지의 하얀색 테두리에 꼭
붙어 있는 이끼.

잭슨 90 *Jackson 90*

5마일 이정표부터 6마일 이정표까지는 흐린 사진 일색이었
다. 한 번은 잠시 멈춰 서서 물을 몇 모금 마시며 갈증이 요동치
는 방광을 가라앉혀주기를 바랐다. 6.4킬로미터를 걷는 동안 차
는 한 대도 보지 못했다.

나는 몸서리치면서 힘을 내 앞으로 나아갔다. 내 속도를 아빠
가 대견해 할 게 틀림없었다. 벌써 여덟 번째 이정표까지 왔지
않은가. 출발점으로부터 3시간 30분이 걸렸다. 나는 눈을 가늘
게 뜨고 비탈길을 올려다봤다.

엘리자베스 여학교 *Elizabeth Female Academy*

"우와, 진짜로 벌써 여기까지 온 거야?"

나체즈 길 여행에서 첫 쉼터인 엘리자베스 여학교는 미국 내 최초의 여자대학이라는 자랑스러운 명성을 가지고 있었다. 사실인지 모르겠지만 존 제임스 오듀본(John James Audubon, 미국에서 활동한 조류학자이자 화가)이 1822년에 이 학교에서 교편을 잡았다고 한다. 나는 이 프랑스인이 품이 넉넉한 치마와 코르셋을 입은 소녀들에게 새에 대해 강의하는 모습을 상상했다.

보도 하나가 숲으로 구불구불 이어졌다. 유령들이 나타날까 봐 무서워서 나는 그 주변에서 서성거렸다. 기록에 남지 않은 많은 사람들의 영혼이 나체즈 길에 겹겹이 뿌려져 있었다. 오고 가는 수많은 차들의 소음 때문에 그 영혼들의 소리가 묻혔다. 그러나 주변이 조용하고 도로가 잠잠할 때면 그들의 소리가 들렸다.

유명한 사람도 있었고 유명하지 않은 사람도 있었다.

나는 아주 어린아이일 때 머릿속에서 떠들썩한 목소리를 들었다. 상상 속의 친구들이 그곳에 살고 있다고 생각했다. 오지와 팔로라가 첫 번째 친구들이었다. 아주 작은 몸에 어른의 이목구비와 버릇을 숨기고 있는 친구들이었다.

1년쯤 후, 내가 이것저것 짜깁기해서 지어낸 세상에 스티브가 등장했다. 텔레비전 드라마 〈페티코트 정션Petticoat Junction〉에 등장한 남자를 본떠서 내가 만든 인물이었다.

자랄수록 상상 속의 친구들이 늘어났고 수시로 바뀌었다. 내가 무대에서 강한 인물을 연기할 때 그들은 모두 밑에서 대기하고 있었다. 첫 번째 결혼이 도무지 손쓸 수 없는 상태가 됐을 때 그들은 내 눈물을 닦아줬다. 내가 살아온 대부분의 시간 동안 그들은 내 곁을 떠나지 않는 충실한 친구였고 아무런 대가도 바라지 않았다.

경기가 침체되고 실패라는 녀석이 내 속의 생살을 물어뜯기 전까지는.

"우리 이야기를 해도 된다니까."

그들은 자신들이 한 이야기에 제목을 붙여달라고 졸랐고 세월이 흘러도 변치 않는 고속도로를 배경으로 자신들의 이야기에 생명을 불어넣으라고 몰아붙였다.

엘리자베스 여학교는 무너진 울타리로 둘러싸인 빈터가 돼 있었다. 긴 벽돌담이 공터의 중심부를 가로질러 나 있었다. 창문 두 개가 정면에 눈처럼 자리 잡았고 다 무너진 난로가 입 역할을 했다. 나는 벽을 넘어갔다.

금지된 땅으로.

속이 빈 창틀 안에 점심 도시락을 펼쳐놓았다. 거친 벽돌을 손으로 훑으면서, 존 제임스 오듀본이 내가 선 자리에 섰고 내가 만지는 자리를 만졌는지 궁금했다.

방광을 자극하는 통증이 나를 현실로 잡아챘다. 볼일을 봐야 했다. 진짜 화장실이든 아니든 신경 쓸 상황이 아니었다. 배낭을 어깨에서 스르르 내려 화장지를 찾았다. 모퉁이 근처에 흙이 깔린 빈터가 나에게 유혹의 손짓을 했다. 지름 30센티미터쯤의 둥근 공간에는 풀도 나무도 없었다. 공기에서 오줌의 톡 쏘는 냄새가 났다. 나는 재빨리 바지를 확 끌어내렸고 끝없이 흘러나오는 오줌 줄기에 움찔했다.

뻣뻣한 다리를 끌고 고속도로로 올라갔다. 9마일 이정표에서 차 한 대가 지평선을 등지고 급하게 달려오다가 나를 향해 방향을 확 틀었다. 조지아 불도그들의 앞 글자를 딴 G자가 앞 범퍼에 달려 있었다. 휘청거리며 한 발 한 발 걸음을 옮기는 참에 창문으로 턱이 축 늘어진 아빠의 얼굴이 보였다.

"방금 끝내주는 프라이드치킨을 먹고 왔다. 기가 막히더라. 그렇지, 앨리스?"

"네."

내 배는 금방 땅콩버터 샌드위치, 아몬드, 에너지바로 때운 점심에 거부 반응을 보이며 꾸르륵거렸다. 땅콩의 비율이 과했다. 나는 짭짤한 입술을 핥으며 발목을 쭉 폈다.

"저 먹을 프라이드치킨 좀 가져오셨어요?"

"아니. 그런데 식당 주방장이 사람들한테 노래를 해주더구나. 〈슈거 파이 허니 번치Sugar Pie Honey Bunch〉라고 그 노래 기억나냐? 나한테도 불러주지 뭐냐!"

아빠가 굵은 저음으로 노래를 부르는 소리가 창문 틈으로 들렸다.

"슈거 파이 허니 번치, 내가 당신을 사랑하……."

쿵쿵거리며 차에서 멀어지는데 눈물이 다 고였다. 온몸의 감각이 군침 도는 프라이드치킨을 달라고 아우성치고 있는 판에 아직도 9.6킬로미터 이상을 더 걸어야 하다니 어이가 없었다.

"슬슬 출발할래요, 아빠."

"프라이드치킨 얘기 더 듣고 싶지 않냐?"

짜증이 확 솟구쳤다. 아빠는 나를 괴롭히지 않고는 못 견디는 걸까? 도보 여행 첫날조차?

"됐어요."

"흠, 그럼 저녁에 하지 뭐. 이 얘기를 마무리해야지."

나는 구르듯 돌진해 아빠의 얼굴 바로 앞으로 손가락을 푹 찔렀다.

"한 번만 더 프라이드치킨 소리를 하시면요 그놈의 치킨을 아빠 목구멍에 쑤셔 넣어버릴 거예요."

아빠는 욱하는 내 성질을 좌지우지할 수 있다고 생각했다. 내가 반응을 보일 때마다 아빠는 늘 큰소리로 웃었다.

"좋아. 그럼 우리는 이제 가보마."

어찌나 분한지 아픈 발이 문제가 아니었다. 나는 관절을 바늘로 콕콕 찌르는 듯한 통증을 무시했다. 불이 난 듯 뜨거운 발가락도 무시했다. 10마일 이정표와 11마일 이정표를 맹렬하게 통과했지만 12마일 이정표에 다다를 즈음에는 다리를 절뚝거렸다. 발 양 옆이 타는 것 같았다. 비탈길에서 속도를 줄이고 콘크리트로 된 배수로에 앉았다. 에너지바를 꺼내 먹었다. 까마귀한 마리가 내 뒤에서 까악 울어대는 소리에 깜짝 놀라서 땅콩알갱이가 목에 걸렸다. 짐을 주섬주섬 챙기면서 오늘이 첫날이라는 생각에 막막했다.

13마일 이정표 너머, 갓길에 주차된 트레일러 주변에 남자들이 모여 있었다. 도보 여행을 한다는 말에 걱정하던 사람들의 반응이 생각나 심장이 사정없이 쿵쾅거렸다.

"누가 널 납치해서 강간하고 헛간에 묶어놓고 고문하다가 죽은 채로 버려두면 어쩌려고. 대체 어쩌려고 그래?"

나는 그들에게 가까워지는 동안 도로 가장자리에 그려진 하얀 선 위를 고수하며 꼿꼿이 걸었다. 트레일러를 가진 남자들이 다 강간범이나 납치범이나 고문 전문가는 아니야. 그저 트레일러를 가진 남자들일 뿐이야.

말 한 마리가 히힝 울더니 우당탕 요란한 소리가 났다. 남자하나가 고삐의 끝을 꽉 붙들고 겁먹은 말을 진정시키려고 애를쓰는 동안 나머지 남자 셋이 말을 살살 달래며 트레일러로 몰아넣었다. 내가 그들 옆으로 갔을 때 말이 앞다리를 들어올리며섰다. 근육들이 일제히 꽉 죄어들며 말은 분노에 찬 신음소리를 냈다. 그 심정이 이해됐다. 나 역시 같은 심정으로 다리를 절면서 14마일 이정표를 지났다.

나는 고통스러운 발을 제쳐놓고 나체즈 길의 아름다움에 집중했다. 수채화 한 폭 같은 침식된 황토 절벽, 천 년의 역사를 가진 에메랄드 마운드에 살았던 혼령들, 고속도로 한가운데 자리 잡은 노란 중앙선 무늬의 변화. 경치에 푹 빠져 있는데 돌연 뒤에서 요란한 말발굽 소리가 울렸다.

결코 멈추지 않을 전력 질주에서 오는 흥분으로 콧구멍을 벌렁거리며 도망치는 말. 그 말이 나를 향해 딸가닥딸가닥 다가왔다. 위풍당당했다. 남성스러웠다. 나체즈 길의 역사를 담고 있는 생명체였다.

진짜 말이었을까? 아니면 환영의 일부였을까?

눈길을 돌리니 아빠의 차가 15마일 이정표 맞은편에서 공회전을 하고 있었다.

"그 말 봤어?"

나는 앨리스에게 외쳤다.

"무슨 말?"

그들이 사라졌다. 남자들, 말들, 트레일러, 모두가.

나체즈 길이 나를 가지고 노는 걸까?

내가 너를 사랑하고 있다는 걸 잊지 마라

둘이 먹다 하나가 죽어도 모를 그 프라이드치킨을 먹이려고 안드라를 데리고 갔다. 앨리스와 나는 안드라가 둘째 날 걷기를 끝내자마자 서둘러 안드라를 태우고 미시시피주 노먼에 있는 올드 컨트리 스토어로 향했다. 15마일 이정표부터 30마일 이정 표까지 걷는 길은 너무 더웠다. 나는 식당에 도착하기 전에 안 드라가 나가떨어질 거라고 짐작했다. 식당은 오후 3시에 문을 닫았다. 안드라는 오후 2시 40분에 걷기를 끝냈다.

나는 앨리스에게 엑셀을 힘껏 밟으라고 말했다. 우리는 간신 히 3시 10분 전에 도착했다. 무너질 것 같은 계단을 쿵쾅거리며 올라가서 식당 안으로 직행했다. 안드라는 식당 안에 들어선 순 간 내가 이틀 동안 본 중에 가장 행복한 표정을 지었다. 그리고 는 잡동사니를 진열해놓은 먼지 쌓인 선반들이 벽을 따라 쭉 늘어선 중앙으로 비틀거리며 걸어갔다. 뷔페로 향하는 안드라를 누군가가 도와줘야 할 정도였다.

그런데 반전이 일어났다. 안드라는 음식을 보자 기운을 번쩍 차렸다. 태어난 이래 늘 내 마음을 환하게 밝혀주던 그 미소를 짓더니 접시에 음식을 산처럼 쌓았다. 프라이드치킨 두 조각, 보슬보슬한 으깬 감자, 햄이 섞인 깍지콩, 등갈비 바비큐 몇 조각까지.

우리 테이블에 도착할 즈음에는 이미 치유돼 있었다. 안드라와 앨리스는 뒤편 모퉁이에 걸린 프릴이 많이 달린 드레스에 대해 이야기하며 웃어댔다. 안드라는 한입 가득 먹는 중간중간 참회의 화요일(사순절이 시작되기 전날)에 입게 그 옷을 살까 싶다고 말했다.

"내일은 추워진단다."

나는 안드라에게 말했다.

"겨울 폭풍이 오고 있다는구나."

안드라는 한꺼번에 두 번 베어 문 고기를 한입 가득 넣고 씹었다.

"산통 깨지 마세요, 아빠."

"흠, 미리 대비해야지."

앨리스는 나와 안드라를 번갈아 봤다.

"드레스가 여러 겹으로 돼 있겠지."

"어, 저 드레스를 입고 걷는 건 말이 안 되는 것 같아. 아버님 말이 맞아. 참회 화요일엔 최저 기온이 영하 6도래."

"그런 날씨에 걷겠다는 거냐?"

나는 팔짱을 끼며 아니라는 대답이 나오기를 바랐다. 그러나 나는 내 딸을 잘 알았다.

안드라는 불도그였다.

나처럼.

안드라는 손을 뻗어 커다랗고 두툼한 애플파이와 바닐라 아이스크림을 집었다.

"걸어야 돼요, 아빠."

"왜?"

"걷겠다고 말했으니까요."

나는 계산을 하러 뒤쪽으로 가는 딸내미를 지켜봤다. 디 아저씨로 불리는 주방장 영감이 돈을 받고 나서 안드라에게 책에 대해 물었다. 안드라가 홍보 카드를 몇 장 건네자 디 아저씨는 계산대 바로 옆 가장 눈에 잘 띄는 자리에 올려놓겠다고 약속했다. 나는 디 아저씨가 밟히고 뭐고 다 만신창이인 안드라의 희망을 너무 부추기지 말았으면 했다.

이어서 디 아저씨가 노래를 했다.

슈거 파이 허니 번치.

그런데 여기까지 부르더니 돌연 다음 가사를 바꿨다. 디 아저씨는 손가락으로 나를 가리키고 나서 노래했다.

"저 사람이 당신을 사랑하고 있다는 걸 알잖아요."

안드라가 나를 돌아봤다. 인생 최고의 시간을 보내고 있는 양 안드라의 얼굴에 즐거움이 가득했다.

나도 괜찮은 아빠가 되고 싶었단다

이틀 동안 나체즈의 저택에서 폐허만 남은 유적에 이르기까지 앨리스를 따라 사방 곳곳을 다녔다. 나는 앨리스가 도통 알 수 없는 뭔가를 열심히 찍어대는 동안 낯선 사람들이 눈에 띌 때마다 걸음을 멈추고 내 이야기를 들려줬다.

안드라가 제멋대로 결혼해버린 건축가라는 사람들을 당최 이해할 수 없었다. 그럼에도 나는 사위를 사랑하려고 노력한다. 그리고 다른 모든 것도.

그러나 호프 팜을 떠나 다음 숙소로 차를 몰고 갔을 때 도무지 뭘 어떻게 해야 할지 알 수 없었다. 그놈의 마을은 정말로 보잘것없었다. 세 블록 정도의 중심가 외에는 아무것도 없었다.

앨리스와 함께 숙소에 도착했을 때 나는 그 건물의 빅토리아 풍 특성을 눈치챘다. 비록 건축가는 아니지만 척 보면 알고도

74

남을 만큼 빅토리아풍 가구를 많이 손질해봤다.

민박집 주인 여자가 우리를 안으로 안내하며 이 층으로 올라갈 때 나는 질색을 했다.

"계단은 안 된다. 나는 계단을 못 올라가."

측은해 보이지 않으려고 기를 쓰며 앨리스를 바라봤다.

"네가 말해라."

앨리스는 코 위로 안경을 올리면서 나에게 미소를 지었다.

"방을 확인해보고 올게요. 어떻게 생겼는지는 봐야죠."

주인 여자가 앨리스를 데리고 계단으로 올라가자 나는 현관 안쪽을 느긋하게 구경했다. 오크나무 책상을 슬슬 문지르다 보니 표면을 매끈하게 손질하고 싶어서 손가락이 근질근질했다. 고객을 위해 오래된 집을 새롭게 단장하던 내 천직이 그리웠나 보다.

앨리스가 내 몽상을 방해했다.

"그 방은 같이 못 쓰겠어요. 멋진 방이지만 화장실에 문이 없어서…… 어…….."

앨리스가 변기에 앉아 오줌 누는 모습을 나 같은 놈에게 보이고 싶어 하지 않을 줄 알았다. 나는 너무 매력적이란 말이지.

"괜찮다."

나는 주인 여자에게 시선을 돌렸다.

"다른 방은 없소? 나랑 앨리스랑 내 딸까지 셋이 묵을 수 있는 방이면 좋겠소만."

나는 머릿속으로 중지와 검지를 겹치며 업그레이드 비용을 내지 않아도 되길 바랐다.

다행히 주인 여자는 미소를 지었다.

"길모퉁이에 있는 집에 묵으시게 주선해드릴게요. 임대하는 집이긴 한데, 그 집 주인을 잘 알아요. 마침 거기 살던 사람들이 막 이사를 갔어요. 침실은 하나예요. 소파에서 주무실 수 있겠어요?"

나는 군대에 있을 때 아무 데나 누우면 바로 잠드는 전력이 있던 사람이다. 그런데 주인 여자는 그런 내 실력을 의심하는지 나를 위아래로 훑어봤다.

군대생활이라면 해줄 이야기가 몇 가지 있지, 아무렴.

독일. 1953년. 남서부의 삼림지대. 순찰을 나갔을 때 안에 털 가죽을 댄 군화 속 발이 얼어붙을 정도로 추웠다. 속을 덥히려고 담배를 여러 대 피웠지만 담배 피우는 사진은 절대 못 찍게 했다. 사진을 찍을 때는 무슨 일이 있어도 담배를 귀 뒤에 끼워놨다. 아무리 추워도. 나는 지켜야 할 이미지가 있으니까.

앞으로 태어날 후손을 위해서.

과연 내가 전쟁터에서 살아남아 후손을 갖게 될지 장담하지 못할 상황이었지만.

그런데 바로 지금, 후손인 딸아이의 읽어보지도 않은 책 때문에, 평생 들어본 적도 없는 나체즈 길을 홀로 헤매고 있다.

나는 목청을 가다듬었다.

"부인, 독서를 좋아하시나요? 흥미가 있으실 만한 책 이야기를 해드리려고 하는데."

앨리스가 내 팔을 꼬집었다.

"아버지, 지금은 안 돼요."

나는 주인 여자를 따라 밖으로 나갔다. 나는 계단을 올라갈 수 없으니까. 아무렴. 내 나이에 계단은 너무 무리지.

우리에게는 자신을 믿어줄
사람이 필요하다

세 번째 날 이른 아침에 겨울 폭풍 타이탄이 미시시피주에 휘몰아쳤다. 나는 에텔 양의 집을 떠나서 꽁꽁 언 비스킷 몇 조각을 유일한 위안 삼아 진눈깨비를 맞으며 24킬로미터를 묵묵히 걸었다. 추위에 힘줄이 뒤집어지고 관절이 찢기는 듯했지만, 그 무엇도 나를 막을 수는 없었다.

30마일 이정표에서 출발해 가까스로 걸음을 옮겼다. 비틀거리며 45마일 이정표까지 왔을 때는 지독한 고통으로 흘린 눈물이 양쪽 볼에 얼어붙어 있었다. 두 달 동안 훈련을 했으니 준비가 됐다고 믿었다. 그러나 24킬로미터씩 사흘을 걷는 동안 나체즈 길은 누가 대장인지 보여줬다.

그렇지만 다음 날은 참회의 화요일이었다. 즐거워야 할 때가 아닌가.

앨리스와 아빠가 다음 숙소로 가는 동안 나는 하루치 거리인 24킬로미터를 걸었다. 그런데 내가 없는 사이에 아빠는 앨리스를 보며 선언했다.

"아버지가 그러시더라고. '계단은 안 된다. 나는 계단을 못 올라가. 이제 계단은 끝이야. 네가 말해라.'"

"아빠한테 선택의 여지가 없다고 말했어야지."

앨리스가 45마일 이정표로 나를 태우러 왔을 때 나는 씩씩거리며 말했다.

"해봤지, 안드라."

"에텔 양 집에서 계단을 올라갈 때는 아무 문제가 없었잖아. 에텔 양에게 이야기를 하려고 계단을 족히 백 번은 오르락내리락하셨다고. 지금 그냥 게으름을 피우시는 거야."

"흠, 이번 집의 계단은 더 가파르다 싶으셨나 보지. 아니면 다른 이유가 있거나."

앨리스는 방향을 틀려고 차의 속도를 낮췄다.

"여기는 나체즈 길이야. 이 근방엔 아무것도 없다고. 그나마 제대로 된 침대와 아침밥을 제공하는 곳을 고르고 고른 거란 말이야."

"아, 그 집에서 다른 집을 알아봐 줬어."

나는 차창 밖으로 고개를 쭉 빼고 애초에 예약한 숙소의 본채를 내다봤다. 원래 모습을 새것처럼 유지하고 있는 빅토리아풍 건물이었다. 등불이 켜진 창문들이 유혹의 손짓을 했다. 나는 나체즈 길을 걷는 여행자에게 최적의 상황을 머리에 그렸다. 부드러운 시트, 몸이 푹 잠기는 욕조, 끊기지 않는 난방. 나는 산산이 무너진 꿈을 다음 기회로 미뤘다.

"끝내주네. 난 우리 세 사람이 묵을 세련된 민박집을 찾으려고 기를 쓰고 노력했는데, 아빠는 그 집을 마다하고 이런 후지고 지옥 같은 곳에서 지내고 싶다는 거잖아."

아빠는 오줌 색처럼 누런 건물 안에서 기다리고 있었다. 현관은 플라스틱 가구와 인조 잔디로 장식돼 있었다.

"보통은 임대를 준대. 아버지 운이 좋으셨는지 마침 세입자들이 다 나갔다네. 아버지가 편하게 일어나시라고 주인이 소파 쿠션 밑에 널빤지를 깔아줬어. 참회의 화요일에 특별한 저녁밥을 만들어주겠다는 말까지 하더라. 그리 멋진 곳이 아니라는 건 나도 알지만 우리를 편하게 해주려고 다들 애쓰고 있잖니."

"흠, 다시는 이러시면 안 된다고 아빠에게 말해야겠어."

"그냥 아무 말도 하지 마. 가서 네 저녁밥을 사올게."

"여기 밥을 살 데가 있기는 해?"

나는 차 문을 열고 땅에 몸을 던져 건물 앞 진입로까지 기어갈 마음의 준비를 했다.

"맥도날드 아니면 소닉."

외계인을 토해내려는 양 뱃속이 요동쳤다.

"둘 다 싫어."

"먹어야 해, 안드라."

"그런 게 무슨 음식이야."

"고상한 척 좀 하지 마, 얘."

앨리스가 내 손을 토닥거렸다.

"소닉으로 갈게. 그 집 밀크셰이크가 괜찮아. 그게 네 관절에 기름칠을 해줄 거야."

눈물이 차오른 시야 사이로 차 문이 덜컹 열렸다. 너무 피곤해서 빨대로 밀크셰이크를 들이켤 힘도 없었다. 이를 악물고 차 밖으로 풀썩 내려앉았다. 기운이 다 빠지고 온 삭신이 쑤셔서 정신이 멍했다.

"내 책을 읽을 사람이 있을까? 그래서 이 엄청나게 멍청한 짓을 보상해줄 사람이 있을까?"

앨리스는 문 사이로 손을 뻗어 내 손가락을 꼭 쥐었다.

"사람들이 네 책을 읽든 안 읽든 상관없이 넌 지금 놀라운 일을 하고 있어. 정말이야. 그런 걱정은 그만하고 그냥 나체즈 길을 경험해."

"그렇지만 진눈깨비 속에서 16킬로미터를 걸어야 될 줄은 생각도 못 했어. 세상에, 미시시피에서. 그것도 3월에. 더위 걱정만 했지 이럴 줄이야. 이젠 네가 꽁꽁 언 얼음 기둥 속에서 날 발견하게 될까 봐 무서워."

"그런 상황에도 뭔가 의미가 있을 거야. 넌 분명히 그걸 찾아낼 거야."

나는 완전히 너덜너덜해진 종아리를 주무르다가 구역질이 날 뻔했다.

"네가 나보다 더 날 믿는구나."

"때로 우리에게 필요한 건 그저 자신을 믿어주는 사람이야. 자, 이제 맛있는 패스트푸드 만찬을 사오게 나 좀 보내줘라."

케이블 방송 뉴스 소리가 문을 뚫고 쾅쾅 울렸다. 털이 긴 널 따란 양탄자가 깔려 있었고 퀴퀴한 악취에 거의 숨이 막힐 지경이었다.

"아빠! 소리 좀 줄이세요!"

냄새와 싸우느라 기침이 나왔다.

아빠는 소파를 쓰다듬었다.

"여기서 자야겠다. 난 그래도 괜찮아. 계단은 못 올라가."

"계단을 올라가셔야 해요, 아빠. 세상에, 왜 이렇게 눈이 간지럽지?"

나는 방 모서리에 돌출된 나무판 장식을 양손으로 꼭 움켜쥐고 겨우 몸을 일으켜 세웠다. 이번 숙소에는 침대 하나, 낡고 움푹 팬 식탁 세트, 소파 두 개와 커다란 텔레비전이 있었다. 화장실은 벽장을 개조한 것이었다. 샤워를 하면서 몸에 비누칠을 하는데 밀실공포증을 일으키는 좁은 칸막이 양쪽에 팔꿈치가 부딪쳐 계속 탕탕 소리가 났다.

그래도 앨리스 말처럼 초콜릿 밀크셰이크는 제법이었다. 나는 천국에 올라간 기분을 느끼며 초콜릿 밀크셰이크를 들이마셨다.

잠자리에 들 때쯤엔 숨을 쉴 수 없었다. 곰팡이 포자가 폐를 좀먹었다. 나는 매트리스 위를 이리저리 뒹굴며 몸부림을 쳤다. 계속 쥐가 나는 다리와 뒤숭숭한 총천연색의 꿈 때문에 밤새 불면에 시달렸다.

나는 숨넘어가는 소리에 벌떡 일어났다. 터져나오는 재채기와 싸우며 열심히 귀를 기울였다. 수면무호흡증 치료기로도 어쩔 수 없는 코고는 소리와 몸을 긁어대는 소리가 옆방에서 들리지 않았다. 끙 앓는 소리가 났다. 이어서 힘을 팍 주는 소리가 들렸다. 중풍이 왔나? 심장 발작이 일어났나?

나는 벽에 딱 붙어 기색을 살피다가 미친 듯이 옆방으로 뛰어갔다. 아빠는 소파 끝을 움켜잡고 있었다. 희미한 불빛 사이로 조커처럼 찡그린 얼굴이 보였다.

"아빠, 괜찮으세요?"

나는 진짜 큰소리로 말했다. 보청기가 없으면 아빠는 내 목소리를 듣지 못하신다.

"무슨 일이에요?"

"화장실에 가야 해."

아빠는 소파에 이리저리 부딪칠 정도로 몸을 마구 흔들었다.

"그런데…… 못…… 일어나겠어."

아빠는 육중한 상체와 가는 하체를 번갈아가며 앞뒤로 흔들었지만 팔 힘이 부족해서 몸을 일으키지 못했다. 장작을 패고 야구를 하고 한여름 햇빛 아래에서 10시간 동안 일하던 아빠의 모습이 머릿속에 자꾸 떠오르려는 걸 억지로 눌렀다.

나는 세월의 흐름에 쇠약해져 완전히 낯선 사람이 돼 있는 아빠에게 다가갔다. 아빠의 겨드랑이에 양팔을 끼어 힘을 줘 들어 올렸다. 익숙한 사향이 코로 스며들었다. 나를 만든 남자의 향기였다.

"자, 아빠. 나한테 기대세요. 내가 잡을게요."

아빠가 발을 버둥거리며 불안정하게 일어서자 내 한쪽 다리 근육이 뒤틀렸다. 아빠는 118킬로그램이 나가는 몸을 휘청거리며 일으켜 세웠다. 그 힘에 내 몸이 밀렸다. 한쪽 벽으로 위태롭게 나뒹굴면서 뻣뻣한 근육들이 부자연스러운 방향으로 뒤틀려 다시 눈물이 핑 돌았다.

"늙는 게 정말 싫다."

아빠는 더듬더듬 말하며 흐느낌을 억눌렀다. 농담과 꾸며낸 낙천주의는 어둠 속으로 종적을 감췄다.

"어떤 모습이든 이렇게 살아계시기만 하면 돼요."

나는 바닥을 기어가 아빠에게 손을 내밀었지만 아빠는 내 손을 쳐냈다.

분노에 가득 찬 아빠의 목소리가 날카롭게 어둠을 가르며 들려왔다.

"난 중풍으로 쓰러지기 싫다. 무력해지는 게 싫어. 당장 죽었으면 좋겠다. 그냥 죽고 싶어. 이렇게 사느니 죽는 게 나아."

속이 후련해지는 눈물이 있는가 하면 고통스러운 눈물도 있다. 나는 헉 숨을 들이마셨다.

딸이 눈물 흘리는 아빠를 지켜보는 때만큼 괴로운 순간이 있을까.

하루에 24킬로미터씩 걷다 보니 늙어가는 것에 대해 이해하게 됐다. 이미 나는 약해지고 느려지고 마음같이 움직이지 않는 몸을 경험했다.

내가 걸으면서 겪은 극도의 육체적인 고통을 아빠는 늘 겪고 있었던 걸까? 나는 새로운 깨달음에 망연자실한 채 구석에 쪼그리고 앉아 있었다. 아빠는 18개월 전에 맹장이 터져 죽다 살아났다. 그러나 나는 바닥을 치고 있는 내 경력에만 사로잡혀 아빠가 죽을 고비를 넘겼다는 사실에 그다지 충격을 받지 않았다. 전화로 아빠에게 물리 치료를 받으라고, 다이어트를 하라고, 안락의자에 앉아 있는 시간이 너무 길다고 잔소리를 늘어놓기만 했다. 아빠가 자리에서 일어나는 데 시간이 오래 걸릴 때면 그런 무기력증을 아빠의 게으름 탓으로 돌리기 일쑤였다.

모든 종류의 운동에 대한 아빠의 병적인 혐오감을 탓했다. 늘 그러려니 치부해버리느라 아빠가 노쇠했다는 현실을 깨닫지 못했다. 나는 아빠를 도와 수면무호흡증 치료기의 엉킨 호스를 풀었다.

"아빠, 아무 일 없을 거예요. 내가 옆에 있잖아요. 그리고 지금 나한테는 아빠밖에 없어요. 아빠가 아니면 누가 그렇게 맛있는 프라이드치킨을 찾아내겠어요."

아빠는 갈색 눈을 훔쳤다.

"나는 여기에 오고 싶었다, 안드라. 그런데 지금은 내가 할 수 있을지 모르겠다."

"하실 수 있어요, 아빠. 난 아빠가 하실 수 있다는 걸 알아요. 아빠는 내가 아는 사람들 중에서 가장 강해요. 자, 화장실이 바로 저기예요."

나는 아빠의 팔을 잡아당겼다.

"다 잘 될 거예요."

"그렇지만 네가 내 목소리를 듣지 못했으면 어쩔 뻔했냐, 안드라?"

아빠는 내 면전에서 문을 닫았다. 나는 과연 아빠가 온전하게 살아서 또 다른 하루에 맞설 준비가 된 채 화장실에서 나올 수 있을지 걱정하며 그 자리에 한동안 서 있었다.

아빠를 잠자리에 눕히고 기어서 침대로 돌아가면서, 방금 아

빠가 했던 질문에서 연상되는 여러 가지 참담한 상황이 꼬리를
물고 떠올랐다.

어떤 자식도 직면하고 싶지 않은 현실이었다.

아빠와 함께할 시간이 얼마나 남아 있는 걸까?

Chapter 2.

서로의 상처를
보듬으며
살아가는 존재,
가족

누구에게나 평생
잊을 수 없는 상처가 있다

참회의 화요일인 3월 4일이 밝았다. 나는 마이클의 겁에 질린 메시지에 잠에서 깼다.

'기운 내'라기보다는 '당신 미쳤어'에 가까운 내용이었다.

여보, 오늘 일기예보에서 미시시피 남부 도로에 얼음이 얼 거라고 경고했어. 진짜로 오늘 하루는 쉬는 게 좋겠어. 사랑해.

나는 앨리스를 바라봤다. 알레르기가 도져 휴지에 코를 풀 때마다 앨리스의 안경이 코에서 흘러내렸다.

"아빠 어디 계셔?"

"저택에 계셔."

나는 거실을 힐긋 들여다봤다. 구겨진 침대보. 빈 소파. 밤에 화장실 소동을 겪은 아빠는 아침에 깨서 샤워를 하고 면도를 하고 아침식사 시간이 되기도 전에 문밖으로 나갔다. 한밤중에 겪은 일의 잔재는 남아 있지 않았다.

"바깥 온도가 어느 정도야?"

"영하 5도."

앨리스의 목소리가 갈라져서 나왔다.

"있다가 영하 7도까지 떨어진대. 체감 온도까지는 차마 말 못하겠다."

나는 침대 옆 탁자에서 아이폰을 집어 들었다. 독자들이 보낸 문자 메시지가 한가득이었다.

일기예보를 보다가 당신 생각이 났어요!

추위? 그까짓 게! 당신은 이겨낼 거예요, 안드라.

나는 아이폰을 시트 사이에 푹 밀어 넣고 침대 위 내 자리로 무너져내렸다. 온 발이 움푹 패고 피가 맺혀 상처투성이였다. 어디든 쿡 찌르기만 해도 피부가 얇은 거즈처럼 찢어졌다. 피와 고름이 침대보에 배어 있었다. 아침 8시가 되기 전인데 이미 24킬로미터를 걸은 것처럼 온몸이 신음을 질러댔다.

남극처럼 추운 날 너무 이른 아침에 깬 나는 천장을 빤히 쳐다보며 도대체 누가 더 정신이 나갔는지 생각했다. 계단도 올라가지 못하고 낮은 의자에서 일어나지도 못하고 변기에서 10분도 떨어져 있지 못하는 마당에 기나긴 자동차 여행에 나서겠다고 승낙한 아빠가 더 정신이 나갔을까? 아니면 실패를 딛고 일어나 내 삶을 되찾을 기회라며 사람들의 기억에서 지워진 고속도로에서 눈보라를 헤치고라도 걸어야 한다고 다그치는 내가 더 정신이 나갔을까?

넷째 날에 쉬는 것은 말이 안 됐다. 하루에 24킬로미터씩 사흘 동안 힘겹게 걷고 나서 내 걷는 속도가 얼마나 말도 안 되게 느린지 깨달았다. 쉬면 다른 날에 그만큼 더 걸어야 하는데 하루에 32킬로미터 혹은 그 이상을 걷는다는 건 상상도 할 수 없었다. 날씨가 어떻든지 걸어야 했다. 얼음으로 덮인 고속도로는 고통이라는 협주곡에서 사소한 화음이었다.

바닥에 발을 딛고 걸으려 했지만 다리가 도무지 말을 듣지 않았다. 억지로 다리를 구부리며 비틀비틀 여행용 가방으로 향했다. 진통제 네 알을 씹어 삼키고 앞에 내슈빌이라는 글자가 박힌 짙은 남색 운동복 상의를 끄집어냈다.

"옷을 몇 겹 껴입는 게 낫겠지."

앨리스가 문가에서 서성였다.

"진짜로 마이클 말을 듣는 게 좋겠어. 하루 쉬어라, 응?"

앨리스는 통통 불은 내 새끼발가락을 가리켰다. 물이 빠질 수 있게 경사가 진 보도의 가장 높은 부분에 자꾸 닿아 생긴 흔적이었다. 비탈길은 발가락뿐만 아니라 발을 괴롭혔고 다리를 고통스럽게 했다.

"발이 아주 엉망이야. 잠시 쉬면 발도 좋아할 거야."

나는 너덜너덜해진 발에 울 양말을 간신히 신으면서 아파서 움찔움찔했다. 양말이 반창고와 테이프에 자꾸 걸렸다.

"오늘은 못 쉬어, 앨리스."

"왜 못 쉬어?"

앨리스가 휴지에 대고 코를 팩팩 풀었다.

"이런 날씨에 하루 쉰다고 해서 널 탓할 사람은 없어."

"첫 주에 계획에도 없는 쉬는 날을 넣을 순 없어. 메리웨더 루이스라면 그러지 않았을 거야. 그렇게 된다면 거의…… 그만두는…… 거나 마찬가지잖아."

앨리스는 침대에 앉더니 내 몸을 돌려 자신을 바라보게 했다.

"나중에 보충하면 돼. 너는 지금 비상식적으로 행동하고 있어, 안드라."

내가 뭐라고 변명을 하든 비상식적인 건 사실이었다. 45마일 이정표에 다다랐을 때 나는 차 뒷좌석에서 기어내려와 장갑을 낀 손가락이 차가워지지 않게 하려고 동그랗게 말았다.

진눈깨비 사이로 자동차의 미등이 점차 멀어졌다. 성난 하늘을 올려다보며 "대체 이게 무슨 정신 나간 짓이냐"라고 중얼거리는데 진눈깨비가 눈썹에 달라붙었다.

도보 여행 전 공식적인 출간 행사가 하나도 잡히지 않았다. 언론의 관심을 모을 거라던 내 장대한 계획은 물거품이 됐다. 지금은 아빠와 시간을 보내고 있지만 아빠가 끝까지 함께 가줄지 확신이 들지 않았다. 기온을 확인하려고 주머니에서 아이폰을 빼 들여다보니 추위 때문에 배터리가 나가 있었다.

모자를 단단히 여미고 상체를 숙인 채 차가운 바람이 부는 영하의 날씨 속을 걷기 시작했다. 진눈깨비가 추적추적 고속도로 위로 떨어졌다. 중년에 꿈을 좇는 게 잘못일까? 아빠를 감당할 수 없는 여행에 억지로 끌어들인 게 잘못일까? 계획한 시간에 맞추려고 팔을 흔들고 다리를 강제로 움직였지만 그런 움직임은 온갖 기억을 들쑤셔놓을 뿐이었다.

반대하던 사람들에 대한 기억. 누군가 내 글을 조금이라도 읽기 전에 내가 죽고 말 거라고 말하던 사람들에 대한 기억. 마흔네 살이나 먹은 여자가 대단한 사람이 되자고 노력하는 건 꼴사나운 짓이니 지금의 삶에나 만족하라고 잔소리를 해대던 회의주의자들에 대한 기억. 내가 성공하고 싶다는 생각이 들 수밖에 없도록 자극한 아빠에 대한 기억.

이 도보 여행이 실현되지 못한 꿈에, 가지 않은 길에 빛을 비춰줄까? 이 여행이 사람들이 나이에 상관없이 언제라도 모험을 감행하도록 격려가 될 수 있을까? 그러나 몸을 덜덜 떨면서 다리를 건너는 지금, 이미 내가 좌절한 마당에 어떻게 다른 사람의 꿈에 불을 지필 수 있을지 알 수 없었다.

"풀이 죽으면 안 돼, 안드라. 많은 사람들이 너와 뜻을 함께하고 있어. 그 사람들만 생각하자."

어디에선가 음악이 끊어질 듯 말 듯 들려왔다. 엇갈린 박자가 점차 노래로 이어졌다. 한 무리의 오토바이들이 언덕 너머로 줄을 지어 달리는 모습이 눈에 들어왔고 그제야 티나 터너^{Tina Turner}의 노래가 확실히 들렸다. '강물 위로 흔들흔들 흘러가요.'

나는 박자에 맞춰 손을 흔들었다. 참회의 화요일 아침 9시였고 아직까지는 만사형통이었다.

나는 멀어지는 음악 소리에 맞춰 발걸음을 옮겼다. 초록색과 보라색과 금색 구슬로 된 목걸이가 발걸음에 따라 흔들렸고 도로 위의 살얼음에 내 발자국이 남았다. 오토바이를 탄 사람들이 겨울 날씨에 상관없이 즐겁게 드라이브를 한다면 나도 즐겁게 걸을 수 있어.

48마일 이정표에서 발에 감각이 없어졌고 장갑을 끼고 있는데도 손이 얼어붙었다. 고가도로의 가장자리에 엉덩이를 천천히 기댔다. 근육이 얼어붙어 앉는 데만 해도 소중한 시간이 몇 초나 걸렸다.

"19킬로미터를 더 가야 해. 감각이 없는 발로. 움직이지 않는 손으로."

고인 눈물을 볼에 떨구려고 눈을 깜박였다. 그러지 않으면 눈꺼풀이 얼어붙어 눈을 뜰 수 없을 테니까. 배낭에서 꽁꽁 언 비스킷을 끄집어내 한입 베어 물었다.

"꿈이 강물이라면 그 노래 가사처럼 나두 그냥 흔들흔들 흘러가도 될 텐데."

20분 후, 나는 몸을 잔뜩 움츠린 채 머큐리 뒷좌석에 앉아 있었다. 몸 전체가 덜덜 떨려 자꾸 가죽 시트에 부딪쳤고, 뜨거운 차가 담긴 보온병에서 열기가 전해지는데도 손가락이 곱아서 펴지지 않았다. 나는 차를 한 모금 마시려다가 흘렸다. 델 만큼 뜨거운 액체였다.

"기온이 어떻게 돼? 아냐, 됐어. 말하지 마."

"영하 8도다!"

아빠가 조수석에서 소리를 질렀다. 내가 몸 좀 괜찮으시냐고 물을 때마다 아빠는 들리지 않는 체했다.

앨리스는 백미러를 흘긋 봤다.

"너 지금까지 걸은 시간이 한 시간밖에 안 돼. 오늘은 그냥 일찍 끝내는 게 좋겠어. 맛있는 케이크를 사서 참회의 화요일을 축하하자. 오늘 만찬을 위해 한껏 차려입는 건 어때?"

나는 고개를 흔들며 얼굴을 향해 뜨거운 증기를 갖다 댔다.

"49마일 이정표까지 왔어. 계속 가야 해. 사람들에게 하겠다고 말했고, 할 거야."

"더 추워질 거래. 게다가 아직도 진눈깨비가 내리고 있잖아."

앨리스가 거들어달라는 기색으로 아빠를 쳐다봤지만 아빠는 창밖만 응시했다.

나는 바깥에 감도는 겨울 기운을 살폈다. 냉랭한 푸른빛이 사방에 달라붙어 있었다. 몹시 차가운 만년설의 빛깔이었다. 내 손가락에도 같은 빛깔의 으스스한 그림자가 서려 있었다. 피부가 접힌 부분에 여기저기 멍이 생겨 손이 제대로 움직이지 않았다. 나는 날씨가 내 몸에 끼칠 손상을 막아줄 보호막인 장갑을 더듬더듬 찾아내 여러 번 잡아당긴 끝에 겨우 꼈다.

아빠는 조수석에서 내 쪽으로 몸을 돌리려고 애를 썼다.

"체감 온도가 영하 10도 이상으로 올라가지 않을 거라고 하더라. 오늘은 그만하는 게 좋겠다, 안드라."

"몸이 안 좋아서 그러세요, 아빠?"

"나? 아니다. 난 아무렇지도 않아. 그저 네가 걱정돼서 그러는 거야. 내 생각에 넌 여기서 그만둬야 해."

앨리스가 입을 열어 2대 1로 덤비기 전에, 나는 얼어서 뻣뻣한 손가락으로 문손잡이를 잡았다.

"오늘 아침 일 기억나? 여기로 나와서 출발할 때 말이야."

"응. 그때보다 지금이 더 추워."

두 사람은 왜 이해하지 못하는 걸까? 불가능한 일에 도전한 수많은 사람들이 이상적인 날씨에 편하게 걸을 수 있으리라 기대했겠냐고. 나는 문을 열고 나가 앨리스 쪽 창문을 두드렸다.

앨리스가 창문을 내리자 나는 맹렬히 덤벼들었다.

"추위는 문제가 안 돼. 오늘 아침에 강에서 왜가리를 봤잖아. 기억나?"

앨리스는 안경을 콧등으로 치켜올리며 고개를 끄덕였다.

"그렇지만."

"내가 막 걷기 시작하려는 참에 왜가리를 본 건 행운의 상징이라고 네가 말했잖아. 참회의 화요일이 시작될 때 왜가리를 보는 게 무슨 의미인지 누가 알겠어. 어쨌든 난 그 의미를 찾아볼 시간이 없어. 그저 큰 행운의 상징이라고 믿을 수밖에. 이 도보 여행 중 만날 기쁨의 순간 가운데 하나라고 말이야. 기쁨을 발견할 거리가 아직 17킬로미터나 남았으니까. 그 새가 여기에 서 있을 수 있으면 나도 그럴 수 있어."

나는 마음이 바뀌기 전에 발을 절뚝거리면서 얼른 차에서 멀어졌다. 결심이 무너져서 두 사람을 부르고 싶을까 봐 그들이 탄 차가 반대 방향으로 출발할 때 고개를 돌리지도 손을 흔들지도 않았다. 멀어지는 차의 미등이 아빠가 거의 나를 떠날 뻔했던 때의 기억을 불러일으켰다.

내가 열여섯 살 때였다.

아빠가 여행용 트렁크를 거실에 내팽개쳤다. 가방의 단단한 옆면이 벌컥 열리며 아무렇게나 뭉쳐진 옷더미가 바닥에 쏟아졌다. 아빠는 안락의자에 앉아 몸을 흔들었다. 몸을 세게 흔들면 의자가 로켓처럼 아빠를 문밖으로 휙 날려 보내주기라도 하는 양.

"당신을 떠날 거야, 린다."

엄마는 부엌 싱크대 옆에 서서 보이지 않는 얼룩을 행주로 문지르고 있었다.

"오, 로이. 당신은 떠나지 않을 거야."

나는 소파를 움켜쥐었다. 내 고개가 두 사람 사이를 왔다 갔다 했다. 엄마 손에 들린 행주가 정적 속에서 북북 소리를 냈다. 마침내 아빠가 의자에 풀썩 몸을 묻었다.

"더 이상 못 하겠어, 린다."

"뭘? 뭘 못 하겠다는 건데?"

엄마는 찬장 문을 문지르며 화를 죽였다.

"이거…… 이 가정생활이라는 거."

십 대인 내 눈에서 눈물이 샘솟았다.

"아빠, 우리를 사랑하지 않아요?"

"모르겠다, 안드라. 그런 적이 있었는지조차 모르겠어."

"로이!"

엄마가 싱크대에 행주를 철썩 내던지더니 엉덩이에 손을 올리고 아빠에게 쿵쿵거리며 다가섰다.

"감히 그런 말을 하다니!"

아빠는 엄마를 지나 바닥에 흐트러진 물건들 옆에 무릎을 꿇고 앉았다. 아빠는 물건을 하나씩 가방에 쑤셔넣고 나서 놋쇠로 된 걸쇠를 잠갔다.

"네가 이해해야 한다, 안드라. 내가 하는 것이라곤 일, 일, 일 뿐이다. 이 가족을 부양하려고, 널 키우려고, 좋아하지도 않는 일을 계속하고 있단 말이다. 난 이 일이 정말 싫다. 평생 하루도 빼놓지 않고 이 일이 지독하게 싫었다."

엄마는 문으로 가려는 아빠의 앞을 막아섰다. 아빠가 엄마를 지나가려고 하면서 두 사람 사이에 몸싸움이 벌어졌다. 엄마는 가방을 발로 찼고 아빠의 어깨를 주먹으로 마구 쳤다. 엄마의 속눈썹에 매달려 있던 눈물이 뚝뚝 떨어졌다.

"그런 말은 그만해! 당장! 받는 것보다 주는 게 많은 사람이 당신만은 아니라고!"

엄마 아빠의 팔과 다리가 구분할 수 없게 엉켰다. 아빠가 엄마를 밀치자 엄마가 발을 헛디뎌 엉덩방아를 찧었다. 엄마는 눈 언저리가 벌건 짐승 같은 눈으로 아빠를 지켜봤다. 아빠의 시선이 바닥으로 향해 탈출할 길을 살폈다. 가방. 문. 나는 엄마의 격렬한 숨소리를 듣지 않으려고 귀를 막았다. 아빠가 나가는 모습을 보지 않으려고 눈을 가렸다. 아빠가 나가는 모습을 보지 않으면 이게 사실이 아니라고 믿을 수 있을 테니까. 빠른 심장박동 소리가 귓속으로 쿵쿵 울렸다. 2초를 셌다. 10초를 셌고, 20초를 셌다. 내 목소리가 겹겹이 쌓인 긴장감을 가르고 나왔다.

"어디로 가실 거예요, 아빠?"

"모르겠다. 나도…… 모르겠어."

"아빠한테 전화해도 돼요?"

슬픔이 울컥 북받치고 마음이 갈가리 찢어졌다. 처음 겪은 비통함이었다.

"가끔 날 만나러 오실 거예요?"

아빠는 희끗희끗한 머리카락을 양손으로 연신 헤집으며 천장을 뚫어져라 쳐다봤다.

"세상에. 내가 어쩌다 이런 신세가 됐지?"

산산조각 난 내 심장이 60초를 세고 나자 아빠가 가방 쪽으로 갔다. 가방을 집어든 아빠는 구부정한 어깨를 한 채 복도를 지나 침실로 향했다.

"잠시 날 내버려 둬, 린다."

아빠는 문을 닫기 직전에 작게 소곤거렸다.

"잠시 날 내버려 둬."

온몸 구석구석이 거부할지라도 내가 이 도보 여행을 계속한다면, 죽을 날을 기다리는 늙은이가 되도록 아빠가 우리를 떠나지 않고 남은 이유를 이해할 수 있을까?

추위가 추억을 마비시켰다. 아니면 추위에 쏠린 마음이 과거에 대한 생각을 이겼을지도 모르겠다. 숨을 들이쉴 때마다 폐가 찢어지는 것 같았다. 50마일 이정표에서 55마일 이정표 사이를 몸이 얼어붙는 고통스러운 추위 속에 절뚝거리면서 걸었다. 걸음을 내디딜 때마다 새끼발가락이 신발에 쓸렸다. 평상시의 두 배 크기로 부어오른 새끼발가락이 도무지 구부려지지 않았다. 발을 디딜 때마다 뼈가 발바닥 안쪽을 파고들었다. 속도를 내면 통증이 분산됐지만 빠른 속도를 몇 분도 유지하지 못하고 걸음을 멈춰 폐를 녹이고 숨을 돌려야 했다. 단 몇 초라도 쉬어줘야 발이 정상으로 움직였다.

나는 다리를 절며 구부러진 길을 돌다가 숨을 헉 하고 들이켰다. 로키 스프링스. 노란 글자가 나무들 사이로 들어오라고 유혹의 손짓을 했다. 나는 유령 도시 사이로 난 길을 탐험했다. 한때 그곳에서 번창했던 삶을 상기시키는 흔적이라고는 버려진 교회뿐이었다. 길 양쪽에 나무들이 빽빽하게 줄지어 있었다. 나뭇가지 사이로 진눈깨비가 우수수 쏟아졌다.

나는 바람 사이로 퍼지는 음에 귀를 기울였다. 내가 이해할 수 없는 단어들. 오래전에 죽은 동물들의 소리.

나는 나체즈 길의 아름다움을 나누는 즐거움에 추위와 통증을 잊었다.

아이폰을 빼서 앨리스의 번호를 누르자 그녀의 목소리가 내 귀에 따스한 온기를 불어넣었다.

"아빠를 로키 스프링스로 모시고 와. 거기서 몇 킬로미터만 오면 돼. 아빠가 여기 나무들을 정말 좋아하실 거야."

나는 전화를 끊고 두 사람과 나와의 거리를 늘리려고 서둘러 걸었다. 8킬로미터밖에 안 남았다. 조금만 가면 샤워와 참회의 화요일 만찬과 온기를 누릴 수 있다.

아빠는 우리를 떠나기 직전까지 간 그날 이후로 온기를 찾았을까? 나는 추위를 막으려고 팔목의 찍찍이를 꽉 조였다. 그날 아빠는 침실에서 나왔을 때 가방을 가지고 있지 않았다. 아빠는 나를 외면한 채 곧장 문으로 향했다. 엄마가 문가에서 아빠를 막았다.

"어디 가?"

"아무 데도, 린다. 아무 데도 안 가."

그리고 아빠는 밖으로 빠져나갔다. 엄마가 나를 안았고 그렇게 우리는 아빠의 트럭에 시동이 걸리는 소리에 귀를 기울였다. 자동차 소리가 집 앞 차도를 지나 점차 멀어졌다.

"아빠가 돌아올까요, 엄마?"

엄마의 한숨에 내 머리 한쪽의 신경이 곤두섰다.

"돌아와야지, 안드라. 돌아와야만 해."

"그건 아빠가 돌아온다는 뜻은 아니잖아요."

엄마는 자신의 허리에서 내 양팔을 떨어뜨리고는 휘청거리며 침실로 향했다. 엄마는 문을 닫기 전에 중얼거렸다.

"그래, 아니지."

아버지가 되는 법을 배우지 못했기에

젊은 시절 나는 대단한 사람이 되고 싶었다. 하긴 누군들 안 그럴까.

그렇지만 아버지가 힘든 농사일에 망가지는 모습을 보며 과연 그렇게 될 수 있을지 자신감을 잃어 갔다. 아버지는 어찌할 바를 몰라 괴로워하는 어머니를 남겨둔 채 이 술집 저 술집을 전전하며 여자들을 만났다.

어린 시절의 기억 대부분은 추하게 행동하는 아버지의 모습이었다.

그때 나는 기껏해야 두세 살 정도였을 것이다. 소년이라고 할 수도 없는 나이였다. 그런데 아버지는 나를 데리고 여기저기 술집들로 유랑을 다녔다. 내가 술집 카운터 위에서 아버지 친구들에게 재롱을 떠는 동안 아버지는 점점 더 취해 갔다.

나는 술집에서 나에게 쏟아지는 어른들의 관심이 좋았다. 어떤 아이가 그런 관심을 싫어할까.

내가 싫은 건 완전히 고주망태가 된 아버지와 집에 돌아가는 일이었다. 어쩔 때는 아버지가 낡은 트럭을 길 위로 똑바로 모는지 확인하려고 아버지 옆에 허리를 꼿꼿이 세우고 앉아 있어야 했다. 그때 나는 아무리 고개를 들어도 계기판 위로는 거의 보이지 않는 작은 아이였다.

한 번은 새벽 4시에 집에 도착했다. 아버지는 현관 계단에 제대로 올라서지도 못할 만큼 취했고, 18킬로그램밖에 안 되는 나는 아무리 힘을 써도 아버지를 끌고 갈 수 없었다.

"내버려 둬라. 자기가 토한 오물에 빠져 죽으라지. 그러면 우리도 좀 편해지겠구나."

어두운 현관에서 어머니의 목소리가 울렸다.

"그렇지만 엄마."

나는 흔들의자에 앉아 있는 어머니에게 더듬더듬 다가가 어머니의 무릎 사이로 내 머리를 들이밀었다.

"난 아빠가 어디로 가버리는 게 싫어요. 아빠가 없으면 나처럼 어린아이가 남자가 되는 법을 어떻게 배우겠어요?"

어머니는 양손으로 내 턱을 잡았다. 어머니가 좋아하는 코담배가 입 옆의 주름을 타고 줄줄이 묻어 있는 게 보였다. 어머니의 입가 주름은 내가 거울을 볼 때 내 얼굴에서 보는 주름과 똑

같았다. 어머니는 솔직한 심정을 털어놨다.

"아들, 저 불쌍한 술주정뱅이와 정확히 반대로 행동하면 남자가 되는 방법을 배울 수 있단다. 커서 대단한 사람이 돼야 한다. 내 말 알아들었냐? 착하게 행동해. 대학에 가고 이 지옥 같은 곳에서 벗어나. 착한 여자와 결혼해서 그 여자를 사랑해. 네 아빠가 날 두고 오입질을 하듯이 네 아내한테 그러면 안 된다."

"엄마를 두고 오입질을 한다는 게 무슨 말이에요?"

어머니는 위로 뻗친 내 머리카락을 헝클어뜨렸다.

"알게 될 거야, 곧. 주님이 너에게 자식들을 주시면 너는 바르게 행동해야 해. 좋은 사람이 되는 법을 자식들에게 보여주렴. 네 마음이 내키지 않을 때라도 말이야. 절대로 네 자식들이 아빠 없이 홀로 곤경에 빠지게 내버려두면 안 돼. 넌 아빠와 다른 사람으로 자라서 엄마가 널 자랑스럽게 여기게 해야 해."

가족을 버리고 떠날 뻔했던 그날, 어린 시절 어머니와 나눈 이 대화를 생각했다. 어머니는 안드라가 태어나기도 전에 돌아가셨지만, 내가 아버지처럼 행동했다면 분명 실망하셨을 거다.

어머니는 어딘가에 계실 테니까.

그리고 다 아실 테니까.

아무리 싫은 날도 그리워할 때가 온다

"여기서 절대로 안 나갈 거야."

나는 혹사당한 팔다리와 몸뚱이를 거품 욕조에 담그면서 중얼거렸다. 소금물이 찢어진 발 여기저기에 닿아 따끔거렸다.

"이렇게 통증이 있다는 건 염증이 생겼다는 뜻일까?"

나는 물이 부글거리는 소리에 묻히지 않으려고 소리쳤다.

"내 말은 발가락 하나가 떨어져나가기라도 하면 어떻게 하냐는 거야."

"네 발가락은 떨어져나가지 않아, 안드라."

앨리스는 침실을 쿵쾅쿵쾅 돌아다녔다. 짐을 싸는 중이었다. 그녀는 다음 날 떠나기로 돼 있었다.

나는 혼자가 될 것이다. 단, 아빠와 함께.

5일째 도보 여행이 끝났다. 이제 29일이 남았다. 나는 75마일 이정표가 있는 잭슨 남쪽에 있는 교외 지역인 미시시피주 레이먼드까지 걸었다. 반복되는 움직임에 내 몸이 쇠약해졌다. 대부분의 운동화는 5주 동안 매일 다섯 시간씩 아스팔트 길을 밟을 때 발에 가해지는 충격을 흡수하는 기능을 가지고 있지 않았다. 설사 삼중 젤이 깔린 운동화를 신는다 해도 똑같은 방식으로 100만 걸음 이상을 걸으면 가차 없는 고통을 겪게 될 것이다.

길바닥의 표면에 반복해서 닿다 보면 발바닥의 열점이 몇 분도 지나지 않아 불타올랐다. 경사진 길의 영향력을 줄일 유일한 방법은 충격을 최소한으로 줄이기 위해 길을 이리저리 누비며 깡충깡충 뛰는 것뿐이었다. 얼굴에 맞바람이 불면 뒤에서 오는 자동차 소리가 들리지 않았다. 특히 자동차가 경적을 울리지 않을 때는 더욱 그랬다.

나는 매일 밤 발을 번갈아가며 얼음에 담갔다. 그러다 보면 부기가 가라앉았지만 물집은 어떻게 해도 해결할 수 없었다. 물집은 발가락 사이사이와 발바닥 가장자리에 생겼다. 고름은 발톱 끝을 따라 보글보글 일어났다. 한시라도 빨리 침대에 누워 차가운 얼음으로 고통을 둔하게 만들고 싶은 마음뿐이었다.

"아빠는 어디 계시지? 지금쯤이면 얼음을 가지고 돌아오셨어야 하는데."

앨리스가 여행가방의 지퍼를 잠갔다.

"아버지를 잘 알잖아. 본채에 가셨겠지. 더 많은 이야기보따리를 풀어놓고 계실 거야."

우리는 새 숙소에 와 있었다. 아빠의 몸을 눕힐 진짜 침대가 있고 견고한 새 가구와 거품 욕조가 갖춰진 곳이었다. 새로운 장소로 옮길 때마다 아빠는 이야기를 들어줄 새로운 관객을 만났다. 나는 발을 거품 분출구에 올려놓고 본체에 있는 아빠의 모습을 상상했다. 파자마를 입고 있고 단추를 잠그지 않은 상의 사이로 어마어마한 배가 불룩 튀어나와 있겠지.

아빠가 어떤 이야기로 시작할지 추측할 필요가 없었다. 나체즈 길을 여행하는 동안 매번 아빠는 똑같은 이야기를 했다.

아빠는 테네시 동부 출신인 알코올 중독 낙농업자의 외아들이었다. 다섯 자식 가운데 넷째, 딸 셋을 줄줄이 낳다가 오랜 기다림 끝에 얻은 유일한 아들이었다. 아빠는 걸음마를 시작한 때부터 내 할아버지, 그러니까 아빠의 아버지와 그분의 친구들이 매일 반복하는 순례에 따라다녔다. 그들이 가는 곳은 밀주를 파는 무허가 술집과 싸구려 카바레였다. 다들 술과 담배와 여자가 넘쳐나는 장소였다.

할아버지가 술에 취하는 동안 아빠는 끈적거리는 카운터 위에서 통통한 다리로 빙글빙글 춤을 추면서 주변의 사람들을 즐겁게 했다. 5센트나 25센트짜리 팁을 받으려고 두 살 때 담배를 피웠고, 빌어먹을이나 암캐나 제기랄 같은 말을 해서 번 동전으로 돼지저금통을 가득 채웠다. 아빠는 고향 마을에서 거물로 불렸다. 담배를 수십 개비씩 피우고 하수구처럼 더러운 욕을 줄줄이 뱉어내는 아기로 유명했다.

나는 욕조의 물을 첨벙거리며 어린 시절 아빠의 모습을 그려보려고 노력했다. 소매 없는 세일러복. 입가에 댄 수줍은 손가락. 전국 어린이 사진 대회 참가증 위에 놓인 상장. 나는 그 시절의 사진 가운데 내가 가진 유일한 사진을 떠올렸다. 위아래가 붙은 다 찢어진 옷을 입은 채 지저분한 무릎을 하고 새의 물통 앞에 있는 통통한 아기. 딱지가 앉은 더러운 손에 들린 대충 만든 새총. 카메라 뷰파인더를 향해 미소를 지어야 할지 아니면 돌을 던져야 할지 모르는 빛나는 눈동자.

그 모습을 떠올릴 때마다 사람들이 아빠를 거물이라고 부른 이유가 납득이 됐다. 그리고 거물이라고 불리던 남자에게 문은 그저 열어젖히기 위해 존재하는 것이었다.

"아빠! 뭐 하시는 거예요? 나 지금 발가벗고 있단 말이에요!"

아빠가 화장실로 느릿느릿 들어오자 나는 허둥지둥 샤워 커튼을 잡아챘다.

"오줌을 눠야겠다."

아빠는 이미 변기 앞에 서서 사정거리 안에 있는 모든 표면을 흠뻑 적셔놓고 있었다.

"내가 이 안에 있는 동안은 제발 아무것도 하지 마세요."

나는 커튼을 홱 잡아당겨 닫은 뒤에 머리를 물속으로 밀어 넣었다. 방금 본 장면을 머릿속에서 지워버리고 다른 장소로 순간 이동을 하고 싶어서였다. 평화롭고 조용하고 나만의 공간이 보장되는 어딘가로.

다섯 시간 동안 홀로 걷는 나체즈 길로.

나는 이날 아침에 60마일 이정표에서 하루를 시작했다. 여전히 차가운 공기가 손가락을 할퀴고 지나갔고 얼굴을 차게 식혔지만 구름 사이로 태양이 고개를 들이민 날이었다.

내 아이폰은 문자 메시지 몇 통이 올 때를 제외하고는 줄곧 조용한 덕에 생각이 꼬리에 꼬리를 물고 마구 떠올랐다. 나체즈 길 도보 여행은 책의 출간을 알리는 독특한 방식이었다. 더불어 이 여행은 다른 작가들이 신간을 발표할 때마다 겪는 과정을 멀리하게 해주기도 했다. 그런 과정은 말하자면 이런 식이다.

판매 부수를 확인하고, 실망하고, 다시 판매 부수를 확인하고, 더욱 실망한다. 또 한 번 판매 부수를 확인하고, 주변의 모든 사람들의 죄책감을 조장해서 책을 사도록 유도한 뒤, 다시 판매 부수를 확인하고, 책을 사지 않은 사람들을 죄다 미워한다. 또다시 판매 부수를 확인한다. 인사불성이 될 때까지 술을 마셔댄 후에 취해서 SNS에 불만을 늘어놓다가, 결국 배우자에게 전자기기 사용을 전면 금지하며 좌절한다.

나는 그런 사람이 되기 싫었다. 하지만 인적 없는 길을 다섯 시간씩 걷는다는 게 다른 사안들을 들춰내는 계기가 될 줄은 꿈에도 몰랐다. 어떻게 아직도 내가 아빠에 대해 잘 모를 수가 있는지. 왜 나는 엄마랑 말다툼을 하는지. 나는 가족의 불화가 지속적인 회피와 관련이 있다고 여겼다. 문자 메시지를 보내고 트위터에 글을 올리느라 정신이 없는 때를 제외하면 늘 내 머릿속은 부모님에 대한 생각뿐인 이유가 무엇일까?

메리웨더 루이스도 서부 탐험길에서 이해할 수 없는 무언가를 곱씹었을까?

나는 걷기 시작한 후 1.6킬로미터도 가지 않아서 다리를 절며 간선도로의 대피소로 들어갔다.

로어 촉토 경계선Lower Choctaw Boundaty

촉토 족의 영역을 가르던 과거의 경계선이 남아 있고 내가 서 있는 위치에 별표가 돼 있는 표지판이 있었다. 나체즈 길의 지도에는 그 별표의 꼭짓점들이 내 출발점과 닿아 있었다. 극복할 엄두가 안 나는 노선이 북동쪽으로 쭉 뻗어 있었다.

"이래서 지도를 보면 안 되는 거야."

나는 사이프러스 습지가 이어진 24킬로미터의 길을 몸을 질질 끌고 걸으며 중얼거렸다. 그 길은 갓길이 없는 다리였다. 차가 나를 향해 빠르게 달려올 때마다 비탈길을 기어내려가 차가 지나갈 때까지 기다렸다. 아빠가 삼림 관리원으로 일할 때 자주 습지에서 뱀을 총으로 쐈다고 말한 기억이 났다. 그래서 예전 아타리(Atari, 세계 최초로 비디오게임을 만든 미국 회사) 비디오게임에 나오는 프로거Frogger처럼 자동차들 사이를 껑충껑충 뛰어다니며 되도록 보도를 벗어나지 않으려고 애썼다.

순간 아빠가 변기 물을 내리는 소리에 깜짝 놀라 현실로 돌아왔다.

"내가 얼⋯⋯."

"아빠! 나가세요!"

"내가 얼음을 챙겨왔다, 안드라. 다 녹아버렸다면 미안하게 됐다. 거기 갔다가⋯⋯."

"이야기를 하셨겠죠. 알아요, 아빠. 괜찮아요."

나는 아빠가 진심으로 미안해하지 않더라도 항상 괜찮다고 말했다.

아빠의 장황하고 두서없는 말은 내 어린 시절 가장 큰 걱정거리였다. 어딜 가나 아빠가 그곳에 있는 모든 사람들에게 이야기를 다 끝내고 날 즈음이면 나는 이미 차 뒷좌석에서 잠이 들어 있었다. 그래도 차에서 몸을 웅크리고 있는 편이 마지막에 자리를 뜨는 사람이 되는 쪽보다 훨씬 나았다. 내가 보기에 다들 아빠의 이야기에 아주 진절머리가 나서 도망치려고 서둘러 떠났기 때문이다. 나는 따분해하는 눈초리나 슬그머니 살피는 표정이나 구해달라는 은밀한 신호를 왜 아빠가 알아차리지 못하는지 끝내 이해할 수 없었다.

침대에 편히 누워 둥그렇게 부어오른 한쪽 발 밑에 얼음 팩을 댈 때까지 아빠의 끊이지 않는 대화의 물결은 계속됐다.

"책 몇 권에 사인을 해야겠다, 안드라."

아빠는 대학에 다닐 때 여름마다 내슈빌 사우스웨스턴 출판사에서 일하며 성경을 방문판매했다. 나는 아빠가 묘사하는 젊은 시절 모습을 가지고 아빠를 놀렸고 그러면서 어렵던 그 시절을 간접적으로 체험했다. 우리는 아빠가 팔던 책들을 트렁크에 보관했다. 아빠는 순진한 사람들을 만날 때마다 성경을 팔던 기술을 이용해서 메리웨더 루이스의 유령들에 대한 이야기로 그들을 괴롭혔다.

아빠의 고객들은 항상 사인이 있는 책을 원했다. 아빠는 다음 판매 계획을 세울 때면 거래 성사에 필요한 준비물들이 다 갖춰졌는지 거듭 확인했다. 그 덕에 아빠가 책을 팔아 3년간의 대학 생활을 무사히 마쳤는지도 모르겠다. 아빠의 목적은 판매였고 그 목적을 제대로 이루려는 결심은 대단했다.

설령 그것이 내가 완전히 지쳐 있는 때 책에 사인을 하라고 재촉한다는 뜻일지라도 말이다.

"내일 할게요, 아빠."

나는 머리를 베개 밑에 묻었지만 아빠의 손가락이 베개를 두드렸다.

"사인이 안 돼 있으면 안 팔려."

나는 방 저편으로 베개를 내던졌다.

"내일 한다고 말했잖아요."

"사람들은 작가의 사인이 돼 있지 않은 책을 사려 하지 않아."

"아빠!"

"책에 사인을 꼭 해야 해."

아빠는 팔짱을 낀 채 침대 발치에 서서 꼼짝도 안 했다.

얼음 팩이 바닥에 탕 소리를 내며 떨어졌고 발이 단단한 소나무 마루에 닿는 순간 통증 때문에 눈물이 와락 솟구쳤다.

"아빠, 5분만이라도 좀 조용히 계실 순 없어요? 단 5분만이라도요."

"그렇지만 책이 스스로 사인을 할 수는 없지 않냐, 안드라."

나는 방문을 향해 쿵쿵 걸었다. 지독한 고통이 다리를 강타했다. 문에 채 닿기 전에 앨리스가 잽싸게 먼저 문을 빠져나갔다.

"내가 책을 가져올게, 안드라. 다시 누워 있어."

아빠는 나와 침대 사이에 자리를 잡고 움직이지 않았다.

"책에 사인을 해야 한다. 안 그러면 안 팔려."

이런데도 내 쇠고집이 어디에서 왔는지 궁금해했다니.

며칠 만에 아빠는 혼자 일어서기도 힘든 상태에서 정신없이 빠르게 일을 해치우는 상태로 변했다. 아빠를 보고만 있어도 내 기운이 다 빠졌다.

나는 앨리스의 손에서 책을 몇 권 잡아채 한 페이지에 내 이름을 썼다.

"아빠, 아침에 해도 상관없을 일이었잖아요. 걸으러 나가는 길에요."

"잊어버릴 거야."

"안 잊어버릴 거예요! 내가 빌어먹을 책에 사인할 때까지 아빠가 멈추지 않고 잔소리를 하는 데 어떻게 잊겠어요?"

나는 한 권을 아빠에게 거의 집어던질 뻔했지만, 그냥 침실 탁자 옆에 얌전히 쌓아놓았다. 고개를 돌리면 입술 끝을 살짝 올리고 미소를 짓고 있는 아빠의 모습이 보이리라. 날 괴롭혀서 흐뭇하겠지. 밀고 당기고 쥐었다 폈다 하는 심리전. 이야말로 아빠와 나의 관계를 지탱하는 지렛대였다.

나는 심호흡을 하고 침대로 기어 올라갔다.

"아침에 책 챙기는 거나 잊어버리지 마세요."

"안 잊을 거다."

아빠는 답변과 함께 비틀거리며 창가로 가서 식료품이 든 가방을 뒤적였다.

"무가당 과자 어디 있냐? 자기 전에 하나 먹어야겠는데."

나는 부풀어 오른 아빠의 배를 쳐다봤다.

"과자는 이제 그만 드셔도 되겠어요."

"오늘 아침에 혈당이 171이었잖아요, 아버지."

앨리스가 매트리스에 벌렁 드러누웠다. 앨리스는 한시라도 빨리 이 정신 나간 상황에서 벗어나고 싶을 게 분명했다. 차를 몰고 떠나기 직전까지 1분 1초를 재고 있겠지. 지금 내 소망은 앨리스의 발밑에 무릎을 꿇고 애원하는 것뿐이었다.

"제발 떠나지 마. 아빠 곁에 나를 홀로 두고 가지 마. 아빠랑 나는 서로를 죽이려 들 거야."

"그 과자는 무가당이다. 내가 먹어도 된다는 뜻이지."

아빠는 다른 비닐봉지를 뒤졌다. 많은 에너지바와 캐슈가 바닥에 우수수 떨어졌다.

나는 난장판을 향해 어기적거리며 걸어갔다.

"아이고, 세상에. 이제 제발 좀 주무실래요?"

아픈 다리를 겨우 움직여서 바닥에 흩어진 식료품을 주워들기 시작한 순간 아빠는 다른 가방에 손을 뻗었다.

"아빠!"

"아버지."

앨리스가 봉지를 후다닥 낚아챘다. 아빠는 앨리스의 손을 재빨리 덮쳤다. 봉지를 짝 찢어 과자 두 개를 입에 밀어 넣었다.

"이제 자러 갈란다."

아빠는 과자를 오도독오도독 씹으면서 말했다. 아빠가 문을 닫자 나는 앨리스의 발치에 엎드렸다.

"제발 떠나지 마. 나는 아빠를 죽이려 들 거야. 제발 남아서 내가 아빠를 죽이지 못하게 막아줘."

"아버지는 스스로를 죽이고 계셔. 음식으로."

나는 난장판을 정리한 다음 양손으로 소파의 가장자리를 부여잡고 안간힘을 써서 몸을 일으켰다.

"언제 저렇게 아이가 되셨다니? 내가 가여운 부모 노릇을 하고 있잖아."

앨리스가 불을 껐다.

"이 시기를 즐겨, 안드라. 아무리 힘들어도 참고. 돌아가시면 다 그리워질 거야."

나는 어둠 속에서 속삭였다.

"난 절대로 이 시기가 그립지 않을 거야."

정말로 그립지 않을까?

다른 선택이 없을 때는 걸어라

"오늘은 네 옆에 붙어 있을 거다."

아빠는 미시시피주 잭슨의 외곽에 자리 잡은, 90마일 이정표를 지나는 도로의 혼잡한 출근길 교통 상황을 살폈다.

"여기는 차가 많아. 그러니까 네가 괜찮다면 잘 보이는 데서 널 보호해야겠어."

나는 어깨를 움츠려 배낭끈에 팔을 끼워넣으면서 한숨을 쉬었다.

"난 괜찮을 거예요. 하지만 그래야 아빠 마음이 편하시다면……."

아빠는 몸을 돌려 운전석으로 천천히 들어갔다. 체중을 지탱하지 못하는 다리를 대신해 문을 힘껏 움켜쥐고 있어 손가락 관절이 새하얗게 변했다. 차가 한쪽으로 기울었다. 아빠가 자세를 잡자 나는 아이폰을 건넸다.

"사진 찍어주세요."

아빠는 1,000볼트의 전류에 맞기라도 한 듯한 표정으로 작은 기계를 유심히 살폈다.

"난 이런 최신 전화기를 어떻게 사용하는지 몰라."

아이폰은 아빠 나잇대의 사람에게 외국어나 마찬가지였다. 아빠는 데스크톱 컴퓨터가 나오기 전에 퇴직했다. 아빠의 사무실에 갔던 때가 아직도 기억난다. 눈에 보이는 자리마다 종이더미가 어지럽게 널려 있었다. 지도, 차트, 목록. 아빠가 사고판 나무의 자취들.

나는 마땅치 않아 하는 아빠의 양손에 아이폰을 떠밀었다.

"이 버튼만 누르시면 돼요. 회색 버튼이요. 바로 이거예요."

나체즈 길을 걷는 동안 어느새 내 하루는 차에 등을 돌리고 이정표를 향하는 것으로 시작됐다. 나는 미처 모르고 있었는데, 매일 아침 내가 비틀거리면서 차에서 멀어질 때 앨리스는 내 뒷모습을 찍었다. 앨리스는 그렇게 사진을 찍는 전통을 계속 지키자고 했고, 초반 144킬로미터를 걷는 동안 그녀가 베푼 수많은 도움을 생각하면 그 뜻을 기리는 게 당연했다.

이제 앨리스가 가고 없으니 이정표를 지나 걸어가는 내 뒷모습을 혼자 찍을 방법이 없었다. 거울이 있거나 자기도취 성향이 있다면 모를까.

나는 절뚝거리며 몇 걸음 걷다가 차 쪽을 돌아봤다.

"찍으셨어요?"

"글쎄다."

아빠의 두 손가락 사이에서 아이폰이 달랑거렸다. 자칫 도로에 떨어져 부서질까 봐 부리나케 차로 뛰어갔다. 그 기계는 내가 가진 유일한 카메라였고 아직 갈 길이 569킬로미터나 남아 있었다.

"정말이에요, 아빠. 온종일 날 따라다니실 필요는 없어요."

나는 아빠가 찍은 사진을 흘깃 봤다. 아빠의 엄지손가락 지문이 크게 찍혀 있고 나와 이정표는 흐릿하게 나와 있었다. 한숨을 쉬고 아이폰을 주머니에 집어넣었다.

"난 괜찮을 거예요."

"흠, 어제 그 숙녀는 네가 위험에 처했다고 말하더라. 차를 세웠던 그 여자 말이다. 기억나냐? 주 소속 공무원이라나 뭐라나. 빅스버그에 가는 중이라고 했잖아. 이 근방에 질이 나쁜 사람들이 있단다. 그 여자가 그렇게 말했어."

아빠는 손가락으로 운전대를 두드렸다.

"좋은 생각이 있어. 휴게소에 차를 대놓고 있다가 거기 들르는 사람들에게 책을 팔 거야. 네가 오는 게 보이면 난 다음 휴게소로 이동하마."

"뭐, 좋으실 대로 하세요. 이제 출발할래요."

굳어진 관절이 걸을수록 점점 풀렸다. 고름 때문에 발가락들이 하나로 달라붙었다. 나는 봄 하늘 아래의 멋진 정경을 찍으려고 91마일 이정표에서 걸음을 멈췄다. 길게 뻗은 고속도로가 관통하는 풀이 우거진 농지에 푸른빛 수레국화가 출렁였다. 눈을 감자 갓 벤 건초의 달콤한 향기가 코로 스며들었다.

오른쪽 들판에서 고양이 한 마리가 뾰족뾰족 솟은 풀숲 사이를 살금살금 지나가고 있었다. 나는 한 손으로 햇빛을 가리고 고양이의 덩치를 유심히 봤다.

"아휴. 엄청나게 큰 집고양이네."

고양이는 덤불 뒤로 조심조심 움직였다. 잠수함 망원경처럼 머리를 삐죽 내밀고 지평선을 훑어보더니 나를 발견하고는 돌연 움직임을 멈췄다. 나는 우리 눈이 마주친 순간에야 녀석의 정체를 알았다. 미시시피 짧은꼬리살쾡이(북미산 야생고양이과 동물)의 사냥감이 될 판이었다.

포식 동물을 맞닥뜨릴 때 해야 할 행동이 하나도 기억나지 않았다. 시선을 피해야 하나? 덩치가 커 보이게 팔을 마구 흔들어야 하나? 소리를 질러야 하나? 나는 슬그머니 아이폰을 봤다. 통화 가능 여부를 표시하는 바가 꽉 차 있었다. 당장 아빠한테 전화해야 할지 아니면 서둘러 아빠를 따라잡아야 할지 결정을 내리지 못하고 미적거렸다.

1분 동안 살쾡이와 눈싸움을 하다가 내가 먼저 시선을 피하고 지형을 살폈다.

"계속 도로를 따라서 평상시의 속도로 걸으면 저 나무들이 있는 곳까지 갈 수 있겠어. 여기서 100미터밖에 안 되잖아."

그러나 떨리는 손을 91마일 이정표에서 떼고 걸음을 옮기다 보니 이성이고 뭐고 다 달아나고 허둥지둥하게 됐다. 사방이 탁 트인 나체즈 길을 걷는 건 바다에서 수영하는 것이나 마찬가지였다. 열심히 갈수록 지평선이 멀어졌다. 나는 속도를 천천히 높여 달리다시피 걸었다. 딱 한 번 뒤를 돌아보기는 했다.

메리웨더 루이스가 회색 곰에게 쫓겨 미주리 강까지 갔다는 이야기가 기억났다. 회색 곰이 다가올 때 마침 루이스의 라이플 총에는 총알이 없었고 주위에 아무도 없이 혼자였다. 그는 물에 뛰어들어 언제 시작될지 모를 회색 곰의 공격을 기다렸다. 뭔가가 회색 곰의 시선을 사로잡았다. 회색 곰은 루이스를 잡아먹지 않고 둑을 따라 휙 사라졌다.

루이스도 이런 기분이었을까? 나는 재빨리 달려 다른 장소로 순간 이동을 하고 싶었다. 하지만 여기저기 찢어지고 부어오른 발이 말을 안 들었다. 공포로 온몸이 마비됐다.

살쾡이가 나를 향해 살금살금 움직이기 시작했다. 쉬운 먹잇감을 쫓는 양 여유가 넘쳤다. 나는 시선을 앞쪽 도로로 휙 돌렸다. 어차피 가능성은 반반이잖아. 나는 뒤를 돌아보지 않고 고속도로의 중앙선을 따라 전력으로 질주했다. 제발 차가 나타나

달라고, 어떤 차라도 좋으니 나타나달라고 기도했다.

나는 내 살을 갈기갈기 찢어놓을 발톱과 내 목덜미를 물어뜯을 송곳니에 맞설 마음의 준비를 했다.

갑자기 동물의 날카로운 소리가 대기를 갈랐다.

그 순간 나는 아픈 발바닥과 뻣뻣한 뒤꿈치와 죽을 만큼 통증이 심한 골반을 잊어버렸다. 달리기에는 한 번도 소질이 없던 내가 92마일 이정표까지 쉬지 않고 단숨에 내달렸다. 몸을 잔뜩 구부리고 어깨를 들썩거리며 기다리던 중에 아빠의 차가 모습을 드러냈다. 아빠는 고속도로에서 서서히 차를 빼서 세운 뒤 기우뚱거리며 운전석에서 내렸다.

"이 앞 휴게소에서 책 두 권을 팔았단다. 난 참 훌륭한 판매원이야, 그렇지?"

나는 속에서 울컥 치솟는 울화를 집어삼켰다. 무릎에 손을 얹고 앉은 몸이 자꾸 앞으로 쏠렸다.

"그렇지, 응? 훌륭한 판매원이지?"

콜록콜록콜록. 기침이 터졌다.

"네, 아빠!"

"그래, 알았다. 이 앞에 차가 상당히 많이 막혀. 저 모퉁이에 차를 세워놓고 기다려야겠다. 네가 괜찮은지 확인해야지."

아빠가 운전석 문으로 천천히 들어가는 동안 나는 갓길을 따라 휘청거리며 걸었다. 왜 항상 아빠는 저렇게 빤할까? 그저 자신의 이야기에 웃어줄 새로운 사람을 만나는 게 가장 중요했다. 아무짝에도 쓸모없는 이야기들. 아빠는 왜 내게 아빠의 관심이 절실히 필요하다는 사실을 모를까?

그 지점부터 1.6킬로미터를 가는 동안 머릿속에서 아빠 생각을 지워버리고 잭슨 주변을 쏜살같이 질주하는 승용차와 트럭이나 주변 경치에 집중했다. 차들의 무서운 속도 때문에 도저히 도로로 걸을 수 없었다. 어쩔 수 없이 울퉁불퉁한 잔디 위로 걸어야 했다.

"드디어! 살쾡이가 여기까지 날 쫓아오진 않겠지."

나는 굉음을 내며 지나가는 트럭 못지않게 큰소리로 말했다. 그 트럭은 내 위치에서 60센티도 안 떨어진 하얀 선에 딱 달라붙어서 달렸다. 시속 180킬로미터는 돼 보였다. 진동 때문에 갈비뼈가 덜컹거리고 치아가 따다닥 부딪쳤다.

93마일 이정표에 도착하자 아이폰을 급히 꺼내서 다시 사진을 찍었다.

"이번엔 파이어볼 위스키네. 그것도 큰 병으로다가."

나는 도로 가장자리를 따라 걸으면서 사진을 찍는 걸 놀이로 삼았다. 단조로운 다섯 시간을 사진에 담았다. 그러곤 매일 밤 사진들을 쭉 훑어보며 그 순간을 기억했다. 빛의 영묘한 아름다움. 가볍게 스치는 새의 날개. 태곳적부터 이어진 습지의 물.

그러나 잭슨에서는 사진의 주제가 걱정스러운 분야로 넘어갔다. 눈에 보이는 쓰레기의 삼분의 일을 차지하는 맥주병, 찌그러진 맥주캔, 텅 빈 대형 술병. 1.6킬로미터를 걷는 동안 술의 잔재를 15개나 발견했다.

말하자면 나한테서 몇 센티미터도 안 떨어진 거리에서 질주하는 운전자 세 명 중 한 명이 음주운전 중이라는 뜻이었다.

나는 맥주캔을 발로 차버렸다. 화장실에 가고 싶어서 생각이 분산됐다. 차가 너무 많이 다니는 통에 도로 근처에서는 볼일을 볼 수 없었다. 나는 일주일 동안 나체즈 길을 걸으면서 이 문제를 처리하는 기술을 익혔다. 차가 다니지 않는 사이에 얼른 바지를 내리고 올릴 수 있게 됐다. 엘리자베스 여학교에서 처음으로 땅바닥에 소변을 눈 어수룩한 숫처녀에서 이제는 어디에서나 볼일을 볼 수 있는 거리의 매춘부로 발전했다.

나는 93마일 이정표를 지난 후 곧바로 텅 빈 간선도로 대피소로 올라갔다.

오스번 여관 *Osburn Stand*

한때 여관은 나체즈 길의 중추 역할을 했다. 여관은 개척자들이 걸어서 집으로 돌아가는 기나긴 여정을 잠시 멈추고 식량과 잠자리를 구할 수 있는 장소였다. 현재 나체즈 길에는 두 개의 여관만이 남아, 사라진 시대에 삶을 안락하게 해주던 곳의 흔적을 대충이나마 보여주고 있다. 메리웨더 루이스 사이트에 그가 죽은 여관이 있었는데 오래전에 몽땅 불에 타 없어졌다. 홀로 남은 돌계단만이 루이스가 들어갔다가 끝내 나오지 못한 지점을 알려주고 있다.

　오스번 여관에는 쓰레기통, 갈색 안내판, 나무 한 그루 없는 주차장이 자리하고 있었다. 하지만 여전히 바람 사이로 역사의 속삭임이 들렸다. 눈을 감고 판잣집에 숙소가 다닥다닥 붙어 있는 모습을 상상했다. 말이 히잉 우는 소리, 접시가 쨍그랑 부딪치는 소리, 시끌벅적한 이야기 소리.

　나는 배낭을 내려놓고 점점 줄어들고 있는 휴지를 챙겨 갈색 안내판 뒤로 갔다. 뒤로 돌아가자마자 지독한 소변 냄새가 코를 강타했다.

　"예산 삭감 때문에 이런 문제가 생긴 거지. 공원 관리원 수가 충분하면 사람들이 여기에 소변을 보겠냐고."

　나체즈 트레이스 파크웨이는 공중 화장실이 부족했다. 55마일 이정표부터 122마일 이정표 사이(107킬로미터)에서 화장실을 단 하나도 보지 못했다. 아빠는 차 뒷좌석에 두루마리 휴지를 가지고 다니면서 용변이 마려우면 때와 장소를 가리지 않고 바로 일을 봤다. 나는 나무 옆으로 빙 둘러 가서 안내판 뒤로 숨어들었다. 당장이라도 공원 관리원이 차를 타고 지나가다가 공연음란죄로 나를 적발하고도 남을 노릇이었다.

적어도 나는 항상 사용하고 난 화장지를 쓰레기통에 버렸다.

이정표 아홉 개를 지나자 다시 구역질이 한바탕 몰려와 기운이 쫙 빠졌다. 102마일 이정표를 양손으로 붙들고 몸을 진정시켰다. 트레일러트럭은 나체즈 길에서 통행 금지였지만, 순찰차가 부족하다 보니 잭슨 지역 주간 고속도로들 사이의 지름길을 불법으로 운행하는 트럭 운전사들이 많았다. 야생과 위험이야 나체즈 길의 역사에 깊이 배어 있다지만, 예산 삭감은 개척자들이 상상도 못한 위험을 보태놓았다.

나는 캠핑용 자동차가 보도 쪽으로 방향을 홱 트는 바람에 경사면으로 밀려내려가다 불개미 언덕에 빠졌다. 물리지 않으려고 정신없이 팔에서 불개미를 털어내는 사이에 훅 끼쳐온 엔진오일과 배기가스 냄새에 폐가 턱 막혔다.

"토하겠어."

나는 중얼거렸다.

"아이고, 하나님. 제발 토하지 않게 해주세요."

아빠가 차를 갓길로 몰아서 세워놓고 내게 손을 흔들었다. 나는 다리를 절면서 차를 향해 걸었다.

"저 가게에서 어떤 남자가 이 머큐리를 사려고 하더라."

나는 헛구역질을 하며 아빠의 옆자리로 무너져내렸다. 하얀 냅킨을 잡아채 얼굴을 문지르고 보니 새카매져 있었다.

아빠는 계속 이야기를 했다. 아빠에게 이야기는 언제나 진리였다.

이야기가 진리가 아닐 때조차도.

"한 전도사가 이 머큐리 마퀴스가 역대 최고의 차라고 말했어. 현금으로 사겠다지 뭐냐. 하지만 이 차를 팔면 린다가 날 죽이려 들 거라고 말해줬지."

아빠는 한 손가락으로 내 팔을 쿡 찔렀다. 한때 아빠가 사람들의 관심을 집중시키려고 쓴 수법이었다.

나는 완전히 기진맥진해서 아빠를 찰싹 치며 응수할 힘조차 없었다. 대신 말로 티격태격했다.

바로 아빠가 원하던 바였다.

"엄마는 아빠가 돌아가시자마자 새빨간 컨버터블을 살 거예요. 엄마가 이 차를 엄청 좋아한다고 생각하시는 이유를 모르겠네요."

나는 얼굴을 북북 문질러 모래를 더 닦아낸 다음에 게토레이를 들이켰다.

"이놈의 차들 때문에 정말 괴롭네요."

나는 한입 머금은 게토레이를 뱉어냈다. 매연을 없애는 구강청결제인 셈이었다.

마침내 아빠가 나를 쳐다봤다.

"오늘은 그만 걷는 게 낫겠다, 안드라. 지나다니는 차가 너무 많아서 쉽게 한산해지지 않겠어."

눈물이 차올라 풍경이 흐릿해졌다. 자동차들의 미등과 보도, 소음과 열기도 희미해졌다. 아빠가 평상시처럼 걱정을 숨기려고 쓸데없는 이야기를 꺼내는 게 아니라, 그냥 평범하게 내 말에 바로 응수했다. 나는 당황했다. 무슨 말을 해야 할지 몰랐다. 이럴 때는 역시 빤한 말이 최고지. 계속 걷겠다는 말이.

나는 차 상판을 잡고 억지로 몸을 일으켰다.

"4.8킬로미터밖에 안 남았어요. 4.8킬로미터쯤은 더 걸을 수 있어요!"

아빠는 조수석 쪽으로 상체를 기울였다. 정직한 얼굴. 아무것도 감추지 않은 표정.

"네가 중단하더라도 사람들은 이해할 거야."

"아니에요."

"하루는 조금 빨리 끝내도 돼."

"안 돼요."

나는 빈 게토레이 병을 아빠의 머리 너머로 던지고 나서 이를 악물고 몸과 팔다리를 쭉쭉 펴서 풀었다. 아빠가 뭐라고 하든 그깟 고속도로 24킬로미터 따위에게 지지 않을 작정이었다.

"왜 이렇게 너를 힘들게 하냐? 네가 완주하리라고 기대하는 사람은 아무도 없어."

"난 완주하기를 기대해요, 아빠."

"왜지?"

나는 무릎을 구부렸다 펴는 스쿼트 운동을 하면서 아빠의 질문을 곰곰이 생각하는 체했다.

책을 더 많이 팔 수 있을 것 같아서?

말도 안 되는 소리다.

나는 인터넷에 접속할 때마다 독자평과 판매량 통계를 보지 않으려고 노력했다. 형편없는 독자평과 판매량 때문에 좌절하고 싶지 않아서였다. 독자들이 한 말을 읽고 싶지 않았다. 짐작한 대로 판매량이 여전히 세 자리 숫자 이하이면 도보 여행을 그만둬버릴 게 분명했다.

모르는 게 약이었다. 단, 그 약은 순간의 안락함일 뿐이었다. 메리웨더 루이스도 비터루트 산 정상에 섰을 때 이런 감정을 느꼈을까? 루이스는 그 탐험에서 태평양으로 이어진 물줄기를 찾으려는 시도가 실패로 돌아갈 것임을 알았다. 그런데도 그는 탐험대를 이끌고 전진했다.

그가 계속 나아간 이유는 선택의 여지가 없었기 때문이다.

나는 다른 선택을 할 수 있었다.

그런데 왜 아직도 걷고 있을까?

나는 북동쪽으로 흐느적흐느적 걸어가면서 나를 천천히 따라오는 아빠에게 손을 흔들었다. 아빠는 쭉 늘어선 성급한 차들을 가로막고 있었다. 운전사들이 경적을 울렸고 제한 속도를 지키라고 아빠에게 고함을 쳤다. 사방에서 차들이 나에게 위협적으로 다가왔다. 범퍼와 미등과 사이드 미러가 내 몸에서 몇 센티미터 거리밖에 안 될 정도로 가까웠다. 잘못된 방향으로 팔을 15센티미터만 올리면 질주하는 차에 걸려 피를 뿜으며 잘려나갈 판이었다.

나는 콘크리트 벽에 기대어 서서 55번 주간 고속도로의 10차선으로 상체를 내밀었다. 아이맥스 액션 영화의 빵빵한 입체 음향 같은 엔진 소리에 귀가 지끈거렸다.

"조용하다고 불평하지 않을 거야. 혼자 있는 게 싫다고 징징거리지도 않을 거야. 내 삶에서 고요함이나 적막함이 사라졌으면 좋겠다고 바라지도 않을 거야. 오늘부터는 절대로 안 그럴 거야."

나는 콘크리트 벽에서 몸을 억지로 떼어내고 앞으로 행진했다. 운동화에서 피가 배어나왔다. 물집이 또다시 터졌다는 증거였다. 나는 이를 악물고 앞에 있는 갈색 금속판에 새겨진 은빛 글자만 주시했다.

104마일 이정표

아빠가 차를 잔디밭으로 몰고 가 세웠다.

"아까 만난 공원 관리원한테 책을 한 권 판 것 같아. 그 여자가 온라인으로 책을 주문하겠다고 하더라."

"대단해요, 아빠."

나는 기필코 종착점까지 갈 작정으로 차를 지나쳐 터벅터벅 걸었다.

"1.6킬로미터밖에 안 남았어. 이제 1.6킬로미터만 가면 돼."

나는 다 터진 입술 사이로 홍얼거렸다. 입술을 핥을 때마다 기름과 먼지 맛이 났다.

"나는 할 수 있어. 나는 할 수 있어. 나는 할 수 있어."

올드 트레이스old trace

음각으로 깊이 글씨가 새겨진 표지판이 고속도로와 평행인 도로 위에서 흔들거렸다. 나는 걸음을 멈추고 눈을 감은 채 흑백의 장소를 상상했다. 세상이 물소와 숲으로 이루어진 곳, 한없이 펼쳐진 하늘 막힘없이 불어오는 산들바람. 나는 몸과 정신을 정화하는 숨을 내쉬었다. 눈을 뜨자 공원도로는 조용했다. 승용차도, 오토바이도, 레저용 차도 보이지 않았다.

완전히 나 혼자였다. 조금 더 몇 초 동안 주위를 둘러싼 평화에 푹 잠겼다.

나는 언덕 꼭대기까지 어슬렁어슬렁 걸어갔다가 미등 하나를 얼핏 봤다.

"아빠!"

혼자 있는 순간을 즐기자는 맹세를 잊어버리고 엄청나게 아픈 팔다리를 재촉해서 마구 뛰었다.

"아빠가 105마일 이정표에 계셔. 거기가 끝이야. 바로 거기가. 아이고, 세상에. 오늘 걸을 거리를 거의 다 걸었어."

나는 다리를 절며 마지막 몇 걸음을 걸어가 차 문을 홱 당겨 열고 조수석에 몸을 던졌다. 머리가 배낭에 눌려 계기판에 확 부딪쳤다. 배낭을 힘겹게 벗어 뒷좌석으로 내던졌다. 고물 엔진들의 굉음이 아직도 머릿속에서 윙윙 울렸다.

"출발 안 하세요?"

원래보다 거칠고 쉰 목소리가 나왔다.

아빠가 목청을 가다듬자 그제야 무슨 일인가 싶어 바라봤다. 아빠는 운전대를 꽉 움켜쥐고 있었지만 시선은 나에게 고정돼 있었다.

"넌 정말 날 놀라게 하는구나, 안드라. 네가 이렇게 강한 줄 꿈에도 몰랐어."

아빠가 차를 출발시켰다.

"네. 나도 아빠가 이렇게 강한 줄 몰랐어요."

나는 휴식을 취하려는 척 한 손으로 얼굴을 덮었다. 아빠에게 진심 어린 칭찬을 받고 흘리는 눈물을 들키지 않으려고.

나도 누군가의 소중한 아들이란다

사람은 나이가 들수록 온갖 일을 가지고 심하게 자책한다. 그
래봤자 소용이 없다는 사실을 깨닫기 전까지는.

내가 아주 좋은 아빠라는 생각은 한 번도 안 해봤다. 하지만
어릴 때부터 보고 자란 것들을 생각하면 이렇게 된 것도 무리가
아니다. 아버지는 늘 술에 취해 있는 오입쟁이였고 다정한 어머
니를 쓰레기 취급했다. 그렇지만 어머니는 아무리 고통스러운
일을 겪어도 아버지 곁에 머물렀다. 내 고향에서 가족은 서로에
게 헌신적이어야 한다는 게 원칙이었다.

안드라가 십 대일 때 내가 부모님을 얼마나 실망시켰는지 들
려줬다. 수많은 결점에도 불구하고 아버지를 사랑하려고 얼마
나 노력했는지도. 그저 사랑한다는 말을 하고 싶어서 어머니를
한 번만이라도 볼 수 있기를 얼마나 바랐는지 말이다.

십 대 소녀들. 나는 걔네들을 끝내 이해하지 못할 것이다. 안드라는 항상 나를 밀어냈다. 안드라의 커가는 키, 안드라가 내린 선택, 안드라가 성인이 된 모습을 보며 내 삶이 허무하다는 생각에 사무쳐 울 때조차 안드라는 나를 밀어냈다. 그저 내가 저지른 실수를 반복하지 않게 해주고 싶어 한다는 걸 이해하지 못했다. 아이들은 절대 그 사실을 깨닫지 못한다. 그저 잔소리를 들으면 눈을 치켜뜨며 반항할 뿐.

하지만 안드라는 내 어머니처럼 강한 아이였다. 어머니는 평생 비참한 삶을 견뎠다. 다섯 자식을 키웠고 대부분 잘 자랐다. 그토록 맹목적으로 날 사랑한 사람은 세상에 어머니뿐이었다. 내 키가 어머니 키보다 훌쩍 커졌을 때조차 나는 어머니의 아이였고 자랑이었고 기적이었다.

힘겹게 숨을 몰아쉬는 안드라를 지켜보는 동안, 죽음에 다다랐을 때의 어머니 모습이 겹쳐졌다. 나는 괜찮은 남편이 되고 싶었지만, 어머니의 심장에 물이 차자 아내를 떠났다. 내슈빌 외곽에 빌린 집의 부엌에 아내를 남겨두고 테네시를 가로질러 달렸다. 어머니를 봐야 했다. 어머니에게 사랑한다고 한 번 더 말해야 했다.

병원에 도착하니 어머니는 하얀 침대에 파묻혀 죽어가고 있었다. 나는 의사들과 싸우며 어머니가 숨을 쉬게 해달라고 소리쳤다. 병원 안내방송에서 나를 찾는 소리가 들리는 바로 그 순간에도. 아내에게 온 전화였다. 아내는 집을 떠나 친정어머니가 사는 켄터키로 가겠다고 말했다.

나는 소독약 냄새가 진동하는 복도에 서 있었다. 구석에서 죽음의 기운이 스멀스멀 다가오는 게 보이는 듯했다. 갑자기 궁금해졌다.

누가 죽을 차례일까?

아내를 붙잡으러 가면 어머니가 깨어날 순간을, 내가 얼마나 사랑하는지 말할 수 있는 순간을 놓치고 말까?

어머니의 폐에서 물을 뽑아낼 때까지 -의사의 말에 의하면 몇 주가 걸릴지 모르는 동안- 기다리면 그때도 나에게 아내라는 존재가 남아 있을까?

나는 아버지를 찾아내 당장 술을 깨고 어머니 침대 옆에서 간병하라고 말했다. 아버지가 어머니에게 진 신세를 생각하면 당연히 해야 할 일이었다. 생전 처음으로 아버지는 순순히 응했다. 나는 간호사실에 가서 전화번호를 남겼다.

그리고 차로 기어들어 가 밤새 차를 몰았다.

켄터키 동부로.

그날 밤 아래층 침실에서 아내와 나 사이에 딸이 잉태되었다. 복도 바로 건너편 방에 장모님이 있는데도 문을 열어둔 채로. 나는 문이 열려 있는지 몰랐다.

다음 날 병원에서 전화가 왔다.

테네시로 부리나케 돌아갈 때만 해도 이처럼 용감하게 싸우는 강한 딸이 이미 아내의 뱃속에 들어 있으리라고는 짐작하지 못했다.

어머니는 홀로 거친 마지막 숨을 내뱉었다.

나는 어머니의 임종을 지키지 못했다.

성실한 사람에게는 우연이라는
친구가 찾아온다

"어이고! 안드라! 저 사슴을 칠 뻔했잖아!"

"봤어요, 아빠. 봤다고요!"

상향등은 미시시피의 어둠을 제대로 가르지 못했다. 나는 가로등 하나 없는 좁은 도로에서 힘겹게 길을 찾아가는 중이었다. 그날따라 달과 별이 나를 버렸다.

"이 길이 확실하냐?"

"네!"

"그걸 네가 어떻게 알아?"

나는 우선 멈춤 표지판을 보고 차를 끼익 세웠다. 아이폰이 목적지로 가는 길을 찾느라 바가 두 개밖에 뜨지 않는 열악한 수신 상태와 분투를 벌이고 있었다.

"구글 안내원 아가씨가 이제 몇 킬로미터밖에 안 남았대요.

이 길로요."

나무들이 무성한 숲 속에서 눈알들을 번뜩였다. 나는 〈스쿠비-두Scooby-Doo〉의 한 장면 속에서 운전하는 상상을 했다. 스쿠비 패거리는 미스터리 머신을 타고 어둠 속에서 오싹한 눈들이 껌벅거리는 복도를 질주했다. 그 자동차는 항상 고장이 났다. 나는 상념을 날려버리고 우리 머큐리가 만화 속 자동차보다 듬직하기를 바랐다.

"밥 한 끼 먹자고 이 먼 데까지 오는 이유를 모르겠구나."

"이 근처에서 스테이크를 제일 잘하는 식당이래요."

차가 시내로 들어서자 나는 중얼거렸다.

"아이고, 드디어. 부디 먹을 만하면 좋겠어요."

그런데 여기가 시내인가? 금방이라도 무너질 것 같은 건물 몇 개와 가로등 하나 없는 거리는 미국 최남단 지역에서라면 어떤 의미라도 될 수 있었다. 공상 끝에 한 가지 결론에 다다랐다. 우리는 시간의 흐름을 달려 유령 도시를 찾았다. 나는 주변 풍경을 쭉 훑어봤다.

"저기네요."

외관이 엉망으로 망가진 건물 쪽으로 차를 몰았다.

"저게 식당이라고? 딱 쓰레기장이구만."

나는 건물 앞에 차를 세우고 아빠를 봤다.

"아, 좀, 아빠. 평생 남부에서 사셨잖아요. 쓰레기장처럼 보이는 데가 가장 맛 좋은 식당이라는 걸 누구보다 잘 아는 분이 왜 그러세요."

아빠가 끙 소리를 내며 차에서 내렸다.

"가서 확인해보마. 별로 기대는 안 하련다."

"내가 가기 전에 다 드시면 안 돼요!"

차 문이 닫히는 쿵 소리 사이로 내가 외쳤다.

은하수 한쪽으로 드리워진 우주진을 바라보며 삐걱거리는 계단을 올라갔다. 흔들리는 문 사이로 컨트리뮤직이 새어나왔다. 한쪽 문을 열면서 '난 총을 쏴요. 당신은 어떻소?'라고 쓰인 놋쇠 밀판을 보고 웃음을 터트렸다. 제일 안쪽 벽을 따라 무게를 못 이겨 축 내려앉은 선반들이 늘어서 있었고 홀 중앙에 플라스틱 탁자가 줄지어 있었다.

아빠는 적포도주를 마시는 부부 한 쌍과 가까운 탁자로 자리를 정했다.

"저 애가 날 이 식당으로 데려왔답니다."

내가 자리에 앉기도 전에 벌써 아빠는 넓은 등을 나에게 보이게 몸을 튼 상태였다.

"안녕하시오. 로이 왓킨스요. 사우스캐롤라이나에서 왔소."

아빠는 그 부부에게 떠들어댔다. 그들은 낭만적인 데이트를 하며 즐거운 밤을 보내고 있는 중이었을 것이다. 그러나 로이는 기어코 모르는 사람들에게 이야기를 들려줘야겠는 모양이었다.

나는 선수를 쳐서 아빠를 막기로 작정했다.

"아빠, 뭐 드실래요?"

아빠의 양손이 그 부부의 식사 위를 맴돌았다.

"얘는 내 딸 안드라라오. 안드라는 나체즈 길 전체를 걷고 있는 중이에요. 책을 썼거든요. 나한테 홍보 카드가 있어요. 보입니까? 메리웨더 루이스에 관한 책이라오."

"나체즈 길을 걷는다고요?"

부인이 나를 보며 미소지었다.

"아무도 하지 않는 일인데."

"흠, 얘는 하고 있소."

내가 대답을 하기도 전에 아빠가 알렸다.

"나체즈부터 계속 걸어왔어요. 오늘 잭슨을 지났다오."

부인이 종이 냅킨으로 입술을 가볍게 두드렸다.

"순전히 책의 출간을 알리려는 목적으로요? 몸을 혹사할 가치가 있는 좋은 책이길 바랄게요."

"모르겠소. 아직 안 읽었거든. 메리웨더 루이스에 관한 책이라는 말을 내가 했던가?"

"아빠……."

"차에 문고판이 몇 권 있다오."

"아빠……."

"한 권 사시면 얘가 사인을 해드릴 거요."

나는 아빠의 소매를 홱 잡아당겨 아빠와 부부 사이에 내 몸을 밀어 넣다가 부부의 포도주를 엎을 뻔했다.

"죄송해요."

나는 바닥에 떨어지기 전에 포도주병의 목을 움켜쥐었다.

"아빠가 가끔 지나치게 흥분하세요. 연세가 많아서요."

"책도 못 팔 만큼 늙지는 않았어. 옛날에는 여름 내내 성경을 팔……."

"아빠, 주문을 받으려고 기다리잖아요."

나는 의자에 풀썩 주저앉았다.

부인이 의자를 우리 쪽으로 가까이 움직이며 각도를 틀었다. 로이 쇼를 환히 볼 수 있는 위치였다. 나는 부인이 가만히 앉아서 다음 막을 기다릴 것이라고 예상했지만 대신에 가방을 무릎에 올려놓고 뒤적거렸다.

데이트를 망치고 있는 떠들썩한 노인네를 쏴버리려고 가방에 숨겨놓은 무기를 찾고 있는 거겠지.

부인은 두툼한 가죽 지갑을 꺼냈다.

"책을 한 권 사고 싶어요."

"사시겠다고요?"

아빠와 내가 동시에 빽 소리를 질렀다.

"물론이죠."

부인은 지갑을 열고 지폐를 만지작거렸다.

"두 분이 이 근처 출신이시라면 존 그리샴 이야기를 아실 거예요."

부인의 남편이 맞장구를 쳤다.

"아, 그래. 헛간에 대한 이야기 말이군."

아빠가 내 팔을 주먹으로 쳤다.

"가서 부인께 드릴 책을 가져와, 안드라. 그리고 사인을 해."

"잠깐만요. 이 이야기를 듣고 싶어요."

나는 의자를 부인의 탁자 쪽으로 끌어당겼다.

"음, 존 그리샴이 첫 번째 소설을 쓸 때……."

"존 그리샴이 누구냐?"

"아빠! 그 사람은 작가예요. 부인이 이야기를 하시게 좀 가만히 계세요."

나는 무가당 차가 담긴 플라스틱 잔을 아빠의 양손에 밀어 넣고는 그 차가 잠시라도 아빠의 관심을 끌기를 바랐다.

"『타임 투 킬A Time to Kill』 말씀이시죠?"

"그래요. 『타임 투 킬』이요."

"죽일 시간이야 언제든지 많지."

"아빠!!!"

"알았다. 조용히 하마."

나는 부인 쪽으로 몸을 돌렸다.

"자, 어서 말씀하세요."

"그 책은 문고판으로만 나왔답니다. 사실상 자비로 출간했으니까요. 존이 책을 엄청나게 많이 사서 친구의 헛간에 넣어놨어요. 책은 그곳에 쌓여 있었죠. 헛간 지붕이 샐 때까지요."

"책 대부분이 망가졌어요."

부인의 남편이 끼어들었다.

"영화 〈야망의 함정The Firm〉이 나오기 직전에 일어난 일이었어요. 그 뒤로는 존의 책들이 정말로 유명해졌죠."

부인이 나에게 윙크를 했다.

"그래서 늘 나는 세상에 알려지지 않은 작가의 문고판을 산답니다. 존의 문고판은 엄청난 가치가 있어요. 나도 몇 권 가지고 있죠."

나는 짓무른 발을 깜빡하고 의자에서 미끄러지듯이 서둘러 내려왔다.

"금방 올게요."

내가 별이 총총한 어둠 속으로 비틀거리며 나가는 동안 아빠는 연주자들에게 몸을 돌려 소리쳤다.

"〈촌사람들, 노동자들, 블루리본 맥주Redneckc white socks and blue ribbon beer〉라는 노래 들어본 적 있소?"

나는 트럭을 뒤져 작은 초록색 책을 안아들었다. 하얀색 글자가 별빛 속에서 반짝였다. 정상이 아닌 아빠와 딸 판매팀이 방금 들은 존 그리샴 이야기처럼 전설적인 이야기가 될까? 수백만 명은 고사하고 백 명이 내 책을 읽는 것조차 상상이 안 됐다. 나는 문가에 서서 악단의 연주에 맞춰 한쪽 발로 장단을 맞추며 노래를 부르는 아빠를 지켜봤다.

"촌사람들, 노오오오동자들, 블루리본 맥주!"

삶의 목표가 성공일까? 아니면 성공이란 그저 내 규칙에 따라 스스로 만들어내는 결과물일 뿐일까? 누가 내 책을 읽든 상관없어졌다. 내가 아빠와 즐거운 시간을 보내고 있다는 사실이 놀라웠다. 아빠가 이야기를 할 때면 사람들은 기뻐했고 이야기를 더 해달라고 부추겼다. 나는 밤새 아빠의 이야기를 들을 각오를 하고 자리로 돌아왔다.

책에 사인을 한 뒤 핏기 없이 잘 구워진 5센티미터 두께의 스테이크를 먹기 시작할 때 아빠 노래의 후렴구가 끝났다. 아빠는 생선 조각을 입에 넣고 씹으며 말했다.

"내가 여기 오자고 우기기를 정말 잘했구나."

"사우스캐롤라이나에서 오셨다고요?"

주인 여자가 우리 뒤에 서 있었다. 그녀의 안경에 우리 접시가 반사됐다.

"네."

아빠의 입에서 생선 쪼가리들이 떨어졌다.

"나는 플로렌스에 살고 여기 내 딸은 찰스턴에 살지요."

"혹시 덴마크라고 아시나요?"

단 15분 만에 두 번째로 나는 목이 부러질 정도로 고개를 홱 돌렸다.

"덴마크를 어떻게 아세요?"

"내 사촌이 거기 살아요. 그녀는 골동품 가게를 한답니다. 옛날 전화 회사 건물에 있는 가게에서요."

"아주머니가 캐롤라인의 사촌이시라고요?"

주인이 고개를 끄덕였다.

"캐롤라인을 아시나요?"

"그분은 내 친구 앨리스의 대모예요. 앨리스는 쭉 우리랑 같이 있다가 오늘 아침에 떠났답니다. 일주일 내내 내 조력자 노릇을 했어요. 그애도 이 식당에 정말로 오고 싶어 했는데 어젯밤에 문을 닫으셨더라고요."

"아이고, 세상에. 앨리스 게스요? 나는 앨리스의 부모와 아는 사이예요."

"이럴 수가. 앨리스가 아주머니를 만날 기회를 간발의 차이로 놓쳤다니 믿을 수가 없네요."

나는 아빠를 바라봤다. 아빠의 턱에는 저녁식사의 흔적이 얼룩덜룩 묻어 있었다.

"이게 믿어지세요, 아빠?"

"나는 세상 거의 모든 일을 믿을 만큼 오래 살았단다, 안드라. 거의 모든 일을."

인생의 경사로를 대처하는 법

첫 휴일 오전 내내 발을 회복하며 보냈다. 짐들을 차에 밀어넣을 때는 이제 안락한 여관의 거품 욕조를 떠나야 한다는 게 너무 안타까웠다. 아빠는 자신의 수트케이스 옆에 서 있었다. 무가당 과자가 양손에 삐죽 나와 있었다.

"그 가방을 나르지 않으실 거예요?"

"몸을 굽혀 가방을 들지 못하겠어. 네가 해라."

"아, 왜, 왜, 왜 앨리스는 날 두고 간 거야?"

아빠의 수트케이스를 뒷좌석에 쑤셔넣는데 근육 하나하나가 괴성을 질렀다.

여행 초반에 나는 쉬는 날을 어떻게 보낼지 상세하게 계획을 세웠다. 10시까지 자고 나서 델 정도로 뜨거운 물이 담긴 욕조에 오랫동안 몸을 담근다. 점심엔 침대로 배달된 탄수화물이 잔뜩 든 식사를 하고 낮잠을 잔 뒤 다시 욕조에 몸을 담근다. 일찍 잠자리에 든다.

대신에 나는 잭슨 북쪽에 있는 매리엇에 차를 세우고 짐을 내렸다. 삼층까지 우리 짐을 질질 끌고 올라가는 내내 두 다리가 울부짖었다. 그동안 아빠는 로비에서 빈둥거렸다. 내가 성큼성큼 지나칠 때마다 아빠는 살기등등하게 노려보는 내 시선에 같은 말을 되풀이했다.

"난 책을 팔고 있는 중이지 않냐!"

"난 아빠를 팔아버렸으면 좋겠어요."

마지막 식료품 봉지를 움켜쥐고 트렁크를 쾅 닫으면서 투덜거렸다.

아빠는 방 두 개짜리 객실로 기우뚱거리며 들어가서 환호성을 내질렀다.

"그래, 이런 게 진짜 방이지! TV 앞에 소파가 있고 다른 것도 다 갖춰져 있구먼."

아빠는 여기저기 쌓인 짐들을 돌아 소파에 털썩 주저앉아 채널을 돌리기 시작했다.

"아빠! 적어도 어느 방을 쓰실지 말을……."

"쉿. 이걸 보고 있잖아."

"폭스 뉴스를요? 진심이세요, 아빠?"

아빠가 볼륨을 엄청나게 크게 높였다. 침실문을 닫았는데도 뉴스 소리가 고스란히 들렸다. 베이징행 말레이시아 제트 여객기가 쿠알라룸푸르에서 이륙한 직후 실종됐다. 아빠는 걸프 전쟁 모드로 돌아갔다. 카메라 앞에 선 사람들이 방송 시간을 채우려고 온갖 예측을 하고 비밀 군사 지역을 폭로하는 동안 몇 시간씩 TV를 열렬히 시청하는 것이었다.

귀마개를 해도 잠들 수 없을 게 빤했다.

아빠는 뉴스에서 떠들어대는 음모와 가설에 너무 빠져서 내가 절뚝거리며 지나가는 것도 문이 꽝 닫히는 것도 알아채지 못했다. 나는 복도에서 우리가 이미 판매한 책의 권수와 남은 숙소들의 비용을 비교해 계산했다. 나는 절실한 마음으로 혼자 쓰는 방을 빌리는 공상에 빠졌다.

그것도 아빠가 없는 다른 호텔의 방을.

그렇지만 손에 운동화를 들고 다리를 절며 엘리베이터로 가면서 다른 방은 해결책이 아님을 깨달았다. 책을 팔아서 번 몇백 달러로는 여행에 투자한 수천 달러를 상쇄할 수 없었다. 우리 부부가 몇 개월 동안 모은 저축에서 빼온 피 같은 돈, 한정된 자금. 나는 이 돈을 다시는 되찾지 못할까 봐 두려웠다. 튼튼한 야외용 옷과 기능성 배낭, 오래 걷기 훈련에 필요한 물품, 홍보, 광고, 서평을 받기 위해 무료로 배포한 책. 내가 '나체즈 길'이라는 말을 입 밖에 낼 때마다 돈이 펑펑 새나갔다.

하이킹용 샌들을 살 여유가 없었지만 엉망진창이 돼가는 발을 보니 선택의 여지가 없었다. 7일 동안 걷고 나서 운동화가 맞지 않을 정도로 발가락이 부어올랐다. 매일 아침 반창고와 테이프를 덕지덕지 붙이면서 아파서 움찔거렸다. 매일 밤 피부가 한 뭉텅이씩 떨어져나갔다. 머지않아 남아 있는 살 사이로 뼈가 드러날 판이었다.

"적어도 발가락 부분이 트인 샌들을 신으면 혹사당한 발가락이 좀 쉴 수 있겠지. 신용 카드를 긁어야겠어."

나는 혼잡한 도로로 차를 몰면서 쉬는 날 쉬지 못한 보상을 받아야겠다고 마음먹었다.

물건이 별로 없는 잭슨의 가게들을 돌며 몇 안 되는 하이킹 샌들을 발견할 때마다 신어봤지만, 세 번째 가게까지 돌아본 뒤에도 샌들을 사지 못했다. 판매원들마다 똑같은 소리를 했다.

"아직 샌들이 나올 철이 아니어서요. 몇 주 뒤에 오세요."

"몇 주를 기다릴 수가 없어요."

나는 그 사람들의 목을 냄새 나는 양말로 조르고 싶은 마음을 꾹 누르면서 밝은 목소리를 내려고 기를 썼다.

"나체즈 길을 걷고 있어요. 그런데……."

"길 전체를 다요?"

"네. 그런데……."

"허, 어떤 신발도 그 미친 짓에서 발을 보호해주진 못해."

나는 절뚝거리며 차로 돌아와서 운전대를 마구 두드리며 소리쳤다.

"왜 빌어먹을 메리웨더 루이스가 여기 와서 나한테 신발을 만들어줄 순 없는 거야?"

그 판매원한테 엿 먹으라고 말하는 것보다는 이게 나았다.

마지막으로 들른 가게에서 재고 정리 염가 판매 중인 테바스 샌들로 마음을 정했다. 나는 바닥에 있는 거울을 보면서 빨갛게 부은 상처와 진물이 질질 흐르는 물집에 눈길을 주지 않으려고 노력했다.

"겨우 7일 동안 걷고 나서 이렇게 되다니."

"그래서 발이 그렇게 찢어진 거예요? 걸어서요?"

고개를 돌리니 판매원이 내 옆에 서 있었다. 명찰에 적힌 그의 이름은 브래드였다.

"네."

나는 찍찍이를 떼면서 관심이 없을 게 빤한 사람에게 나체즈 길 여행에 대해서 말하지 말자고 다짐했다.

"어디를 걷고 계세요?"

브래드는 상자를 가져와서 내가 운동화에 발을 억지로 집어 넣는 동안 기다렸다. 그는 내가 통증 때문에 몇 번 고전하는 모습을 지켜보다가 말했다.

"저기요. 운동화를 저한테 주시고 이 샌들을 신고 가시는 게 어떨까요."

나는 재빨리 눈물을 훔쳤다. 친절. 나에게 친절하지 않은 힘겨운 도보 여행을 감행하는 동안 친절이 무엇인지 잊고 있었다. 나는 미소를 지으며 신발을 바꿨다.

"나체즈 길을 걷고 있어요."

"파크웨이요?"

"네."

"얼마나요?"

"나체즈에서 내슈빌까지요."

"우와. 그럼 아직 갈 길이 머네요, 어휴."

나는 찢어져 속살이 드러난 피부에 찍찍이가 닿지 않게 하려고 노력하며 웃었다.

"상기시키지 마세요."

"나체즈 길의 일부를 걸었던 사람을 몇 명 알아요. 하지만 길 전체는 걸었던 사람은 한 명도 없었어요."

나는 몸을 일으켜 그를 따라 계산대로 갔다.

"음, 이제 한 명을 알게 됐네요. 내가 끝까지 걷게 되면요."

"1.6킬로미터마다 고속도로 양쪽을 왔다 갔다 하면서 걸으세요. 그러면 경사진 길을 걷기가 조금 수월해질 거예요."

그는 낡은 운동화를 종이 가방에 넣어 건네줬다.

"행운을 빌어요. 그리고 조심하세요. 여기서부터 투펠로 사이엔 공원 관리원이 정말 적거든요. 예산 삭감이다 뭐다 해서요.

연방 정부는 나체즈 길에 어떤 용도로도 돈을 내주지 않아요. 내슈빌까지 완주하시면 꼭 알려주세요."

경사로에 대처하는 그 전략을 왜 생각하지 못했을까? 왼쪽 발이 오른쪽 발보다 더 흐물흐물해진 게 당연했다. 나는 차를 몰고 호텔로 돌아와 성큼성큼 아빠를 지나쳐 방으로 들어갔다. 샌들과 새로 알게 된 전략이 둘째 주에는 발을 편하게 해주리라고 확신하면서.

우리는 함께 추억을
만들어가는 중이니까

"내가 왜 울고 있는 거지?"

황량한 고속도로는 대답을 하지 않았다.

둘째 주의 첫날이었다. 잭슨을 지나는 24킬로미터 구간에는 빈틈없이 빽빽한 숲과 그 한가운데를 관통하는 한 줄기 고속도로뿐이었다.

나는 121마일 이정표를 비틀거리며 지나갔다. 월요일. 걸음을 옮길 때마다 송곳이 발가락을 뚫는 듯했다. 혹사당한 발목과 힘이 빠진 다리가 당장 움직임을 멈추라고 위협을 해댔다.

익숙한 경적 소리가 뒤에서 빵 울렸다.

"아빠다. 아빠 생각을 하면 아빠가 나타나지."

아빠는 잔디밭에 차를 세우고 그쪽으로 오라고 손짓했다. 커다란 배가 운전대에 눌려 있었다.

"차를 몰고 베이턴에 갈 참이다. 어린 시절에 같이 자란 여인네를 만날 거야. 그분은 지금 여든아홉 살이지."

왼쪽 눈이 떨리면서 눈썹 부근을 쿡쿡 찌르는 느낌이 왔다. 편두통이었다. 나는 아빠에게 초점을 맞추려고 기를 썼다.

"그때는 다들 나를 거물이라고 불렀단다. '너냐, 거물?' 그분이 전화를 받고 처음 한 말이야."

나는 속이 부글부글 끓고 있었지만 이해하는 체했다.

'난 이 두통에 지지 않을 거야. 지지 않아.'

불어오는 바람에 밀려 몸이 차 문에 부딪쳤다. 아빠는 창문 틈으로 고개를 쭉 뺐다.

"네가 이 머큐리를 찌그러뜨리지 않았기를 바란다. 이 차를 찌그러뜨리면 네 엄마가 가만두지 않을 거야."

"아빠."

"오늘 시속 48킬로미터의 강한 돌풍이 분다더라. 북쪽에서 불어온대."

나는 옷에 달린 모자의 끈을 팽팽하게 당겼다. 빛나는 점들이 한쪽 눈구석에서 번쩍번쩍거렸다.

"제기랄."

나는 중얼거렸다.

아빠는 시동을 걸었다.

"가야겠다. 그 여인네를 만나야지. 그분이 날 거물이라고 불렀고……."

나는 차 옆으로 성큼 뛰어들어 생리와 호르몬으로 생긴 분노를 아빠에게 쏟아부었다.

"대체 어린 시절 이후로 한 번도 보지 못한 사람을 만나는 게 뭐 그리 빌어먹게도 중요한 거죠?"

나는 왼쪽 관자놀이를 문질렀다. 목소리가 갈라졌다.

"어떻게 될지 빤히 보여요. 아빠는 거기에 차를 몰고 가서 그리운 옛 시절 이야기를 하시……."

"그분이 날 거물이라고 불렀단다. 내가 말했냐?"

"네, 아빠. 여러 번이요. 그리고 아빠는 자신의 이야기에 푹 빠질 거예요. 그러면 나는 이놈의 우울한 도로가에서 몇 시간 동안 기다리고 있겠죠."

아빠의 얼굴에 입 냄새를 확확 뿌리며 쏘아붙였다.

"절대로, 잊어버리지, 마세요. 나는 실종된 말레이시아 비행기를 기다리는 그 불쌍한 사람들과 같은 심정이 들 거예요. 내 말 들으셨어요? 절대로 나 태우러 오는 걸 잊어버리지 마세요."

"안 잊어버릴 거야."

아빠는 창문을 닫았고, 그건 내가 다섯 시간 동안 바람의 굴을 뚫고 걸어야 한다는 출발 신호였다.

편두통을 안고서.

육체적인 고통이 고통스러운 기억의 우물을 들춰냈다.

"토비 데넘, 어머니가 오셨다!"

초등학교 2학년. 나는 연약한 다리를 질질 끌며 뜨거운 콘크리트길을 지나 줄지어 선 자동차들의 앞쪽으로 서둘러 다가섰다. 새로운 차가 건물 옆을 휑 지나갈 때마다 나는 숨을 멈췄다. 엄마였나? 아니면 아빠였나? 나는 내 옆에 선 어린 여자아이를 바라봤다. 그 아이의 곱슬머리는 축 처져 있었다. 선생님이 다가와서 엉덩이에 손을 짚고 섰다.

"너희 둘을 어떻게 할까?"

남은 아이들은 우리 둘뿐이었다.

선생님은 손목시계를 흘끗 봤다.

"음, 집에 가기 전에 채점해야 할 시험지가 가득 쌓여 있단다. 부모님들을 몇 분만 더 기다려보도록 하자. 그렇지만 그때까지 안 오시면 너희들을 탁아소에 맡겨야 해."

"안 돼요!"

나는 선생님의 치맛단 아래 엎드려서 빽 소리를 질렀다.

"제발, 제발 탁아소에 맡기지 마세요. 칠판을 닦거나 지우개를 털게요. 아니면……."

"안드라, 바보 같구나."

선생님의 업신여기는 말이 칼처럼 내 마음을 관통했다.

"탁아소에 가서 그냥 놀기만 하면 돼."

차 한 대가 주차장으로 들어오자 같이 있던 여자아이가 엄지

158

손가락을 휙 치켜들었다.

"와아, 우리 엄마예요."

여자아이가 앞좌석에 올라타더니 나를 향해 히죽히죽 웃었지만 나는 땅바닥만 내려다봤다. 화가 나서 나오는 눈물을 그 아이에게 보이기 싫었다. 엄마의 차가 빠르게 모퉁이를 돌 때즈음 나는 이미 탁아소에 있었다. 마음이 불안한 노래들로 뒤죽박죽이었다.

부모님은 어떻게 나를 잊어버릴 수 있었을까?

나는 두 사람을 절대로 잊어버린 적이 없는데.

휘몰아치는 바람이 뺨에 부딪쳤다.

"날 잊어버리지 않는 게 좋을 거예요, 거물."

125마일 이정표 근처에서 세찬 빗줄기가 아프게 내리쳤다. 옆으로 비껴 내리는 폭우의 속도가 한바탕 돌풍이 불 때마다 빨라졌다. 나이아가라 폭포 같은 물줄기가 눈으로 쏟아졌다.

"이번에도 마찬가지야."

나는 편두통 약을 찾아낸 뒤 아픈 눈을 들어 위에서 휘몰아치는 난기류를 응시했다.

"포기하지 않을 거야."

바다가 돼버린 육지를 헤쳐나가는 동안 빗물과 눈물이 섞였다. 차가운 액체가 방수 옷 사이로 스며들어와 내 결심을 사그라뜨렸다. 겨우 보이는 몇 미터 앞에 최대한 집중했지만 자꾸 발을 헛디뎌 진흙과 잡초 속으로 넘어졌다.

나는 바닥에 누워서 물웅덩이를 두 주먹으로 마구 내리쳤다. 완전히 기진맥진한 터라 폭풍이 잠잠해질 때까지 기다리려고 나무들 쪽으로 기어갔다. 미시시피 산 위의 하늘이 보라색에서 검은색으로, 검은색에서 다시 회색으로 바뀌었다. 내가 몸을 일으킬 때 엷은 안개가 주변에 자욱하게 내려앉았고 세상이 정지했다. 절뚝거리며 고속도로로 향하는 동안 등산화가 질척거리는 땅에 자꾸 빠졌다.

또 다른 날씨의 저주. 퍼붓는 비 때문에 전날 산 샌들을 개시하지도 못했다.

133마일 이정표에서 개똥지빠귀 한 마리가 내 앞 도로의 하얀 선 위로 내려앉았다. 날씨가 좋으면 수많은 새들이 내 주위를 빙빙 돌았다. 얼룩덜룩한 회색과 짙은 붉은색의 새들. 환상적인 노랫소리와 부드러운 날갯짓. 산들바람에 실려온 소리가 짹짹거리는 교향곡을 예고하면 나는 걸음을 멈추고 숨을 죽였다. 그러곤 자연의 아름다움을 지켜봤다.

내가 자연에 관심을 기울일 때면 자연은 고통을 대체해주는 선물을 줬다.

"여기에서 혼자 뭐 하니, 작은 새야?"

나는 새를 따라 하얀 선 위를 걸었다.

"다쳤어? 길을 잃었어?"

그러나 새는 대답 없이 연약한 전진을 계속했다. 새가 몇 발자국 깡충깡충 뛰더니 멈췄다. 고개를 돌려 나를 올려다보자 나는 손끝 하나 움직일 수 없었다.

"네 마음을 읽을 수 있으면 얼마나 좋을까."

나는 새에게 진동이 전해질까 겁나서 최대한 가볍게 발을 디뎠다. 그렇게 우리는 함께 걸었다. 1분이 지나고 2분이 지났다. 새는 몇 초마다 뒤를 돌아보는 패턴을 계속 유지했다. 나를 살피는 것일까? 아니면 그저 내 착각일 뿐일까? 나체즈 길에서 만난 또 하나의 마법 같은 선물이었다.

"개똥지빠귀가 나랑 걸었다고 말하면 아무도 안 믿을 거야."

나는 숨을 내쉬었다. 134마일 이정표에서 아이폰을 꺼내 마법 같은 순간을 사진에 담았다. 내가 만지려 하자 새가 숲속으로 휙 날아가 흔들리는 나뭇잎들 사이에서 나를 꾸짖었다.

우리는 추억을 만들고 있었다.

함께.

왜 나는 그 순간을 그대로 경험하지 못하고 설레발을 쳐서 망쳐버렸을까?

편두통 약 때문에 감각이 둔해졌다. 몸이 폭우에 완전히 젖었고 바람에 뻣뻣하게 굳었다. 어쨌든 시간을 확인하려고 아이폰을 봤다.

"1.6킬로미터 남았어. 거물은 그곳에서 날 기다리고 있는 게 좋을 거야.”

나는 또다시 불어오는 돌풍에 눈을 깜박이며 하루의 마지막 발걸음을 옮기기 시작했다. 마지막 지점인 135마일 이정표까지 걸어갔을 때 로이는 그곳에 없었다.

편두통이 심해 얼굴 왼쪽을 망치로 두드리는 듯했다. 나는 이를 악물고 아빠를 불렀다. 한 번. 두 번. 다섯 번.

“괜찮아. 네가 어렸을 때랑 똑같잖아, 안드라. 아빠가 올 때까지 다른 데 관심을 돌리자.”

나는 소나무가 우거진 풍경을 훑어봤다. 가장 가까운 간선도로 대피소는 로빈슨 도로에 있었다. 136마일 이정표가 있는 곳이었다.

빌어먹을 1.6킬로미터를 더 가야 했다.

다음 날 걸어야 할 거리를 조금이라도 줄일 참으로 몇 걸음을 더 걸으려는데 다리에 힘이 풀렸다. 다리가 끝났다고, 이제 다 걸었다고 아우성쳤다. 나는 기어서 135마일 이정표로 돌아와 간신히 몸을 일으켰다.

“사진. 그래 사진을 찍으면 시간이 빨리 갈 거야.”

이정표에 발을 올리고 사진을 몇 장 찍었다. 이정표에 가까이 댄 발, 이정표를 둥그렇게 감싼 발도 찍었다.

여전히 아빠는 오지 않았다.

이정표에 몸을 기대고 앉아 어플리케이션으로 사진 작업을 했다. 각도에 따라 변하는 빛이 삶의 변화를 나타내는 듯했다.

아빠와 나는 왜 항상 잘못된 각도로 부딪치는 걸까?

엔진 소리가 조금이라도 들리나 귀를 기울였지만 새소리와 솔잎이 부딪치는 소리만 울려 퍼질 뿐이었다. 나는 이정표에 다리를 대고 등과 뒷다리와 넓적다리와 종아리의 근육을 쭉쭉 폈다. 그렇게 온몸 스트레칭을 한 번…… 다섯 번…… 열 번 했다.

내 목소리가 숲을 한 바퀴 쭉 돌아와 나를 놀렸다.

"빌어어어어먹을! 대체 어디 계시는 거야?"

15분 후, 아빠의 차가 시야에 들어왔다. 창이 내려가면서 미소 띤 토실토실한 얼굴이 드러났다. 아빠는 조수석 문을 열어젖혔다.

"미안하다, 안드라. 아, 글쎄 내가 노크를 하니까 그분이 문을 열더구나. 나를 거물이라고 부를 때 그분 입에서 담배 연기가 푹 날리지 뭐냐."

그러나 나는 듣고 있지 않았다. 아빠는 미안하다고 말할 때 진심으로 미안해한 적이 없었지만 나는 한 번도 그 문제를 가지고 뭐라고 하지 않았다. 아빠는 내가 미안하다는 소리를 기대하고 있음을 알기 때문에 그렇게 말하는 것뿐이었다. 나는 성큼성큼 차를 돌아가 거의 경첩에서 떨어져나갈 정도로 문을 세게 잡아챘다.

"나오세요."

“응?”

아빠는 여전히 싱글거리고 있었다.

“나. 오. 세. 요. 내가 운전할래요.”

“날 여기에 두고 가려는 건 아니지?”

아빠가 몸을 휘청거리며 내려서서 나를 빤히 쳐다봤다.

“부추기지 마세요.”

아빠에게 쏘아붙이고 운전석에 올라탔다. 나는 어린아이처럼 터져나오려는 눈물을 울화통으로 억눌렀다.

잊혔다.

또다시.

아빠는 조수석에서 나를 지켜봤다. 양손이 운전대 위에서 부들부들 떨렸다. 선글라스로 눈 속에서 이는 감정을, 빨갛게 생채기가 난 상처받은 감정을 가렸다.

“넌 그곳에 대한 이야기를 믿을 수 없을 게다. 미시시피주 베이던. 그분이 농장을 가지고 있는데⋯⋯.”

“관심 없어요.”

“내가 본 중에 가장 쇠락한 곳이더라. 그분이 여든아홉 살이라는 말을 내가 했냐?”

분노로 갈색 가죽 운전대를 힘껏 붙잡고 있는 손에 뼈가 툭툭 불거졌다.

“네, 여러 번이요.”

"그분이 문을 열더구나. '안녕, 거물.' 처음 한 말이 그거였다."

아빠의 웃음소리에 차가 덜컹거렸고 나는 운전대를 왼쪽으로 홱 틀어 균형을 맞췄다. 아빠는 계기판을 움켜쥔 채 계속 말했다.

"날 거물이라고 불렀어. 그리고……."

"아빠! 이미 말씀하셨잖아요!"

"흠, 나도 말한 건 안다. 하지만 그 오랜 세월이 지난 후에 거물이라고 불리는 게 얼마나 기분 좋은지 이루 다 말할 수 없어서 그런 거야."

"나한테 말 걸지 마세요."

우리는 침묵 속에서 그날 내가 걸어온 길을 달렸다. 그러나 내 옆에 있는 사람이 누군가. 거물이 아닌가. 그는 오랫동안 입을 닫고 있을 수 없는 사람이었다. 의식이 있는 한 입을 계속 움직이지 않고는 못 배기는 사람.

"저기 105마일 이정표다…… 104마일 이정표야."

"아빠! 아무 말도 하시지 말라고 했잖아요."

"알았다…… 103마일 이정표다."

"아빠!!"

"이것 참, 우리가 왜 이렇게 멀리 돌아가는지 모르겠구나. 네가 오늘 마친 지점에서 가까운 데 묵으면 안 되냐?"

"그냥 베이던에 사는 그분 집에서 묵지 그러셨어요?"

"그분이 날 거물이라고 불렀어."

"맙소사!!!"

차가 끼이 소리를 내며 잭슨 매리엇의 주차장에 들어섰다. 아빠의 양손이 계기판을 긁었다.

"뭐 하는 거냐? 우리 둘 다 죽일 셈이냐?"

나는 차를 세우고 뛰어내렸다. 아빠를 대할 때마다 내 기본 자세는 분노였다. 어릴 때 나를 무시했으니까. 십 대 시절 내내 나에게 잔소리를 해댔으니까. 나만 제외한 모든 사람에게 관심을 쏟았으니까. 나는 아빠 앞으로 몸을 홱 돌렸다.

"왜 날 잊어버리셨어요? 아빠가 거기 가시면 날 잊어버릴 거라고 내가 말했잖아요."

뜨거운 용암처럼 터져나오려는 분노를 억누르느라 가슴이 부르르 떨렸다.

아빠는 길 잃은 어린아이처럼 그곳에 앉아 있었다.

"그렇지만 그분이 날 거물이라고 불렀단 말이다. 날 그렇게 기억하는 거야."

아빠가 차에서 내려와 발을 질질 끌며 나를 지나칠 때 아빠의 어깨가 잔뜩 구부러져 있었다.

"날 아는 사람 중에 내 그런 모습을 기억해주는 것은 그 분이 마지막일 거야."

"참 내, 나는요, 네? 난 아빠 딸이에요. 나는 아직도 아빠가 어떤 사람인지 알아내려고 노력하는 중이란 말이에요."

아빠는 나를 무시하고 안으로 들어갔다. 아빠가 텔레비전을 켜자 빛이 깜박거렸다. 내가 차 시동을 끄고 절뚝거리며 안으로 들어왔을 때 아빠는 말레이시아 비행기에 대해 터무니없는 추측을 시끄럽게 늘어놓는 뉴스에 완전히 최면이 걸려 있었다.

나는 욕실에 들어가 문을 잠그고 땀에 전 옷을 찢듯이 벗어냈다. 왼쪽 눈 위 정맥이 고동쳤다. 나는 뜨거운 물을 욕조에 채우는 동안 차가운 변기에 앉아 갈기갈기 찢어진 발을 담그려고 뿌려놓은 배스 솔트의 유칼립투스 향기를 깊게 들이마셨다. 물이 부서져내렸다. 나는 눈을 꼭 감고 그 물이 폭포라고 상상했다.

수도꼭지를 잠그는데 그레타 반 서스턴(Greta Van Sustern, 미국의 여성 앵커)의 목소리가 욕실로 새어 들어왔다. 그녀는 장황한 추측과 빈정거리는 말을 전문가 토론단을 향해 큰소리로 나불댔다. 나는 머리를 물속에 담근 채 어둠 속에서 별빛이 춤을 출 때까지 숨을 참았다. 물 밖으로 고개를 확 내밀자 사방으로 물이 튀었다. 나는 소리쳤다.

"소리 좀 줄여주실래요?"

"그 비행기에 무슨 일이 일어났는지 알아야 돼."

토론자들이 진부한 정답 맞히기와 추측성 이야기에 동참하자 케이블 뉴스 소리가 더 요란해졌다.

"비행기가 어디 있는지 아무도 모른다니. 이럴수가."

"비행기를 끝내 찾아내지 못할 거예요!"

마찬가지로 나는 아빠를 끝내 찾아내지 못하게 되겠지. 아빠와 마음이 통하는 관계가 되고 싶은 소망이 배수관으로 소용돌이치며 흘러내려갔다.

나는 아빠랑 같이 앉아 이야기하며 보내는 시간을 생략하고 내 방으로 들어갔다. 뉴스에서 또 다른 선정적인 프로그램으로 채널이 바뀌었다. 고무로 된 귀마개가 그 소리를 막아줬다. 귀마개는 논쟁을 조장하고 시청자들을 분열시키면서 계속 보도록 부추기는 프로그램을 보면서 아빠가 내뱉는 신랄한 비판과 감정적인 반응도 안 들리게 해줬다.

분열이 일어날 수밖에 없는 관계도 있나보다.

나는 베개로 머리를 눌렀다. 엄마가 나를 전적으로 책임지고 있는 아빠를 구해주러 오는 중이었다. 아니면 나를 질식시켜 죽이려고 오는 중이라고 해야 할까. 아빠와 나는 단 둘이 지낸 지 딱 이틀 만에 각자 엄마에게 전화했다.

"제발 우리가 서로를 죽이지 못하게 와줘요."

우리는 엄마에게 같은 애원을 했다.

엄마는 여행이 끝날 때까지 나체즈 길에서 3주 동안 머물 터였다. 내가 아빠 때문에 미칠 지경이라고 친다면, 엄마가 도착한다는 소식에는 아예 절망했다고나 할까. 그래도 그 순간에는 엄마가 필요했다. 단, 서로 거리를 둔다는 전제 아래 말이다.

아빠가 나를 미치게 하는 사람이라면, 엄마와 나는 같은 영역을 놓고 싸우는 도둑고양이들처럼 충돌하는 사이였다. 나는 엄마와 내가 꼼꼼하게 계산해 휘두르는 날카로운 말로 서로를 죽이고도 남지 싶었다. 그나마 최근 몇 개월 동안은 예전보다 행복한 합의점을 찾아내서 서로 선을 지키고 있었다. 그러나 그렇게 된 지 얼마 안 된 지라 우리의 휴전이 영원히 지속되기를 바라기에는 무리가 있었다.

나는 숨이 막히도록 베개로 머리를 누르면서 중얼거렸다.

"기대가 되네."

지금도 너를 이해해가는 중이란다

두 여자 사이에 끼어 살기란 쉬운 일이 아니다. 특히 그 여자들을 사랑한다면.

아내는 아이를 간절하게 원했다. 나는 딸이 태어난 후 아내를 잃었다. 아내는 젖이 나오지 않아 모유를 먹일 수 없었다. 그런데도 우윳병을 들고 안드라에게 먹이는 일을 어느 누구에게도 넘기려 하지 않았다. 안드라의 옷을 갈아입히고 목욕을 시키고 잠자리에 눕히는 일을 린다가 다 독점했다.

나는 가끔 여자들만의 세상에 뚝 떨어져 있는 두 사람을 바라보며 궁금했다.

내가 두 사람 곁에 있는 게 무슨 의미가 있을까?

내가 누구야. 어머니와 누나들과 여동생에게 맹목적인 사랑을 받던 남자가 아닌가. 다들 남편이 생겼을 때조차 나는 그들

세상의 중심이었단 말이지. 이제는 사랑하는 어머니를 땅에 묻은 남자가 됐다. 외부인, 따돌림을 받는 사람, 자기 집에서조차 쓸모없는 사람이 됐다 이거야.

린다는 항상 아이를 잘 보호했고 말문이 막히는 법이 절대 없었다. 예전에 나는 안드라와 함께 있는 린다를 자주 지켜봤는데 어떻게 그렇게 잘 해낼 수 있는지 미궁이었다.

다른 남자들은 어린아이에게 날마다 끊임없이 말할 거리를 어떻게 찾는 걸까?

나는 퇴근해서 돌아오면 너무 피곤해서 그루초 막스(Groucho Marx, 미국의 코미디언이자 영화배우)의 안경을 쓰고 여기저기 안드라를 쫓아다니는 노릇 이상은 아무것도 할 수 없었다. 안드라는 소리를 지르고 크게 웃고 더 놀아달라고 애원했지만, 5분에서 10분이면 내 기운은 바닥을 쳤다. 안드라는 린다가 아주 좋아하던 드레스 가운데 하나를 입고 나한테 말을 걸고 싶어 죽겠는 표정으로 나와 TV 사이를 자꾸 알짱거렸다.

나는 이야기를 듣는 방법조차 몰랐다.

린다가 부르면 안드라는 쪼르르 가버렸다. 나를 까맣게 잊어버리고, 좋은 아빠가 되는 방법을 끝내 모르도록 나를 남겨두고서 말이다.

안드라와 린다는 항상 갖가지 이야기를 나눴다. 두 사람은 안드라가 데이트를 하기로 한 남자아이들에 대해서 이야기했다.

사위를 포함해서 나는 안드라가 만나는 모든 남자들이 절대로 마음에 들지 않았다. 안드라는 첫 직장에 다닐 때 퇴근해서 집에 돌아가면 늘 린다에게 전화를 했다. 두 사람은 한 시간이 넘도록 이야기를 했고, 나는 안드라가 나를 바꿔달라고 말해주기만 바라며 옆에서 하릴없이 기다렸다.

안드라는 한 번도 나를 바꿔달라고 한 적이 없었다. 늘 나만 국외자였다.

그런데 안드라가 서른다섯 살이 된 시기에 변화가 일어났다. 이유는 모르겠다. 갑자기 안드라는 린다와 늘 말다툼을 했다. 내가 도무지 이해할 수 없는 여자들 특유의 감정싸움이었다. 서로에게 모욕적인 말을 내뱉고 방에서 뛰어나가고 서로를 울리는 과정이 매번 반복됐다. 나는 어떻게 해야 할지 몰랐다.

지나고 나서 생각해보니 안드라가 나한테 전화하기 시작한 때가 그즈음이었다. 처음에는 린다가 직장에 가고 없을 때만 전화했고 통화 시간이 기껏해야 몇 분을 넘지 않았다. 걸핏하면 대화가 끊겼고 침묵이 감돌았지만 몇 년이 지나는 동안 우리는 차차 자연스럽게 통화를 하게 됐다.

린다가 안드라를 되찾을 방법을 찾지 못할 때 화해할 요령을 설명해준 사람이 바로 나였다. 마침내 내가 딸을 우리가 만든 어린 여자아이가 아니라 다 큰 여자로 생각하게 된 덕이었다. 나도 성인과 이야기하는 방법이야 잘 아니까.

나는 여러 이야기로 안드라를 즐겁게 했다. 내가 거물일 때의 이야기를 들려줬다. 그러는 과정에서 나는 속마음을 한두 번 정도 비쳤고 나에게 안드라가 얼마나 중요한 의미가 있는지 그 아이가 알기를 바랐다.

Chapter 3

여행은
타인의 눈으로
자신을 돌아볼 때
시작된다

홀로 걸어본 사람만이
사신을 발견할 수 있다

165마일 이정표.

목요일.

사방에서 나를 둘러싼 소나무가 중국군처럼 빽빽하게 미시시피 구릉지에 들어차 있었다. 머리 위 나뭇가지들이 꼭 움켜쥔 손가락처럼 서로 엉켜 있어 빛을 완벽하게 차단하는 지붕 같았다. 나는 아빠에게 프렌치 캠프(미국 미시시피주 촉토카운티에 있는 마을)를 가리켰다. 180마일 이정표. 우리의 다음 숙박 장소였다.

"숙소 좀 확인해보세요. 우리 짐을 안에 들여놓으시면 더 좋고요."

"왜? 그냥 널 기다리면 되지."

"아빠가 차에서 짐을 몇 개 내려놓으시면 제가 10분 빨리 잠자리에 들 수 있을 테니까요!"

"거기 TV가 있냐?"

"잘 가세요, 아빠."

나는 차 뒤꽁무니를 향해 손을 흔들고 나서 근육을 풀며 다음 이정표를 향해 걸을 준비를 했다.

다리를 타고 진동이 느껴졌다. 주머니에 손을 넣어 아이폰을 꺼냈다. 내 아이폰은 첫 주에 끊임없이 울리며 격려와 응원을 담은 메시지를 전했다. 그러나 빗발치던 메시지는 둘째 주 중반에 접어들자 점점 줄어들었다. 가끔 내 아이폰이 울리는 소리가 적막을 가로지르면 오히려 깜짝 놀랄 지경이었다. 사람들이 내 도보 여행에 대해 느끼던 신선함이 사라지고 있었다.

내가 중간에 그만두더라도 사람들은 모르고 넘어가겠지.

앨리스의 메시지를 보려고 화면을 밀어 올리는 엄지손가락이 아렸다.

안녕 안드라.
이번 주 내내 네 생각이 많이 나.
다 잘 되고 있기를 바랄게.

나는 미처 자제할 틈도 없이 한심한 문장을 쳐버렸다.

보고 싶어.

전송 버튼을 누르고 몇 글자를 더 썼다.

차마 말로 다 하지 못할 정도야.

작은 점들이 메시지 창에서 깜박거렸다. 적절한 답을 생각하고 있는 앨리스의 뇌를 흉내 내는 듯했다.

상황이 그렇게 안 좋아?

내 아이폰의 데이터 용량은 이런저런 내용을 세세하게 담아 답장을 쓸 만큼 크지 않았다.

아빠는 누군가를 보살필 줄 아는 사람이 아니었다. 앨리스가 하던 것과는 거리가 멀었다. 나는 엄마가 미시시피에 도착하기까지 남은 시간의 틈을 응시했다. 북받치는 감정과 기진맥진한 몸 때문에 협곡이 너무 광대하고 끝없이 느껴져 건너편을 도저히 가늠할 수 없었다.

이번 여행에서 아빠가 나를 책임지는 동안 나는 아빠를 보살폈다. 그런데 나도 아빠를 꼭 닮아 사람을 보살피지 못했다. 내가 엄마에 대해 느꼈던 불안함이 탈진한 몸과 메마른 감정 상태에서 싹 녹아내렸다. 무릎에 힘이 풀려 바닥으로 무너져내렸고 흐느낌에 어깨가 떨렸다.

지난밤 하루치 할당량인 24킬로미터를 다 걷고 나서 간 민박집에서 직접 차에서 짐을 내려야 했다는 말을 앨리스에게 차마 할 수 없었다. 아빠가 다시 계단 올라가기를 거부해서 내가 짐을 다 들고 올라갔다는 말도. 저녁밥을 사오라고 아빠를 보냈는데 아빠는 두 시간이나 돌아오지 않았다. 그 시간 동안 수북하게 쌓인 양파링 한 접시를 해치운 후, 어김없이 낯선 사람을 붙들고 말을 하고 있었다.

아빠는 항상 말을 했다.

밥을 다 먹고 나서 디저트를 먹을 장소를 찾아낸 순간에조차 건강 때문에 제한된 식사를 해야 한다는 설명을 장황하게 늘어놓는 사람이었다. 나는 아빠가 아이스크림 가게 직원에게 말을 거는 모습을 상상하면서 민망해졌다.

"나는 당뇨병이 있어서 설탕을 먹으면 안 된다네. 그리고 쿠마딘(coumadin, 항혈액응고제)을 복용하고 있어서 푸른 채소를 먹으면 안 되거든. 그리고 견과류는 내 치질을 악화시키니까 조금이라도 넣으면 안 돼……. 하지만 슈거 콘에 담은 버터 피칸 세 덩어리를 주문하도록 하지."

마침내 아빠가 차가운 음식이 담긴 구겨진 봉지를 들고 돌아왔을 때는 기가 막힐 지경이었다. 나는 그날 아침 혼자서 모든 짐을 질질 끌고 가 고통에 시달리는 근육을 간신히 움직여 차에 실었다는 사실을 앨리스에게 말할 수 없었다.

내 머릿속에 오가는 아빠에 대한 버릇없는 생각은 아빠가 나와 함께 보낸 시간에 대해 앨리스에게 늘어놓을 말에 비하면 아무것도 아니었다.

생리 기간에 겪는 고통은 이미 패배한 전쟁에서 적에게 포위당한 채 맹공을 받는 느낌이었다. 뱃속이 문드러진 과일처럼 불쾌했다. 메스꺼우면서 부글거렸다. 움직일 때마다 불평이나 울음이나 욕이 나왔다. 내 자신이 싫어 견딜 수가 없었다.

정말 대단한 모험이야.

나는 몸을 간신히 일으켜 무릎에서 흙과 풀을 털어냈다. 전자기기를 이용할 때는 거짓말을 하기가 쉬운 법이다.

난 괜찮아.

정말이야.

마음이 바뀌기 전에 얼른 전송 버튼을 눌렀다. 주머니에 아이폰을 넣고 억지로 발걸음을 떼었다. 아이폰과 울화통, 이 둘은 항상 내 속도가 너무 늦다는 생각을 하게 만들었다.

절뚝거리며 166마일 이정표에 이르러 발 사진을 찍으려고 하는데 속이 뒤틀렸다. 나는 금속 이정표에 몸을 기대고 어깨에서 배낭을 내렸다.

"나체즈 트레이스 파크웨이 지도가 어디 있지?"

음식을 보니 위가 옥죄어왔다. 샌드위치 밑에서 지도를 찾아 각 면을 훑어봤다. 많은 선과 점이 지도 위에 어지럽게 흩어져 있었다.

"이 근처에 뭐가 있나? 아무것도 없나?"

말을 끝내자마자 통증이 밀려와 몸을 웅크렸다. 창자가 터지기 일보 직전이었지만 지도에 따르면 16킬로미터 근방에는 아무것도 없었다. 나는 지도를 접고 소지품을 다 집어넣은 다음 두 다리를 한껏 모은 채 강제로 걸음을 옮겼다.

"계속 움직이면 곧 가라앉을 거야."

소곤거리며 윗입술에 맺힌 식은땀을 훔쳤다.

열 걸음을 옮기자 뱃속이 다시 뒤틀렸다. 나는 엉덩이에 힘을 꽉 주고 비탈길을 뛰어올라가 숲으로 들어갔다. 뱀이나 벌레나 옻나무에 신경 쓸 겨를도 없이 바지를 거칠게 끌어내리고 유칼립투스나무를 움켜쥐면서 지독한 냄새가 나는 똥 덩어리를 쏟아냈다. 악취가 나는 오물에서 물러나 한쪽 엉덩이에 박힌 가시를 뽑으려고 기를 썼지만 아무리 고개를 돌려도 가시가 보이지 않았다.

"앨리스에게 거짓말한 벌인가 봐. 이 어리석고 엿 같은 여행에 대해 다 솔직히 말했어야 해."

투덜거리고 있는데 차 한 대가 남쪽으로 쌩 지나갔다.

"빌어먹을!"

나는 훌쩍 뒤로 물러서다가 넘어질 뻔했다. 바지가 아직도 발목 근처에 뭉쳐 있는 것을 잊다니. 하체가 다 드러난 채로 고속도로를 향해 서 있었다. 그 차가 경적을 울리며 요란한 웃음과 외침을 남기고 사라졌다.

"나쁜 놈아!"

소리를 지르는 순간 또 경련이 몰려와 다시 나무 앞에 다리를 벌리고 앉아야 했다. 폭포수처럼 쏟아지는 설사에 온몸이 떨렸다. 마침내 일을 다 보고 나자 휴지를 찾아 배낭 앞주머니를 더듬거렸다. 주머니를 열고 빼낸 지퍼백을 보면서 흐느껴 울었다.

"휴지가 두 칸뿐이야. 두 칸으로 이걸 다 어떻게 닦으라고."

가방에 든 내용물을 몽땅 땅에 쏟아냈지만 닦을 만한 것이 전혀 없었다. 휴지 두 칸으로 닦는 와중에 갈색 액체가 손가락에 떨어져 옷소매로 흥건히 괴었다. 나는 게토레이 병뚜껑을 급하게 열고 엉덩이 골 사이로 기울여 끈적거리는 음료수를 부었다. 더 많은 음료수를 부어 두 발과 다리에 묻은 배설물을 닦아냈다. 압박 타이즈를 끌어올리자 피부에 묻은 설탕과 오물이 섞여 라이크라 섬유 속에서 질퍽거렸다.

"그만둘 거야! 그만둘 거야! 그만둘 거라고!"

풀이 우거진 비탈길을 내려가는 사이에 다리 통증이 물밀 듯이 몰려왔다. 나는 배낭으로 길을 마구 치며 비명을 질렀다. 아이폰을 급하게 꺼냈다. 아빠를 부르려고. 결국 나는 모험가 그

룻이 아니었다고. 나를 데리러 오라고. 집에 데려다주라고. 실패작인 나를 받아들여달라고 말하려고. '서비스 안 됨'이라는 표시가 화면 왼쪽 위 구석에서 나를 놀리고 있었다.

"빌어먹을!"

나는 혹사당한 가방을 결국 아스팔트에 내던지고 무릎을 꿇고 앉았다.

"그만두는 것조차 제대로 못 하다니."

사방에 빽빽한 나무와 그 사이의 좁은 견인도로. 나는 주변 풍경을 따라 360도로 눈을 빙빙 돌리다가 결국 멀미가 밀려와 고속도로의 중앙선을 표시해놓은 빛바랜 노란색 페인트 위로 무너졌다.

누군가 지나가다가 나를 칠지도 몰라. 이 고통스러운 시간에 종지부를 찍어주는 거지. 그러면 나는 똥으로 칠갑한 채 중도에 포기한 실패자가 아니라 순교자로 누군가의 기억에 남을지도 모르지.

갖가지 암울한 생각을 하며 기다리는데 차가 한 대도 지나가지 않았다. 10분이 지나자 바지 주머니에 아이폰을 넣고 지퍼를 잠근 후 비틀거리며 걷기 시작했다. 나는 혼잣말을 했다.

"메리웨더 루이스라면 그만두지 않았을 거야. 많은 사람들이 지켜보지 않더라도."

잠깐, 무슨 소리를 하는 거야? 나를 지켜보는 사람이 50명도 안 될 텐데 많은 사람은 무슨.

홍관조 떼가 날개를 팔락거리며 내 앞 도로를 가로질러 날았다. 붉은 구름이 소용돌이치는 듯했다. 나는 얼룩진 손가락으로 눈물을 닦으며 보도에 울려퍼지는 새들의 노랫소리에 귀를 기울였다.

평생 나는 홍관조가 행운의 상징이라고 믿었다. 외할머니는 홍관조 장식품을 수집했고 집 곳곳에 화사한 홍관조 장식품들을 진열해놓았다.

외할머니가 돌아가신 후 나는 홍관조를 볼 때마다 외할머니가 보내는 메시지라고 생각했다. 외할머니가 내 마음속뿐만 아니라 다른 곳에도 있다는 메시지라고. 혹은 외할머니가 춤추는 홍관조 떼 속에서 나를 북쪽으로 이끌고 있다는 뜻이라고.

햇빛이 숲 속으로 점점이 내리비쳤다. 나는 눈을 가늘게 뜨고 솔잎과 나뭇가지 사이로 빨간색과 회색이 어우러진 새 떼를 바라봤다. 홍관조들의 협주곡과 함께 색의 향연이 펼쳐졌다. 신화 속 한 장면 같은 그 순간을 포착하려고 아이폰으로 손을 뻗는데 깃털로 감싸인 새 한 마리가 내 머리 위에서 한가로이 날았다. 멀어지는 날갯짓 사이로 산들바람을 타고 주문이 들렸다.

"이런 순간들은 기억의 조각들이란다……. 이 순간들을 즐기며 살려무나. 이런 모든 순간들을."

도보 여행을 하는 동안 순간순간이 충격의 연속이었다. 나를 무너뜨리고 좌절시키는 경험에 계속 휩싸였다. 나는 메리웨더 루이스 같은 사람들이 어떻게 미지의 세상에 뛰어들고 새로운 사람들을 발견하고 그 사람들을 이끌었는지 짐작도 할 수 없었다. 루이스와 동료들은 2년이 넘는 세월 동안 수많은 문제들을 어떻게 견뎠을까?

홍관조들이 시야에서 벗어나자 시선을 북쪽으로 돌려 응시했다.

"앞에 햇빛이 조금 비치네. 저게 신기루가 아니라면 이제 몸이 좀 따뜻해지겠어."

숲이 점차 진흙투성이의 들판으로 바뀌었다. 여전히 겨울잠에서 깨어나지 않은 땅에 만물을 소생시키는 봄기운이 조금씩 스며들고 있었다. 나는 미처 깨닫기도 전에 내달렸다. 배수로를 전속력으로 달릴 때 신발이 땅에 푹푹 빠졌다. 들판 끝에서 멈춰 서서 풍경을 살필 즈음에는 숨이 막혀 폐가 터질 듯했다. 드문드문 노란빛이 어우러진 초록빛 새싹들, 흔들거리는 수선화, 풀과 꽃이 속삭이는 소리가 들렸다.

"우리랑 여기서 쉬렴."

배낭을 벗어던지고 풀밭에 무너져내리자 풀과 꽃이 박수를 치며 나를 환영했다. 헐떡거리며 그곳에 누워 있는 동안 하늘에서 구름이 만나고 헤어졌다. 나는 샛노란 골든트럼펫을 한 아름 안고 손가락 사이로 줄기를 쓸어올렸다.

처음으로 나는 일정을, 다음 이정표를, 내가 가야 하는 종착지를 잊었다.

내가 있어야 하는 장소에 있었으므로.

나는 그 들판에서 순간순간을 즐겼다. 발의 통증이나 편두통에 대해 생각하지 않았고, 나한테서 풍기는 고약한 냄새도 생각하지 않았다. 들판을 떠나기로 결정하는 순간이 오면 아직 먼 길을 걸어야 한다는 현실이 엄습할 터였다. 눈물 때문에 눈이 따끔거렸다. 나는 이마 끝으로 흘러내린 더러운 눈물자국을 손으로 훔쳤다.

아빠의 모습이 어른거렸다. 퇴근해서 돌아올 때마다 다른 데정신이 팔려 나랑 이야기할 틈이 없던 아빠. 너무 지쳐서 가족이 함께하는 식사 자리에 끝까지 앉아 있지 못하던 아빠. 너무 피곤해서 나와 같이 텔레비전을 봐주지 못하던 아빠.

아니면 아빠는 그저 무슨 말을 해야 할지 몰랐던 걸까? 때로 어색함은 필요에 따라 다른 이름으로 불리기도 하니까.

"삶은 우리에게 이런 휴식을, 이런 놀라운 선물을 주지."

나는 반짝이는 허공을 향해 속삭였다.

"왜 항상 너무 바쁘고 너무 스트레스를 받고 너무 짓눌려서 이런 선물을 보지 못하는 걸까? 내가 어릴 때 봤던 아빠의 모습과 똑같잖아."

나는 머리를 돌려 수선화를 지긋이 바라봤다.

"이 도보 여행은 이런 경험을 하라는 뜻인가 봐. 바로 여기서. 우리의 짧고 빛나는 삶을 색칠하는 마법과 신비와 아름다움을."

나는 배낭을 메고 들판에서 나와 교차로에 섰다. 고난과 고통의 길이던 남쪽을 바라보며 손을 흔들었다.

"이제 널 떠날 거야. 여기는 경계선이야. 넌 날 따라오지 못해. 난 여기서 기쁜 순간들을 선물 받았어. 앞으로 이 순간들에 집중할 거야."

나는 북쪽으로 고개를 돌려 몇 걸음을 걸었다. 아직도 걸음을 옮길 때마다 고통이 밀려왔다. 하지만 홍관조 한 마리가 내 어깨 위로 날아갈 때 펄럭이는 날갯짓 사이로 메시지가 전해졌다.

"이제 네 도보 여행과 삶은 달라질 거야. 확실해."

나는 외할머니의 목소리를 들었다.

깨진 유리 위를 걷는 것 같더라도

"괜찮냐, 안드라?"

아빠가 176마일 이정표가 있는 콜 크리크 습지^{Cole Creek Swamp}의 주차장을 가로질러 뒤뚱거리며 걸어왔다.

"내 옆에 가까이 안 오시는 게 좋을 거예요."

나는 밑동 주변으로 물이 휘몰아치는 사이프러스나무들 사이에 만들어놓은 나무다리에 책상다리를 하고 앉았다. 물이 다리 기둥에 찰싹찰싹 부딪쳤고 땅콩버터가 내 양 뺨에 달라붙어 있었다.

"몇 킬로미터 전에 작은 사고가 있었어요. 휴지가 다 떨어졌거든요."

"필요하면 나한테 좀 있……."

"아니요, 아니요. 6.4킬로미터만 가면 되는데요, 뭐. 프렌치 캠프에 도착해서 샤워할래요."

"식당에서 맛있는 미시시피 머드파이를 팔더라."

아빠가 나에게 몇 걸음 다가왔다.

"한 조각 사다줄까?"

"네, 그럼 진짜 좋죠."

나는 울퉁불퉁한 나무껍질에 몸을 기댔다. 검은 물 아래 뭐가 도사리고 있을지 궁금했다. 미시시피 진흙의 핵심적인 재료가 들어 있을까? 아빠의 차 소리가 희미해졌고 태양을 쫓아가는 물고기와 나만 남았다.

아빠와 내 위치가 언제 바뀌었을까?

아빠는 근심걱정 없이 하루하루를 보내며 이야기나 해대는 아이가 된 반면에, 나는 삶의 공식을 알아내려고 헐떡거리는 중년의 부모가 돼 있었다.

내가 초등학교에 다닐 때 아빠는 매일 밤 전화기를 몇 시간씩 붙들고 있었다. 직업상 변덕스러운 날씨의 피해자였다고나 할까. 거의 매일 저녁 목재 공급을 맞추려고 전전긍긍이었다. 나는 바비 인형의 머리를 빗기면서 아빠가 애원하고 협상하고 변명하는 소리를 못 들은 체했다.

"로이, 언젠가 이 시절을 돌아보게 될 날이 올 거야. 그때가 되면 우리 딸은 이미 다 커 있겠지. 당신과 이야기 한 번 제대로 나누지 못한 채로."

엄마는 두 사람의 침대에 누운 내가 잠든 줄 알고 달갑지 않은 충고를 속삭였다. 아이스크림을 들고 아빠의 안락의자 옆에서 있었을 때도 내가 있는 자리에서 이 소리를 했다. 아빠가 참석하지 못한 또 다른 피아노 발표회에 가려고 나를 차에 태울 때도 이웃사람들에게 이 소리를 했다.

아빠가 마침내 심도 있는 대화를 시작했을 때 한 말은 미안하다는 말이 아니었다.

"나는 부모님에게 사랑한다는 말을 많이 하지 않았어, 안드라. 이제는 너무 늦었어. 하고 싶어도 할 수가 없지. 오늘 부모님을 단 1분이라도 다시 뵐 수 있다면 사랑한다는 말을 한 번 더 할 거야."

아빠는 잠시 말을 멈추고 두 눈을 비볐다. 아빠가 일어나자 침대가 흔들렸다.

"넌 나를 사랑하지 않는 것 같구나."

열세 살 때의 나는 아빠가 하는 말의 의미를 이해하지 못했다. 그저 표면적인 단어만 들었다. 속을 알 수 없는 습지대의 물을 보는 것과 비슷하다고나 할까. 왕성한 호르몬 분비로 불안정한 내 마음에 아빠의 말은 그저 잔소리로 여겨질 뿐이었다.

나는 도로 가장자리에 그려진 하얀 선을 따라 한쪽 발을 질질 끌며 걸었다. 178마일 이정표. 나는 생각의 방향을 수선화 쪽으로 돌렸다.

기쁨. 나는 한 시간 전에 기쁨을 발견했다.

오른쪽을 돌아보니 아빠가 있었다.

"아빠⋯⋯."

나는 아빠 쪽으로 움직였다.

그러다가 나를 가르며 달리는 차 한 대를 봤다.

너무 큰 충격을 받아 영혼이 몸에서 튕겨나간 느낌이었다. 망연자실해서 양팔로 머리를 감쌌다. 양쪽 팔꿈치 사이로 이등분된 메르세데스가 언뜻 보였다. 내가 삶과 죽음의 경계에서 맴도는 동안 둘로 나뉜 차체가 다시 붙어 하나가 되더니 고속도로를 쏜살같이 달렸다. 그 차는 모퉁이를 단숨에 돌아 사라졌다.

메리웨더 루이스가 죽을 때 한 경험이 이랬을까? 폭발적인 빛과 파고드는 냉기와 마비를 경험했을까? 내가 소설에 쓴 대로, 진짜로 루이스는 세상을 떠난 뒤에 주변 풍경을 봤을까?

나는 밀려올 통증에 대비해 마음을 단단히 먹었다. 부러진 팔다리. 고스란히 드러난 뼈와 내장.

그러나 내 발은 하얀 선을 디디고 있었다. 나는 여전히 똑바로 서 있었다. 멀쩡하게. 아빠의 차가 몇 미터 옆에 서 있었다. 내가 바라보니 아빠는 미소를 지었다.

"네 파이 사왔어."

나는 양손 사이에서 머리를 흔들었다.

어떻게 그런 일이 일어날 수 있었지?

그 차는 부서지지 않았던 것이다. 그러나 나는 그 차가 나를 치었다고 확신했다. 분노 분자가 내 안에서 마구 맴돌았다. 수선화가 핀 들판에서 모조리 도려내 그곳에 남겨두고 왔다고 생각했던 감정이었다.

나는 도로를 껑충 건너 뛰어 아빠에게 맹비난을 퍼부었다.

"나한테 말을 걸자고 고속도로 한가운데에서 차를 세우면 어떻게 해요, 아빠!"

"하지만 네 파이를 사왔다고. 먹고 싶지 않아?"

"그 차를 보시긴 했어요? 그 차가 날 칠 뻔했다고요."

나는 떨리는 양손으로 얼굴을 문질렀다.

"그 차가 날 치지 않았다니. 어떻게 된 거죠. 그 차가 날 치었다고 확신했어요. 그 차가 날 친 게 맞아요."

자갈이 박힌 타르와 노란 중앙선이 내 발밑에서 흔들렸다. 죽었는데 죽은 게 맞는데.

"이 파이를 어떻게 할까?"

나는 주먹으로 차를 쿵쿵 쳤다.

"아빠가 드세……."

운전석에 앉은 아빠가 몸을 잔뜩 움츠렸다. 아빠의 얼굴에 당혹감이 서렸다. 어떻게 딸이 거의 죽을 뻔한 광경을 놓칠 수가 있지? 짓이겨진 몸뚱이들이 도로에 흩뿌려질 판이었는데도?

아니면 내가 문제였나? 편두통과 복통과 배탈과 탈수증과 근육통과 똥냄새에 온종일 시달리다 보니 환각을 봤나?

그 사이 아빠의 세상은 온통 파이 생각뿐이었다. 파이는 아빠를 행복하게 했다. 나한테 파이를 가져다주는 건 딸을 보살피는 행동이잖아? 이 버거운 여행 도중 아빠가 처음으로 날 위해 자발적으로 한 일이었다. 그렇지만 내가 원하는 건 파이가 아니었다고.

내 머릿속에서 성난 소리가 들렸다.

"그는 너와 친해지려고 널 보살피고 있잖아, 이 바보야."

홍관조 한 마리가 부리에 수선화 한 송이를 물고 차 후드 위로 날아갔다.

"아빠."

나는 아빠의 어깨에 손을 얹었다.

"이제는 도로에서 차를 멈추고 나한테 말을 거시면 안 돼요, 아셨죠? 안전하지 않아요. 다른 차가 아빠 차를 들이받을지도 모르잖아요. 아빠가 다치면 난 정말 괴로울 거예요."

"흠, 아까 거기에서 걷는 너를 보니 파이를 먹으면 기운을 차릴 것 같더라."

"베델 미션이 바로 저 앞이에요. 거기에 차를 세우고 기다리세요. 가서 파이를 먹을게요."

"좋아."

아빠는 유리창을 올리기 시작했다.

"내가 도착하기 전에 아빠가 드셔버리면 안 돼요."

유리를 뚫고 웃음소리가 들려왔다.

"걱정 마라, 안드라. 내 몫은 벌써 먹었으니까."

180마일 이정표에 도착했을 즈음에는 온몸이 미시시피 진흙 투성이였다. 이제 종착점까지 3.2킬로미터가 남았다. 나는 희미한 윤곽선만 남은 베델 미션 터에 앉아 부드럽고 쫄깃한 파이를 한입씩 음미했다. 기름기가 위를 묵직하게 자극했지만 포장지에 붙은 부스러기까지 긁어먹었다.

그래놓고도 날마다 24킬로미터씩 걷는데 몸무게가 1킬로그램도 줄지 않는 이유를 모르겠다고 하다니.

정해진 구간을 다 걷자 아빠가 나를 태우고 프렌치 캠프에 있는 마을로 차를 몰았다. 나체즈 길에서 가장 오래된 정착지에 속하는 그 마을은 여전히 미시시피 황야에서 최전방이었다. 사람들은 별을 감상하거나 성경을 보며 명상을 하려고 그곳에 찾아왔다.

흙길로 뛰어내려 우리가 묵을 오두막으로 갔다. 시설이 다 갖춰진 주방과 나 혼자 쓸 수 있는 욕실이 있었다. 아빠가 나를 따라 안으로 들어왔다.

"더 이상 계단은 싫다."

아빠는 한쪽 벽을 따라 대충 만들어진 계단을 쳐다봤다.

"저게 나를 지탱할 수 있겠냐? 차라리 여기서 자는 게 낫지."

나는 몇 명 안 되는 마을 사람들을 일주일 동안 먹이고도 남을 무가당 간식이 든 식료품 상자를 날랐다. 식료품 상자를 올려놓자 탁자가 삐거덕 소리를 냈지만 너무 피곤해서 탁자가 무너지든 말든 신경 쓸 여력이 없었다.

"편하신 대로 하세요, 아빠. 나는 이층 침실로 가요."

엄마가 도착하기 전에 아빠와 내가 단 둘이 보내는 마지막 밤이었다.

나는 지붕을 따라 경사진 방을 휙 둘러보고 절뚝거리며 침대로 향하다가 천장의 각도를 잘못 계산해서 머리를 부딪치고 말았다. 손가락으로 더듬어보니 이마 끝에 울퉁불퉁한 혹이 나 있었다. 대체 내가 뭘 하고 있는 거지? 아빠와 나는 2주 동안 책을 삼십 권 팔았다. 행사는 단 하나 예약돼 있었다. 신문 인터뷰도 단 하나 잡혀 있었다. 마케팅 역사상 최악의 출판 홍보전이 되리라.

"그래도 침대는 편하네."

나는 매트리스에 몸을 깊게 묻으며 중얼거렸다. 아래층 텔레비전에서 요란하게 울려퍼지는 추측성 뉴스 소리를 가리려고 베개로 귀를 막았지만 실종된 말레이시아 비행기에 대한 또 다른 자극적인 최신 정보가 끊임없이 들렸다.

"아이고, 실종된 사람들을 빨리 찾았으면 좋겠어."

나는 눈을 감은 기억이 없었다.

꿈이었나? 아빠가 선언했다.

"린다가 오면 집에 가야지. 아무렴. 그럴 거야."

나는 벌떡 일어나 앉아 몸을 움찔했다. 네모난 창은 어둠에 덮여 있고 별무리가 한쪽 구석에서 빛났다.

아픈 발을 바닥으로 옮기고 억지로 내 몸무게를 지탱시켜 일어나 〈스타워즈〉에 나오는 로봇 C3PO처럼 걸었다. 일주일에 5일씩 걷다 보니 로봇으로 변형돼버렸다.

더듬거리며 문을 향해 가는데 아빠의 목소리가 아래층에서 올라왔다.

"그래. 린다한테 이 문제를 맡겨둘 거야."

나는 간신히 문을 지나 쿵쾅거리며 아래층으로 내려갔다.

"뭐라고 하셨어요?"

나는 텔레비전 앞에 자리를 잡고 충격에 빠져 소리쳤다. 아빠는 쿠션이 깔린 의자에 앉은 몸을 한껏 웅크리고는 나를 보지 않으려 했다. 아빠는 격자무늬 천을 쿡쿡 찌르며 뭐라고 중얼거렸다. 나는 아빠 발 바로 앞까지 가서 얼굴을 쭉 들이밀고 입 냄새를 확확 풍기며 소리쳤다.

"정말로 나를 두고 가시겠다고요?"

나는 그날 오후에 힘겨운 걷기와 화해를 했고, 과속하는 차에 치기 직전에 간발의 차이로 살아남았으며, 아빠와의 말다툼조차 용케 피했다. 그런데 결국 요 모양이다. 아빠는 왜 항상 나를 끝까지 몰아붙일까? 왜 항상 실패하면 안 된다는 오기가 들 도록 계속 부추기지? 피가 질질 흐르는 발로 깨진 유리를 저벅 저벅 지나가는 짓을 아무리 반복해도 절대 아빠를 기쁘게 할 수 없나?

"날 두고 가지 마세요, 아빠. 아빠랑 이 여행을 함께하는 게 내 꿈이었어요. 이제 책이야 어찌 되든 상관없어요. 그냥 아빠 와 시간을 보내고 싶을 뿐이에요. 엄마가 오면 다 함께요. 이 경 험을 나에게서, 우리에게서 뺏지 마세요. 제발 부탁드려요."

"그렇지만 오늘 내가 널 죽일 뻔했어, 안드라."

아빠의 두툼한 손가락들이 리모컨을 쿡쿡 찔렀다.

"내가 너한테 도움이 전혀 안 되는 것 같아."

나는 얼룩얼룩한 반점이 있는 아빠의 손등을 쓰다듬었다.

"전에 프라이드치킨을 갖다주셨잖아요, 그렇죠? '나체즈 길 에서 최고의 치킨'이라고 말한 사람이 누구죠? 파이도 잊지 마 세요. 그리고 그동안 아빠가 판 책들은 또 어떻고요. 이제 몇 권 이죠?"

"기록을 세웠어. 오늘 하루에만 10권을 팔았을 거야."

아빠가 허리를 쭉 펴고 당당하게 앉았다.

"우와. 아시겠죠? 난 아빠가 필요해요. 무엇보다 이 여행을 아 빠와 하고 싶어요."

"그렇지만 넌 나보다 훨씬 강해, 안드라."

아빠는 고개를 돌려 나를 바라봤다.

"네가 어떻게 이걸 하는지 모르겠다, 그것도 매일매일."

"우리가 매일매일 어떻게 살아가죠, 아빠?"

"한 번에 한 걸음씩. 내 생각에는 그렇다."

"맞아요. 우리는 그렇게 이 여행을 끝낼 거예요. 한 번에 한 걸음씩…… 아니면 서로를 죽이려 들지도 모르고요."

아빠와 나는 함께 큰소리로 웃었다.

"아무렴. 서로를 죽이려 들 거야. 두고 보자꾸나."

"그럼 계속 계실 거예요?"

"우선 린다가 도착해야지. 아침에 결정하마. 좀 자야겠다."

아빠는 TV를 끄고 발을 끌며 계단으로 향했다. 아빠는 난간에 이르러 걸음을 멈췄다.

"그 사람들을 찾을 것 같으냐? 비행기에 탔던 사람들 말이야."

"찾으면 좋겠어요."

"나도 그렇다."

나도 너와의 시간이 소중하단다

내가 집에 가고 싶었던 이유는 두려웠기 때문이다.

이런. 말해버렸네.

나는 린다의 도착이 안드라와 내가 함께하는 시간에 미칠 영향이 두려웠다. 내가 두 사람의 조수 노릇을 하며 겉돌게 될까봐. 두 사람의 말다툼을 중재하는 일을 맡게 될까 봐.

나는 거의 10년 동안 린다에게 말했다.

"안드라는 성인이야. 당신은 안드라가 자기 방식대로 살게 내버려둬야 해. 그애의 삶이야. 그애가 내린 선택이라고."

그러나 린다가 누군가. 내가 아는 사람 중 가장 고집 센 여자란 말이지. 언제부터였는지 기억도 나지 않는다. 아무튼 린다는 계속 안드라에게 꼬치꼬치 캐물었고 이래라저래라 간섭했다. 두 사람 사이에 끼어 있는 건 최악의 허리케인 속에 서 있는 것이나 마찬가지였다.

그런데 뭔가가 바뀌었다. 린다가 안드라의 책을 읽은 때쯤부터. 나는 안드라의 옛날 침실에 있는 린다를 발견했다. 린다는 책을 움켜쥐고 울고 있었다.

"그렇게 형편없어?"

나는 린다에게 물었다. 나는 그 책을 안 읽었으니까. 나는 안 읽은 책도 팔 수 있거든.

린다는 끝내 대답하지 않았다. 대신 침대에서 내려와 자기 자매들에게 전화를 하기 시작했다. 나도 모르는 사이에 다들 안드라의 책을 읽었다. 린다와 자매들이 몇 시간씩이나 전화기를 붙들고 감도 못 잡을 이야기를 해대는 동안, 나는 보청기 볼륨을 줄이고 야구 중계에 집중했다.

린다와 안드라는 더 이상 심하게 다투지 않았다. 내가 모르고 지나가는 일이 많지만, 분명히 어떤 변화를 봤다. 눈물자국이 별로 많이 안 보였고 항상 화를 내지도 않았다.

그래서 아내가 미시시피에 오기 전날, 나는 두려웠다. 안드라와 보내는 시간을 나눠 갖기 싫었다. 적절한 말을 찾으려고 헛수고를 하던 때로 돌아가기 싫었다. 그냥 나랑 안드라하고만 다니는 여행, 책을 파는 여행이었으면 했다.

조금만 더 오래…….

너무 무리한 요구였나?

여행은 앞으로도 계속 되어야 하니까

두 번째 쉬는 날은 아침 8시에 내 침실 문을 탕탕 두드리는 아빠와 더불어 시작됐다.

"존스 의사 선생을 보러 가야지. 투펠로 남쪽이야."

나는 마이클의 품으로 파고들었다. 마이클은 엄마를 데리고 사우스캐롤라이나에서 미시시피까지 머나먼 길을 왔다. 나는 아빠를 무시하려고 애쓰며 부드럽게 쓰다듬는 남편의 손길에 어깨를 맡겼다.

"대답하지 않으면 가실지 몰라."

마이클이 소곤거렸다.

"어이, 어이, 안드라!"

나는 일어나 앉아서 한숨을 쉬었다.

"정말 우리를 모른 척 둘 분이라고 생각하는 건 아니겠지?"

손잡이가 덜거덕거렸다.

"어이! 일어났냐? 오늘 존스 의사 선생을 보러 가야 돼!"

내가 꿈꾸던 쉬는 날의 모습을 10초 동안 떠올렸다. 체크아웃을 할 때까지 마이클과 끌어안고 있다가, 밖에 나가면 차에 짐이 다 실려서 떠날 준비가 돼 있고, 마이클이 나를 두고 가지 않아도 된다고 말하고, 다음 숙소로 바로 차를 몰고 가서, 사람들이 차에서 짐을 내리는 동안 욕조에 몸을 푹 담그고, 침대에서 저녁밥을 먹은 다음에 마이클의 가슴 위에서 스르륵 잠이 드는 것이었다.

아빠가 문에 체중을 싣자 나무가 덜컹거렸다. 끊임없이 들리는 현실의 소리.

"출발해야 된다, 안드라. 존스 의사 선생이 우리를 기다리고 있어. 존스 의사 선생에게 우리가 간다고 말했단 말이다!"

마이클이 내 볼에서 머리카락을 한 가닥 걷어내고 나를 꼭 안았다.

"5분 뒤에 나갈게요, 장인어른."

"응? 존스 의사 선생에게 우리가 간다고 말……."

"마이클이 5분이라고 말했잖아요, 아빠!"

나는 애원하고 싶은 마음을 꾹 누르려고 마이클에게 매달렸다. 남은 3주 동안 하루에 24킬로미터씩 걸을 자신도 엄마 아빠와 지낼 자신도 없었다. 나는 세상에서 제일 바보였다. 마이클에게 남아서 중재를 해달라고 간청하고 싶었다.

대신 나는 마이클을 꼭 끌어안고 미소를 지었다.

"존스 의사 선생님 집에 내 발을 올려놓을 장소가 있기를 바랄 뿐이야."

마이클이 차에 짐을 싣는 동안 나는 마지막으로 침실을 돌아보며 그와 함께한 추억을 가슴에 간직했다. 마이클은 이제부터 3주 동안 내 책을 출간한 기념으로 하고 있는 이 정신 나간 모험에 드는 비용을 대려고 열심히 일해야 했다. 그는 내가 나체즈 길의 끝에 이르기 전에는 더 이상 찾아올 여유가 없었다.

21일. 386킬로미터.

마이클이 없었다면 영 까마득한 꿈이었으리라.

내가 절뚝거리며 아래층으로 내려가자 멋들어진 봄옷에 어울리는 보석들과 나무랄 데 없는 머리 모양을 한 엄마가 거실에서 있었다. 엄마는 도도하게 걸어와 보석으로 장식된 한쪽 팔을 내밀었다.

"차까지 가는 데 도움이 필요하니? 알다시피 내 운동량이 늘었단다. 로이가 없는 동안 헬스클럽에서 많은 시간을 보냈어. 네가 못 걷겠으면 내가 도와줄게."

"엄마, 걸어야 풀려요. 처음에만 좀 뻣뻣할 뿐이에요."

나는 쭉 뻗은 엄마의 팔을 무시하고 억지로 다리를 움직였다.

"스타크빌까지 마이클이랑 타고 갈 거예요."

"출발해야 된다! 존스 의사 선생이⋯⋯."

마이클은 내가 차에 올라타도록 도운 뒤 문을 닫아 아빠의 고함소리를 차단했다. 마이클이 옆자리에 올라타 내 손을 잡았다.

"장인어른이 저러실 때마다 지금 기분을 기억해. 이렇게 내가 당신 손을 잡고 있는 기분을."

나는 마이클이 떠날 때까지 그의 손을 놓지 않았다. 마이클이 떠날 때는 가득 차오른 눈물 사이로 멀어지는 미등을 바라봤다. 차가 보이지 않을 때까지 손을 흔들었다. 아빠가 내 등을 살짝 치며 마이클 생각에 빠져 있던 내 정신을 번쩍 들게 했다.

"의사 선생이 기다리고 있어. 출발해야 한다."

엄마가 투펠로의 남부 농지를 가로질러 차를 모는 동안 나는 종아리를 마사지하며 나체즈 길을 그리워했다. 나뭇잎 사이로 비치는 햇살. 송진의 톡 쏘는 향기. 어두운 그림자.

나는 어서 내 이야기를 엮으러 가고 싶어서 안달이 났다. 평범함 속에서 마법을 볼 줄만 안다면 나체즈 길을 걷는 다섯 시간은 누구에게나 마법 같으리라. 아픈 다리와 발목에도 불구하고 다섯 시간을 걸으며 내가 원하는 삶을 실천할 준비가 돼 있었다.

엄마와 나는 아빠가 오랜 친구와 큰소리로 웃는 모습을 거의 세 시간 동안 불평 한 마디 없이 바라봤다. 내가 차로 비틀거리며 걸을 때 아빠는 친구와 악수를 했다. 나는 두 사람이 다시 서로를 만나러 올 날이 과연 올지 궁금했다.

그리고 아빠에게 소중한 사람을 한 번이라도 더 만날 수 있는 기회를 선물했음을 깨달았다.

우리는 미시시피주 휴스턴을 향해 차를 타고 달렸다. 아빠의 목소리가 내 생각을 방해했다.

"다음 숙소 말이다. 거기에 계단이 있냐?"

"엄마가 아빠를 들고 계단을 올라가실 수 있을 거예요. 오늘 아침에 엄마가 나를 차까지 데려다준다고 하셨거든요."

백미러 속에서 엄마의 눈이 깜박거렸다.

"내가 헬스클럽에 다니기 시작한 뒤로 454톤 이상을 들어올렸다는 걸 아니?"

"보셨죠, 아빠? 분명히 엄마는 아빠를 위층으로 들어 나를 수 있어요."

숙소 앞에 차를 세웠을 때 놀랍게도 우리 모두 큰소리로 웃고 있었다. 기대하지 않았던 익숙한 소리였다. 엄마가 트렁크에서 힘들게 짐을 끌어내는 동안 나는 넓게 펼쳐져 있는 빅토리아 건물을 빙 돌아가 현관을 두드렸다. 메아리 소리가 잦아들기도 전에 〈앤디 그리핀 쇼Andy Griffin Show〉에 나온 비 숙모를 닮은 여성이 나를 맞았다. 그녀는 내 손을 잡더니 정신없이 빠르게 말을 쏟아냈다.

"나는 캐럴이에요. 온종일 당신을 기다렸답니다. 방도 이미 준비돼 있어요. 쓰러지기 일보 직전일 테니까요. 그렇죠? 그리고, 오! 이분이 아버님이시겠군요. 안드라의 웹사이트에서 당신에 대해 읽었답니다, 왓킨스 씨. 나는 캐럴 쿠트롤리스예요."

아빠가 껄껄 웃자 배가 출렁거렸다.

"나에 대해서 읽었다고요?"

"네, 선생님! 이미 잘 아는 분인 것 같은 느낌이 들어요."

그녀는 엄마에게 안으로 들어오라고 손짓을 했다.

"왓킨스 부인, 짐은 그냥 거기에 두세요. 내가 다 알아서 할게요. 어서 따님을 침대에 눕혀야죠."

나는 캐럴을 따라 카펫이 깔린 계단을 올라가려다가 아빠의 목소리에 멈췄다.

"일층 방은 없소? 나는 계단을 올라가지 못한다오."

"아빠."

그러나 캐럴은 나를 지나가 아빠의 팔을 토닥거렸다.

"아, 왓킨스 씨. 물론 알고 있답니다. 몇 권인지 모르겠지만, 왓킨스 씨는 안드라의 책을 혼자서 파셨잖아요. 그렇죠? 그리고 미시시피의 절반 이상을 운전하셨고요. 그리고 왓킨스 씨가 그 환상적인 프라이드치킨을 먹으려고 안드라를 데리고 간 식당도 봤답니다. 정말 다정한 분이세요."

"내가 여든 살이라는 게 믿어지오?"

"여든 살이요? 아니요. 절대 못 믿겠어요."

캐럴이 듣기 좋은 말을 하는 사이에 엄마는 손으로 얼굴을 가리며 미소를 지었다.

캐럴이 다시 계단을 올라가자 아빠는 바로 뒤를 따랐다.

"흠, 내가 노인치고는 상당히 원기왕성하지, 안 그렇소?"

엄마와 나는 계단을 올라가는 두 사람을 지켜봤다. 이층에서 두 사람의 대화 소리가 들려왔다. 나는 난간에 몸을 기대며 한숨을 내쉬었다.

"다행히 우리가 정말 능숙한 주인을 만난 것 같네요."

부모의 나이 들어가는 모습을
지켜본다는 것

셋째 주가 시작되는 날, 엄마는 가만히 앉아 있지 못했다.

"너랑 같이 걸을 거야, 안드라."

엄마는 턱 아래에 초록색 스카프를 묶고 아빠에게 차 열쇠를 건넸다. 아빠는 얼떨떨한 듯 손가락에서 달랑거리는 열쇠를 그대로 뒀다.

나는 아빠의 구부정한 어깨를 한 팔로 안고 소곤거렸다.

"남아 있어줘서 고마워요, 아빠."

함께 있는 엄마와 아빠를 보고 있자니 남기로 한 아빠의 결정이 타당했는지 감이 안 잡혔다. 이 여행을 같이 가자고 아빠를 조른 나는 정말 악 소리 나게 못된 딸이었다. 몸이 날씬하고 탄탄한 엄마는 아빠를 불안정한 노인네처럼 보이게 했다. 덩치만 컸지 휘청거리는 노인네처럼.

엄마는 운전석에 몸을 비집고 들어가는 아빠를 지켜봤다.

"난 네 아빠가 걱정돼, 안드라."

내가 기억하는 한 엄마의 입에서 나오는 말의 삼분의 일 이상이 "난 걱정돼"로 시작됐다. 난 그 버릇을 그대로 물려받았고 성인이 된 후 대부분의 시간 동안 그 버릇을 없애려고 부단히 노력했다.

"나도 그래요."

내 마흔네 번째 생일 전 주의 일이었다. 아빠의 어깨가 내 눈앞에서 축 처졌다. 나는 아빠가 내슈빌까지 버티지 못할까 봐 걱정됐다. 아빠가 다음 날 아침에 과연 잠에서 깨어날 수 있을지 혹은 그날 오후에 중풍으로 쓰러져버리지나 않을지 불안했다. 아빠는 설탕이 든 음식을 게걸스럽게 먹었고 내가 몸을 움직이게 할 때마다 불평을 늘어놨다.

그러나 엄마한테 그런 이야기를 할 필요가 없었다. 엄마는 다 알았다. 우리는 죽어가는 아빠를 보고 있었다.

나는 걱정을 떨쳐내고 엄마의 괴로운 생각을 중단시키려고 몸을 쭉쭉 펴며 스트레칭을 했다. 아무리 행복하고 건강한 사람이라도 날마다 조금씩 죽어간다.

미시시피주에서 337킬로미터를 걸었다. 갈 길이 376킬로미터 남았다. 아직까지 습지 동물을 만나지 않은 이유가 궁금했다. 또 습지 동물에게 쫓기지 않은 이유도. 2주 동안 내 온 세상은 미시시피 습지였다.

엄마와 나의 관계처럼 습지의 표면은 평화로웠다. 그러나 어두운 물 아래에 뭐가 도사리고 있는지 혹은 뒤틀린 나무에서 뭐가 떨어질지 알 수 없는 노릇이었다.

엄마와 나는 커튼 때문에 사이가 틀어졌다. 10년 넘게 풀리지 않은 실타래였다.

2001년, 엄마와 아빠는 우리 부부의 새 집에 처음으로 방문한 즉시 주인 노릇을 했다.

"여기서 지내는 동안 커튼을 만들어주려고 해."

엄마가 가방을 열더니 천 견본을 끄집어냈다.

"난 이 연보라색이 정말로 마음에 들어."

"엄마……."

엄마는 천을 들어 창에 댔다.

"볼트까지 다 챙겨왔단다. 차에 있어."

"엄마……."

"가져올게. 한 번 맞춰보자구……."

"엄마. 난 연보라색 커튼이 필요 없어요!"

엄마는 차고 문을 열었다.

"흠, 바보 같은 소리 하지 마라. 네 마음에 쏙 들 거야."

나는 한 번에 두 개씩 계단을 올라갔다. 내 침실을 향해서. 침실에 가서 마음을 가라앉히…….

"뭐 하세요, 아빠?"

아빠는 붙박이 옷장에 들어가서 내가 색깔별로 정리해놓은 치마 칸을 마구 뒤적이고 있었다.

"아빠한테 맞는 옷은 하나도 없어요!"

아빠는 원피스 칸으로 이동했다.

"그저 이 벽이 튼튼한지 확인하고 있는 중이다."

"이 집값을 알아보려고 내 서류철을 찾고 계신 거잖아요. 내 말이 맞죠?"

아빠는 인정한다는 듯이 낄낄 웃으면서도 염탐을 멈추지 않았다. 그는 내 아빠였다. 모든 것을 알 권리가 있다고 생각했다.

엄마가 천을 바닥에 끌며 느긋하게 침실로 들어왔다.

"이게 여기에 훨씬 잘 어울릴 거야. 저 얇은 커튼은 영 마음에 들지 않아. 그리고……."

"나가요! 나가요! 나가요!!!"

나는 두 사람을 계단 앞으로 밀어내고 문을 꽝 닫았다. 엄마가 가져온 천이 스르륵 문틈으로 빠져나갔다. 나는 욕실 문을 잠그고 틀어박혀서 내가 한 공격의 결과, 내가 입힌 상처의 결과를 회피했다.

내가 자유로워지려고 한 최초의 시도였다.

그때 내 나이 서른두 살이었다.

아래층으로 내려가자 아빠는 없고, 엄마는 상처받았지만 허리를 꼿꼿이 세운 모습으로 집에서 가져온 재봉틀 앞에 앉아 있었다. 천 끄트머리를 만지작거리며 내 시선을 피했다.

"뭐가 문제니, 안드라? 내 생각에 우리 둘이 함께 커튼을 만들면 좋겠다 싶더라. 예전에 그랬던……."

"그게 문제예요, 엄마. 다 엄마 생각이죠. 나한테 물어보지 않으셨잖아요."

나는 제 터전을 지키려고 싸우는 상처 입은 동물처럼 엄마 주변을 성큼성큼 걸었다.

"그래서? 그때나 지금이나 우리는 같은 사람이야. 난 여전히 너랑 집 장식하는 걸 좋아해."

탁자를 내리치자 주먹이 따끔거렸다.

"그런데 엄마는 나랑 집 장식을 하는 게 아니잖아요. 엄마는 내 집에, 내 집에 오셔서 주인 노릇을 하고 있다고요."

엄마의 볼이 발갛게 달아올랐다.

"하지만 넌 언제나 내가 널 보살펴주는 걸 좋아했어, 안드라. 내 생각에……."

생각. 엄마의 생각이 숨을 쉴 수 없을 정도로 내 가슴을 옥죄었다.

나는 엄마가 싫었다. 엄마가 원하는 틀에 맞추려고 주변 상황을 마음대로 좌지우지하는 방식. 엄마의 방식이 최고라는 끈덕진 믿음. 엄마가 원하는 대로 나를 규정하려는 끊임없는 욕구.

나는 더 이상 그렇게 살 수 없었다. 설사 엄마를 아프게 한다고 할지라도.

"날 돌봐줄 필요 없어요. 나 스스로 돌볼 수 있어요. 그리고 내 집은 엄마 집보다 훨씬 커요."

엄마는 몸을 확 웅크렸고 손가락을 부들부들 떨었다. 그러나 나는 멈출 수 없었다.

"난 커튼이 필요 없어요. 그리고 혹시라도 커튼을 달고 싶으면 내가 직접 고를 거예요. 여기는 내 집이에요. 내 집요!"

그로부터 10년이 훨씬 넘은 지금, 우리는 서로를 피할 곳 하나 없는 황무지 한가운데인 210마일 이정표에 함께 서 있었다.

엄마는 스팽글이 달린 스웨터의 버튼을 채우고 모자를 고쳐 썼다.

"1년 넘게 날마다 네 시간씩 헬스클럽에서 운동했단다. 러닝 머신에서 11킬로미터씩 뛰고 있어. 분명히 너한테 뒤지지 않을 거야."

"알았어요. 엄마가 이겼어요. 사실 몸매도 엄마가 더 좋죠."

나는 혀를 깨물며 종아리 스트레칭에 집중했다. 백기를 들었다. 나는 엄마의 고집에 항복했다.

"우리가 걷는 동안 아빠는 뭘 하신대요?"

나는 뻣뻣한 몸으로 아빠 쪽으로 걸음을 옮겼다. 발과 발목이 영 풀리지 않았다.

"아빠! 엄마가 나랑 같이 걸으신대요. 몇 킬로미터만요."

"끝까지 걸을지도 모르지."

엄마가 쭈뼛쭈뼛 나에게 다가왔다. 손을 엉덩이에 올린 채 완벽하게 화장한 얼굴로. 나한테 침대를 정리하라고 하거나 지독한 음식을 먹으라고 요구할 때 짓는 표정을 짓고서.

"당신은 24킬로미터를 걷지 못해, 린다."

나는 아빠와 하이파이브라도 하면서 큰소리로 외치고 싶었다.

"우리 팀 1점 획득! 아빠가 그렇게 말해줘서 진짜 좋아요."

그러나 하루를 시작하는 밝은 기분을 잠시라도 만끽하고 싶어 참았다.

"당신이 못 하니까 나한테 질투가 난 것뿐이잖아, 영감님."

엄마는 야구를 잘 몰랐지만 말다툼으로는 홈런왕이었다. 엄마는 아빠가 되받아치기 전에 깡충거리며 도로를 뛰어다녔다. 흐린 두 눈동자가 엄마를 지켜봤다.

"흠, 난 라인 크리크로 가서 기다려야겠지."

"일단 212마일 이정표로 가세요. 그쯤에서 엄마 몸 상태가 어떤지 보게요."

아빠는 뒤로 걸어 돌아오는 엄마를 쳐다봤다.

"그렇지만 네 엄마는 온종일 너랑 걸을 작정이라지 않냐."

"알아요. 그런데 난 중간에 엄마가 마음을 바꿀 거라는 느낌이 들어요."

"글쎄다. 네 엄마는 상당히 고집이 세. 너랑 비슷하지."

"있다 봐요, 아빠."

내가 엄마와 얼마나 비슷한지 아빠가 상기시키기 전에 얼른 절뚝거리며 걸음을 옮겼다. 나는 엄마와 비슷해지기 싫었으니까. 모든 상황에서 흠 잡을 데 없는 머리 모양. 항상 반복되는 외모에 대한 걱정. 운동으로 영원히 살 수 있으리라는 믿음.

우아하고 나무랄 데 없는 겉모습 뒤의 엄마는 내가 아는 한 세상에서 가장 고집 센 사람이었다.

"아빠한테 몇 킬로미터 더 가서 기다리시라고 말했어요."

"왜? 난 오늘 적어도 8킬로미터는 걸을 텐데."

엄마는 속도를 높여 나보다 몇 걸음 앞서 나갔다.

엄마와 보조를 맞추려고 하자 발목이 끊어질 것 같았지만 엄마는 간격을 계속 넓혀갔다.

"네가 24킬로미터를 걸을 수 있다면, 난 적어도 그 절반을 걸을 수 있어."

나는 제법 커다란 개미 언덕 옆에 멈췄다. 아주 작은 개미들이 언덕을 잽싸게 올라가 수많은 구멍으로 들어갔다. 쟤네들은 날마다 반복되는 똑같은 일에 지치지 않을까?

숨이 턱턱 막혔다.

"난 나체즈 길에서 엄……."

내가 말을 마치기도 전에 엄마는 엉덩이를 흔들며 앞서 나갔다. 나는 상체를 굽히고 무릎에 손을 짚었다. 벌써 발이 욱신거렸고 골반이 삐걱거렸다.

"엄마, 내가 하려던 말은 나는 나체즈 길에서 엄마랑 경주할 생각이 없다는 거였어요. 아무도 시간을 재지 않아요. 서둘러 갈 필요가 없다고요."

"난 경주를 하고 있는 게 아니야."

엄마의 목소리가 간신히 들렸다. 엄마는 여전히 최고 속도로 다리를 움직이고 있었다.

엄마와 함께한 30분은 날마다 24킬로미터씩 걷는 일주일 중에서 감정적으로 가장 힘든 시간이었다. 나는 생각의 방향을 바꾸었다. 그래, 수선화, 수선화만 생각하자. 나는 절뚝거리며 엄마 옆으로 가서 한 손을 엄마의 팔에 얹었다.

"엄마가 나보다 빨리 걸을 수 있는 거 알아요. 내가 진 걸 인정해요. 난 진짜로 피곤하거든요."

"그래, 네가 얼마나 피곤한지 알겠어. 난 그저 제대로 운동을 하고 싶을 뿐이야."

"이해해요. 하지만 전 지난주에 이 길을 걷는 게 경주가 아니라고 생각하기로 마음먹었어요. 어서 끝내려고 서두르는 식으로는 이 여정을 제대로 경험하지 못해요. 그냥 순간순간을 음미하고 싶어요. 아시겠어요? 빛에 따라 변하는 색을 보고 새와 동물의 노랫소리를 듣고 산들바람의 속삭임에 귀를 기울이고 싶어요. 그렇게 하실 수 있겠어요?"

엄마는 모자의 각도를 조정하고 스카프를 다시 맸다.

"물론이지. 우리가 이야기할 기회로 삼도록 할게."

"난 이야기하고 싶지 않아요, 엄마, 난 그저……."

"네 말을 이해했어, 안드라. 그렇지만 난 네가 이 고요를 어떻게 견디는지 모르겠구나. 나라면 미쳐버릴 거야."

"맞아요. 한동안은 그래요. 하지만 우리가 귀를 기울이면 이곳은 많은 이야기를 들려줘요."

내가 헐떡거리지 않고 숨을 쉴 수 있는 적당한 속도로 걷기 시작하자 엄마가 내 옆에서 걸었다. 더없이 행복한 몇 분 동안 우리는 속도를 맞추어 걸었다. 햇빛이 도로에 기다란 흔적을 드리웠고 나무에서 어린 나뭇잎이 솟아났다. 골반과 무릎과 발목이 마침내 풀렸다. 나는 긍정적인 생각으로 새로운 한 주를 시작하기로 작정하고 마음을 편하게 먹었다.

엄마가 한숨을 쉬기 전까지만 해도. 그 한숨은 '내가 화를 억지로 눌러야 하다니 믿을 수가 없네'라는 뜻을 담은 엄마 특유의 짜증스러운 표현 중 하나였다.

나는 평온한 마음의 끝자락을 움켜쥐며 엄마에게 고개를 돌렸다.

"좋아요, 엄마. 무슨 이야기를 하고 싶으세요?"

엄마는 항상 이야기를 해야 하는 사람이었으니까. 몇 달 전까지만 해도 나는 엄마의 전화를 피했다. 엄마의 투덜거림을 듣지 않으려고 음성 메시지로 넘어가게 뒀다. 내가 전화를 끊어야 한다고 말할 때마다 엄마는 항상 "알았어. 그런데 그 이야기를 내가 했던가?"라는 식으로 대답했다. 30분이 지나면 나는 전화를 끊으라고 소리를 질렀다.

나체즈 길에서는 서로를 피해 갈 데가 없었고 끊임없이 쏟아지는 말을 멈출 방법도 없었다. 음성 메시지로 넘길 버튼도 없었다. 나는 '린다의 감정적인 공격' 개시에 대비해 숨을 들이마셨다.

"그동안 아빠는 어떠셨니?"

흠.

예상하지 못했던 질문이었다.

"왜요? 아빠가 보고 싶으셨어요? 요란한 텔레비전 소리를 안 들어도 돼서 좋으실 줄 알았는데요."

엄마가 반지들을 비틀었다.

"좋긴 했지. 며칠 동안은. 그런데 어느 날 아침에 일어나서 거실에 앉아 '너무 조용해'라고 말했어."

나는 큰소리로 웃었다.

"아빠의 세상은 상당히 시끄럽죠."

"그래서 네 아빠가 아무 소리도 못 듣는 거야. 아무튼 혼자 있는 게 힘들었어. 내가 네 아빠를 이렇게 보고 싶어 할 줄 미처 몰랐단다. 그래, 그동안 아빠는 어떠셨니?"

"뭐, 아시잖아요. 말을 걸 수많은 낯선 사람들, 풍성한 중고품 가게들. 무지하게 좋아하는 책 판매. 앨리스하고도 잘 지내신 것 같아요."

개미 언덕에 발이 걸려 나는 흙에 발길질을 했다.

"그저……"

"뭔데?"

"저기, 난 아빠가 몇 년 전에 비해서 얼마나 약해졌는지 미처 몰랐어요. 그 문제도 몰랐어요. 어…… 그러니까 아빠의 화장실 문제요."

"맹장이 터진 후로 몸이 더 안 좋아졌어. 안드라, 지금 네 아빠는 네 고모가 중풍에 걸리기 직전과 똑같아."

여행 중 최악의 밤이었던 때가 불현듯 떠올랐다.

"내가 한밤중에 아빠 때문에 깬 이야기를 했나요?"

"나는 매일 밤 네 아빠 때문에 깬단다, 안드라. 그 수면무호흡 증 치료기를 차는데도…… 내 방에서, 아 내 말은 네 방에서, 그 소리가 들려. 나는 지금 네 방에서 자거든."

부모가 같이 자는 모습을 상상하고 싶은 자식이 있을까? 특히나 그 자식이 이불 사이에서 벌어지는 일을 아는 나이라면?

어쨌든 내 부모님이 같이 자지 않는다는 말은 두 사람의 관계에서 중요한 부분이 끝났다는 인정이었다. 다 큰 자식은 그 사실을 가냘프게 인정하는 부모에게 무슨 말을 해야 할까?

유감이네요?

윽! 그런 이야기를 할 수는 없는 노릇이었다.

대신 나는 비겁하게 말을 돌렸다.

"저기 아빠예요. 저 앞에요."

머큐리 그랜드 마퀴스의 앞코가 212마일 이정표와 인접한 도로로 삐죽 튀어나와 있었다.

"음, 난 적어도 3킬로미터는 더 갈 힘이 있어. 로이한테 볼일 보라고 말할게."

나는 뒤꿈치로 원시 그대로의 땅을 파헤쳤다.

"잠깐만요. 아빠한테 가기 전에 할 말이 있어요."

엄마가 몇 걸음 걷다가 멈췄다. 아빠가 한쪽 팔에 두루마리 휴지 몇 장을 낀 채 숲에서 비척비척 걸어 나왔다. 멀리서도 카키색 바지 주름에 묻은 얼룩이 보였다.

"이런, 로이……."

엄마가 속삭였다.

"아빠 몸이 별로 안 좋은 거죠?"

"음, 여든 살이잖니. 비만이고. 저번에 영양사가 네 아빠한테 '맛이 있으면 먹지 마세요'라고 말하더라. 그 말을 듣고 네 아빠는 비뚤어진 선택을 하기로 더 굳게 마음먹었어. 분명히 너도 그동안 봤겠지만."

나는 큰 덩치에 비해 너무 약한 아빠를 향해 걷기 시작했다. 아빠는 차에 오르려다가 다시 숲속으로 몸을 끌고 가며 아침보다 훨씬 부피가 줄어든 가방에서 휴지를 꺼내 몇 칸을 뜯었다.

"어느 날 밤엔 아빠가 소파에서 일어나시는 걸 도와야 했어요. 화장실에 가려고 일어나는 것조차 못 하시더라고요."

"난 다리 힘을 키울 운동을 더 해야 한다고 늘 말했어. 그렇지만 어쩔 수 없지, 안드라. 네 아빠는 왓킨스 집안 사람인걸."

"그게 무슨 뜻이에요?"

"왓킨스 집안 사람들은 스스로를 채찍질하기 싫어하잖니."

나도 왓킨스 집안 사람이었지만 스스로를 채찍질했다. 빌어먹게도 날마다, 메리웨더 루이스처럼. 나는 일정에 맞춰서 날마다 도로에 나타났다. 그리고 흐물흐물해진 발을 억지로 재촉해 다시 24킬로미터를 걸었다. 다시 24킬로미터를 걸었고, 또다시 24킬로미터를 걸었다.

나는 발가락이 숨을 쉬도록 샌들을 헐겁게 했다.

"그럼 난 왓킨스 집안 사람이 아닌가 보네요."

엄마는 탱탱 붓고 반창고 범벅인 내 발가락을 바라봤다.

"그럼 아니지, 넌 아니야. 넌 이 정신 나간 투지를 나한테 물려받았어."

나는 몸을 일으키자 밀려오는 고통에 이를 뽀드득 갈면서, 날마다 아빠가 일어설 때마다 느낄 통증이 어떨지 상상했다.

"아빠가 정말로 일어나지 못하는 때가 오면 어쩌죠, 엄마? 그렇게 되면 우리는 어떻게 해야 하죠?"

나는 엄마의 어깨에 손을 올렸다. 엄마는 아빠에게 곧 닥칠 상황을 피할 수 없다는 듯 어깨를 으쓱할 뿐이었다. 엄마는 고속도로를 건너 손을 흔들었다.

"로이! 난 안드라와 더 걸을래. 그래도 괜찮겠어?"

아빠는 다시 휴지 두어 칸을 쓰고 숲에서 뒤뚱거리며 나왔다.

"알았어. 난 계속 차를 몰고 다닐게…… 가만…… 차를 어디에 대나? 그 길에 주차장이 있냐, 안드라?"

"몰라요, 아빠. 아빠한테 지도 있잖아요."

"응?"

"지도요! 지도를 보시라고요."

"흠. 알았다."

아빠는 차 뒷문을 열었다. 휴지가 장식용 리본처럼 풀어졌다. 아빠는 나체즈 트레이스 파크웨이 전도를 가지고 나왔다. 지도가 폭포처럼 쏟아지며 펼쳐졌다. 나는 아빠 바지의 얼룩이나 악취를 모르는 체하려고 했다.

"오늘 걷는 구역에는 화장실이 하나도 없어."

"뭐, 어차피 아빠는 나체즈 길을 야외용 변기로 쓰고 계시잖아요?"

불쾌한 농담이었다. 아무도 웃지 않았다.

아빠는 지도를 구겼다.

"난 그냥 이 도로를 따라 차를 몰게. 차를 세울 때가 보이면 세우고. 당신은 거기 도착해서 더 걸을지 말지 결정하면 돼."

"너무 멀리 가지 마, 로이. 내 말은, 난 아무렇지도 않지만, 음…… 내가 그만 걷기로 하기 전에 당신이 날 필요로 할지 모르잖아."

아빠는 바지를 한껏 끌어올려 발을 살폈다.

"맞아. 그럴지도 모르지."

아빠는 힘겹게 운전석에 들어가 시동을 걸고 도로로 차를 돌렸다.

나는 아빠가 백미러로 우리를 볼 수 없는 지점까지 갔다는 확신이 들 때 엄마 쪽으로 몸을 빙그르 돌렸다.

"두 분이 나한테 숨기고 있는 게 뭐죠?"

"우리는 너한테 다 말한단다, 안드라."

엄마는 모자 목줄을 조이더니 나에게 등을 보였다.

나도 늙어가는 내 모습이 두렵단다

내가 처음 바지에 똥을 싼 때가 기억난다. 다들 알겠지만 완전 처음을 말하는 것은 아니다. 사람들 앞에서 처음 싼 때를 말하는 것이다.

나는 여섯 살짜리 아이였다. 스쿨버스를 타고 집에 가는 길이었는데 엄청난 방귀가 나왔다. 어머니가 싸준 점심에 문제가 있었거나 늘 코담배를 달고 사는 어머니의 손에서 뭔가 옮겨왔을 것이다. 원인이 뭐였든 당장 차에서 내려야 했다.

버스 안을 둘러보고 우리가 다 아이라는 사실이 떠올랐다. 모든 아이들은 악취가 난다. 퀴퀴한 땀 냄새와 더러운 몸 냄새와 썩은 음식 냄새가.

그래서 나는 바람이 좀 들어오게 하면 아무도 못 느끼려니 했다. 다른 냄새에 섞여버릴 테니까.

그런데 나온 게 방귀뿐만이 아니었다.

흠, 나는 어떻게 해야 할지 몰랐다. 아이들이 코를 움켜쥐고 두리번거리면서 의자 위로 올라갔다.

"누가 방귀 뀌었냐? 바지에 똥을 눈 아기 어디 있어? 초등학교에는 기저귀가 없단다, 아가야. 어이, 방귀쟁이, 방귀쟁이, 방귀쟁이."

나는 그 소란 속에 가만히 앉아 있었다. 사실 아주 조금이었다. 얼룩이 보이지도 않았다. 버스에서 내려 집으로 달려갈 때까지 내가 범인이 아닌 체하고 있어도 될 것 같았다.

진흙이 덮인 우리 집 앞 도로에서 모든 게 바뀌었다. 내가 햇빛 아래로 내려서자 아이들은 범인이 나였음을 알아냈다. 나는 아이들의 외침 소리를 들으며 도망쳤다.

"어이, 방귀쟁이! 내일은 학교에 기저귀를 가져오는 게 좋겠어! 너 냄새 진짜 지독해!"

안드라도 초등학교 내내 같은 문제를 겪었다. 특히 안드라가 생리를 시작한 시기에 심했다. 나는 서재에 앉아서 욕실에서 린다가 안드라에게 올바르게 씻는 방법을 알려주고 꼭 비누를 써야 한다고 일러주는 소리를 들었다. 나는 욕실에 들어가서 두 사람에게 말하고 싶었다.

"안드라의 그 버릇은 다 나한테 물려받은 거야. 시간이 지나면 잘 처리하는 방법을 알게 될 거라고."

나도 그랬으니까. 늙은 몸뚱이가 냄새를 풍기기 전까지만 해도. 나는 어린 시절 그 버스에 앉아 있을 때 70여 년 후에 같은 문제를 겪게 되리라고는 꿈에도 몰랐다. 어릴 때는 늙어간다는 것을 상상하지 못한다. 그러다가 사십 대나 오십 대가 되어 몸이 고장나면 겁이 난다. 언제 내가 심장마비로 쓰러지게 될까? 아이고, 중풍에 걸리게 된다면 차라리 바로 죽어버릴 정도로 심하면 좋겠어. 가만, 이 혹이 종양인가?

우리는 늙어 기력이 없어져서야 그동안 당연하게 여기던 것들이 사실은 없으면 살 수 없는 것들임을 깨닫는다. 빠진 데 없이 다 튼튼한 치아. 꼭 있어야 할 자리에 나는 머리카락. 한밤중에 벌떡 일어날 수 있는 배. 똥이 나오기 전에 변기에 무사히 당도할 수 있는 몸뚱이.

다시 나를 방귀쟁이라고 불러도 할 말이 없게 생겼다.

엄마도 누군가에게
필요한 존재가 되고 싶어 한다

"왜 발목이 아픈지 모르겠구나."

엄마는 상처 입은 동물처럼 다리를 질질 끌었다. 나체즈 길은 247마일 이정표에서 통근용 고속도로로 바뀌었다. 엄마와 나는 엘비스 프레슬리의 출생지인 투펠로 외곽에서 아침의 교통 혼잡과 불법 운행하는 트레일러트럭들을 재빨리 피하며 걸었다.

첫 사흘 동안 엄마는 내가 출발하고 끝낼 때 나와 함께 걸었다. 출발점에서 4~8킬로미터, 종착점 전 3~4킬로미터. 우리는 편하게 대화를 했다. 두 명의 성인이 교향곡을 함께 만들어간 셈이었다. 음이 충돌하면 그 음을 지워버리고 새로운 음을 찾아 다시 노력했다. 수킬로미터 내에 딱히 도망갈 데가 없는지라 우리는 평생치의 이야깃거리를 찾아냈다.

나는 엄마랑 일대일로 보내는 시간을 좋아하고 있다는 사실을 깨닫고 제법 놀랐다. 늘 소리를 지르며 싸우고 걸핏하면 열을 내며 부딪친 지 어느덧 10여 년이 지난 지금, 나는 우리가 평화로운 관계를 유지할 가능성이 있음을 받아들였다.

또 다른 트레일러트럭이 우리 대화를 가로막았다. 우리가 경사면으로 굴러떨어지는 순간 하늘이 빙그르 돌았다. 나는 급하게 발을 들어 올려 허우적거리며 언덕을 올라갔다.

"트레일러트럭은 이 길에서 운행하면 안 된다고요!"

나는 소리를 지르며 주먹을 흔들었다. 트럭에서 풍기는 매연에 우리는 몸을 납작 엎드렸다.

영업용 차량 운행 금지

나는 표지판을 가리킨 뒤 엄마가 일어나도록 도왔다.

"괜찮으세요?"

엄마는 갈색 머리를 손으로 빗고 모자를 고쳐 썼다.

"네가 괜찮으면 나도 괜찮아."

그러나 엄마의 파리한 얼굴은 다른 말을 했다. 엄마는 한쪽 다리를 주로 썼고 다른 쪽 다리에 체중이 실릴 때마다 움찔했다. 나는 엉덩이에 손을 올리고 서서, 걸으려는 엄마를 막았다.

"좋아요, 엄마. 발목 통증이 어떤지 말해보세요."

엄마는 한 발로 서서 발목을 꼼지락거렸다. 앞에서 뒤로. 오른쪽에서 왼쪽으로. 아킬레스건이 뒷다리와 함께 쭉 펴질 때마다 엄마는 얼굴을 찡그렸다가 곧 미소를 지었다.

"뒤꿈치가 타는 것 같아. 아침엔 괜찮았는데 몇 걸음 걸은 뒤부터 아프기 시작했어."

첫째, 아빠에게 기저귀가 필요했다. 둘째, 엄마는 걸을 수 없었다. 엄마와 아빠에게 죄책감을 유발해 같이 이 모험을 하도록 끌어들인 나는 최악의 인간이었다.

메리웨더 루이스가 서부 탐험을 준비할 때처럼, 나는 34일 동안의 기나긴 도보 여행 중에 부딪칠 가능성이 있는 병에 대해 조사했다. 반복적인 동작으로 생기는 부상을 구글에서 검색했다. 원인이 무엇이고 누구에게 가장 위험한지 찾아봤다.

끊임없는 움직임, 걷기 힘든 지면, 나이. 엄마는 반복적인 동작으로 부상이 생길 수 있는 세 가지 요건을 다 가지고 있었다.

"건염이에요. 그게 엄마 증상이에요."

"그게 뭔데?"

엄마는 상체를 앞으로 확 숙이더니 뒤꿈치가 아픈 쪽 다리를 뒤로 빼서 쭉 늘렸다.

"그러지 마세요! 힘줄을 늘리면 염증이 더 심해져요."

"하지만 근육통은 스트레칭으로 풀어줘야 하잖아."

"건염은 근육통이 아니에요, 엄마. 그동안 걷느라고 힘줄에 너무 무리가 가서……."

"그렇지만 헬스클럽에서 날마다 11킬로미터씩 걷는걸!"

나는 땀에 젖은 얼굴을 양손으로 북북 문질렀다. 왜 항상 엄마는 내가 미치기 직전까지 고집을 부릴까? 나는 대답을 쏟아낼 준비를 했다. 내가 미시시피 북부의 꽉 막힌 고속도로 옆에 서 있게 된 건 바로 이 고집 때문이었다. 글을 현실로 바꾸고 싶다는 꿈을 버리지 못했기에.

나는 먼지투성이 공기를 깊게 들이마시며 수많은 나체즈 길의 영혼들에게 인내심을 달라고 부탁했다.

"엄마."

나는 차분한 내 목소리에 깜짝 놀랐지만 그대로 밀고 나갔다.

"러닝머신에서 움직이는 건 길에서 걷는 것과 달라요. 러닝머신은 관절에 가해지는 압박을 분산시켜서 운동을 덜 힘들게 해요. 운동 효과는 그대로 얻으면서 몸에 무리가 가지 않게 하죠. 이해가 가세요?"

엄마는 나에게 등을 돌리고 잔디밭을 절뚝거리며 걸었다.

"응. 걷다 보면 풀릴 게 확실해. 계속 가자."

나는 입술을 깨물고 열을 셌다. 아홉까지 셌을 때 머큐리의 앞코가 보였다. 500여 미터 앞에서 도로 쪽으로 툭 튀어나와 있었다.

"아빠예요. 차까지만 걸어가고 거기에서 중단하시는 게 좋겠어요."

"그렇지만……."

"아니요, 안 돼요. 진짜 건염이면 걸을수록 악화되니까 멈춰야 해요. 다리를 높이 올리고 얼음을 대고 쉬셔야 해요."

"그럴 시간이 없어. 네 저녁을 준비해야지. 아빠도 돌봐야 하고. 그리고……."

아, 엄마. 나는 어릴 때 엄마의 뒷바라지를 흠뻑 받았다. 그때는 몰랐지만 엄마는 본인이 사고 싶은 걸 참으면서 나에게 새 물건을 사줬다. 엄마는 내가 가고 싶은 곳이 있을 때마다 데려다주고 데려왔다. 그게 다 엄마가 나를 사랑하기 때문이라고 생각했다.

완전히 옳은 생각은 아니었다.

엄마는 누군가에게 필요한 존재가 되고 싶었던 것이다.

내가 성인이 된 후 대부분의 시간에 엄마는 내가 불행할 때 가장 행복했다. 하지만 내 고통을 보며 즐기는 사디스트는 아니었다. 내 고통이 엄마에게 할 일을, 있어야 할 자리를, 해야 할 역할을 주었을 뿐이다.

나는 고통스러울 때 엄마가 필요했다. 어느 순간까지는.

나에게 더 이상 엄마가 필요 없어진 순간은 우리의 관계를 폭발시키는 도화선이 되었다. 우리는 10년 동안 상처의 조각들로 요새에 쌓아올렸고 성벽 뒤에 서서 핵폭탄급 욕설을 퍼부었다. 나는 엄마가 누군가에게 필요한 존재가 되고 싶어 한다는 사실을 이해하지 못했다.

엄마도 그 사실을 이해하지 못했다. 엄마는 수년 동안 자신이 애정에 굶주리지 않았다고 단언했고 내가 그렇다고 우길 때마다 전화를 끊어버렸다.

하지만 도보 여행을 시작하기 몇 달 전에 뭔가가 변했다. 어느 날 나는 엄마에게 전화를 했다가 엄마가 내 소설을 읽고 있음을 알아냈다. 엄마는 다 읽고 나서 좋은 책이라고, 정말로 좋은 책이라고 말했다. 마지막으로 엄마가 자청해서 칭찬을 해준 때가 언제인지 기억나지 않았다.

내가 엄마에게 3주 동안 나체즈 길을 함께하자고 부탁하자 엄마는 거절했다. 헬스클럽을 못 가게 되니까. 공과금 청구서를 처리해야 하니까. 빈집에 도둑이 들지 모르니까.

아빠와 내가 계획을 세울 때 엄마는 걱정을 했다. 엄마는 내 도보 여행에 대해 들을수록 아빠와 내가 서로를 죽이려 들 거라고 확신했다. 엄마가 합류하기로 결정했을 때 나는 희망의 초를 끄집어내 불을 밝혔다. 엄마는 나에게 가장 필요한 걸 정확하게 알았다.

그리고 나는 엄마를 이해했다. 엄마의 가녀린 어깨에 팔을 두르며 말했다.

"엄마는 여전히 나를 돌봐주실 수 있어요. 지금 날 행복하게 할 게 뭔지 아시죠?"

"뭔데?"

엄마의 눈 속에서 밝은 빛이 확 타올랐다.

"진짜 라테요. 거의 2주 동안 못 마셨어요. 스타벅스가 있는지 알아봐 주실래요?"

엄마는 제259마일 이정표에서 휘청거리며 차로 향했다.

"알았어. 네가 혼자 있어도 괜찮다고 확신한다면."

"엄마, 난 지금까지 대부분 혼자 걸었어요."

그리고는 차로 다가가 열린 창문으로 고개를 쏙 들이밀었다.

"아빠! 엄마 발목에 댈 얼음을 꼭 사셔야 해요, 아셨죠?"

"응? 얼음을 왜?"

"그냥 잊어버리지만 마세요."

"왜 이렇게 빨리 그만두는 거야, 린다?"

엄마는 운전석 문을 열고 아빠를 끄집어냈다. 운전석의 주도권은 엄마한테 있었다.

엄마와 아빠는 차를 몰고 투펠로로 향했고 나는 젖소가 흩어져 풀을 뜯는 초원 옆에 홀로 남았다. 초원을 빙 둘러친 가시철사의 울퉁불퉁한 가장자리 옆에 갈색 표지판이 있었다.

*치카소 빌리지 사이트*Chickasaw Village Site

1.6킬로미터

"수십 년 동안, 수백 년 동안, 어쩌면 수천 년 동안, 사람들이 저곳을 들락거렸어."

사람들의 기억에서 지워진 그 시대에도 아이들은 자기 삶을 좌지우지하려는 부모들과 맞서 싸웠을까? 그들은 병들어 쇠약해지는 몸을 눈으로 볼 만큼 오래 살았을까?

30분 후, 나는 울타리에 앉아 라테를 홀짝거렸다. 오래전에 죽은 유령들이 한때 번성하던 마을을 상기시키는 탁 트인 들판 위를 맴돌았다. 나는 산들바람이 전하는 이야기에 귀를 기울였다. 그리고 마음속으로 속삭였다.

그들도 내 부모님과 나 같았나요?

선의의 말다툼이 필요한 관계

아침에 출발해 미처 1.6킬로미터도 걷기 전에 한 남자가 흰색 트럭 쪽으로 오라고 손짓을 했다. 길 건너에서는 측량사들이 스프레이 페인트로 도로에 주황색 기호를 그리고 있었다. 점과 동그라미. 줄표와 화살표. 수염이 덥수룩한 남자가 흰색 트럭 안에서 클립보드에 메모를 했다.

"나는 이 작업을 담당하는 연방 감독관입니다. 이 앞 도로는 폐쇄됐습니다. 저 사람들이 말하길, 나체즈 길을 걷고 있다고요?"

"네."

"얼마나 걸었습니까?"

"나체즈부터 쭉 걸었어요."

그는 고속도로 건너편의 이정표를 확인했다.

"434킬로미터군요. 제길, 그 길을 다 걸었다고요?"

"네."

"혼자서요?"

"거의 그렇죠."

"파크웨이로요?"

나는 빨간 머리를 모자 속으로 밀어 넣고 고개를 끄덕였다.

"다른 길이 없잖아요."

그는 희끗희끗한 머리를 긁으며 휘파람을 불었다.

"아무도 안 하는 일입니다."

그는 내 눈을 피하면서 메모에 집중했다. 그의 머릿속에서 주 사위가 굴러가는 소리가 들리는 듯했다. 저 사람은 나를 계속 가게 해줄까? 아니면 못 간다고 말할까?

운전대를 몇 번 두드린 후, 그가 나를 바라봤다.

"엄밀히 말하면 도로가 폐쇄됐습니다. 난 당신을 고속도로에 서 내보내야 합니다. 공식적인 우회로를 따라가게 해야 하죠."

그는 마지막으로 운전대를 두드렸다.

"하지만 난 당신이 하는 활동을 이해합니다. 음, 완전히는 아 니지만 어느 정도는 이해합니다. 무슨 말인지 아시겠어요?"

"나 스스로도 이해 안 되는 짓인데요, 뭐."

내 입술 사이로 안도의 한숨이 나왔다. 그때까지 숨을 참고 있던 참이었다.

그는 눈을 반짝이며 크게 웃었다.

"좋아요. 저 사람들은 다리를 재포장하고 있습니다. 곧 끝날 겁니다. 저쪽에 무전을 쳐서 통과시키라고 하겠습니다. 한쪽 도로만 막혔으니 저 사람들이 다른 쪽 도로 차들의 운행을 잠깐 중단시키는 동안 길을 건너시면 됩니다. 아셨죠?"

"고맙습니다!"

나는 큰소리로 외쳤고 그는 차를 몰고 갔다. 그는 나체즈 길을 계속 걷게 해주려고 얼마나 많은 절차와 규정을 어겼을까? 나는 미시시피의 새까만 땅 옆으로 걸었다. 경작을 기다리고 있는 축축한 땅이었다. 보이지는 않지만 어디에선가 농기계가 낮은 소리를 내며 작동하고 있어 땅이 조금씩 진동했다. 엄마와 함께 있었으면 얼마나 좋을까 싶었다. 하지만 나는 엄마에게 발목에 얼음을 대고 쉬라고 이미 말했다.

갑자기 아빠가 반은 아스팔트 위에 반은 흙길에 걸친 채 머큐리를 몰고 나타났다.

"넌 저 길로 못 가, 안드라. 저 사람들이 그러더라."

"저쪽 도로에 차를 세워놓고 날 지켜보세요."

"벌써 거기에 있다 왔다. 저 사람들이 저 길을 걸으면 안 된다고 했어."

나는 배낭 어깨끈에 손가락을 걸고 허리를 쭉 세웠다.

"흠. 아무래도 내가 아빠보다 설득력이 있나보네요, 영감님."

아빠의 눈에 도전적인 빛이 불붙었다. 아빠는 엔진의 속도를 올렸다. 기계의 힘을 흡수하기라도 한 양 운전대에 놓인 양손이 드르륵 진동했다.

"장담하건대 네가 도착하기 전에 사람들에게 책을 다 팔고 나서 널 기다리다가 태워주마. 저 사람들이 나한테는 어디로 가라 마라 하는 소리를 안 했어."

내가 미처 내기에 판돈을 걸기도 전에 아빠는 쌩하고 달려가며 경적을 울렸다.

선의의 말다툼을 해야 잘 유지되는 관계가 있는 법이다. 나는 어린아이였을 때조차 아빠에게 이의를 제기했다. 왜 아빠가 옳고 내가 그른지 알려달라고 따졌다. 언쟁을 벌일 때면 아빠의 갈색 눈에 생기가 넘쳤고 우리의 말다툼은 늘 목 깊은 곳에서 울려나온 아빠의 걸걸한 웃음소리로 끝을 맺었다.

나는 삼십 대가 되기 전에는 남자들과의 상호작용에 대한 아빠의 가르침에 어떤 결함이 있는지 몰랐다. 아빠는 한계를 넘어서고 내 의견을 표현하고 남에게 좌지우지되지 말라고 가르쳤지만, 남자의 자부심에 대해서는 결코 설명해주지 않았다. 나는 성인이 되어 거의 20년 동안 실수를 저지르고 나서야 어떤 남자들은 강한 여자를 존중하지 않는다는 교훈을 얻었다.

사실 몇몇 남자는 강한 여자를 두려워했다.

271마일 이정표에서 아빠는 갓길에 차를 댄 후 녹색 표지의 내 소설을 양손에 한 권씩 들고 차에서 내렸다. 내가 발걸음을 내딛기도 전에 아빠는 정지 표지판 앞에서 속도를 늦추는 차 한 대를 향해 멈추라는 손짓을 하더니 다가가서 책을 사라고 권하기 시작했다.

아빠처럼 자신감이 넘치면 얼마나 좋을까 싶었다. 아빠는 내 책을 읽어보지 않았으면서도 좋은 책이라고 확신했다. 왜 나는 아빠가 나를 믿듯이 스스로를 믿지 못하는 걸까?

내가 교차로에 도착했을 때 아빠는 북쪽으로 차를 돌려 나체즈 길로 가려고 정차 중인 두 고객에게 책을 판 뒤였다. 아빠는 고속도로의 서쪽으로 오라고 나에게 손짓을 했고 내가 다가가자 고객들의 차창으로 나를 끌고 갔다.

"이분들은 루이지애나에서 오셨는데 이 도로 저 위쪽에 집이 있다는구나. 이분들께 책을 몇 권 팔았으니까 네가 사인을 해드려야지."

펜을 잡자 부어오른 손가락에 달라붙은 도로의 먼지가 눌려 사포처럼 까끌까끌했지만 나는 미소를 지으며 사인을 하고 잡담을 나눴다. 그들이 어디 출신인지, 유서 깊은 고속도로를 얼마나 자주 지나다니는지, 메리웨더 루이스에 대해서 어떻게 생각하는지를 들었다.

그들이 떠나자 아빠는 내 양쪽 어깨를 움켜쥐고 내가 차 쪽으로 가도록 조종했다.

"책에 더 사인을 해야 해, 안드라. 사인이 안 된 책은 못 팔아."

방금 한 번 사인한 것만으로도 이미 손가락이 욱신거렸다. 내가 아무리 열심히 훈련했더라도 중력의 영향에 대비할 수는 없었다. 다섯 시간 동안 팔을 흔들고 나면 피가 모조리 손가락으로 몰렸다. 24킬로미터를 거의 다 걸을 즈음에는 손가락이 구부러지지 않을 정도였다. 완주하고 나서 몇 시간이 지나도록 손이 저리고 감각이 둔해서 간단한 움직임조차 힘들었다. 나는 옷소매로 얼굴을 마구 문지르며 한숨을 쉬었다.

"오늘 밤에 몇 권 더 사인할게요."

아빠는 뒷문을 열어젖혔다.

"안 돼. 지금 해라. 공사 현장을 우회해서 널 데려다주는 동안에 해."

"그렇지만 난 공사 현장을 우회해서 갈 필요가 없어요. 그냥 걸어서 통과해도 된다는 말을 이미 들었단 말이에요."

아빠는 타르 먼지가 자욱하고 중장비들이 이리저리 움직이는 도로를 가만히 살펴봤다.

"저기를 걸어서 통과하면 안 돼. 허락하지 않겠다. 저게 널 치고 지나갈 수도 있어."

나는 펜을 들어 내 이름을 휘갈겨 썼다.

"걸어서 통과할 거예요. 다치지도 않을 거고요."

나는 사인한 책더미를 아빠에게 건넸다. 스스로 내 몸을 돌본

240

지가 벌써 몇 년인데 그러냐고 쏘아붙이려다가 입술을 꽉 깨물었다. 아빠는 숨을 쉬는 한 나를 걱정할 테지. 어쩌면 돌아가신 뒤에도 계속. 걱정은 아빠가 일조해서 탄생시킨 존재를 사랑하는 마음의 표현이었다.

내가 살면서 걱정에 대해 배운 교훈이 하나 있다. 걱정을 해소하는 가장 좋은 약은 관심의 전환이다. 주의를 산만하게 해서 다른 생각을 하게 하면 된다.

나는 아빠의 팔을 꼭 쥐었다.

"사인한 책이 오늘 팔고도 남을 만큼 충분하겠어요. 요즘엔 그렇게 많이 못 파시니까요."

"뭐라고? 다 팔 수 있다는 걸 보여주마!"

내가 공사 현장을 향해서 한 걸음 내딛기도 전에 아빠는 운전석으로 돌아갔고 중장비의 위험을 잊어버린 채 쌩하고 사라졌다. 아빠가 요 며칠 동안 보인 모습보다 훨씬 젊고 활기찬 모습이었다.

나는 얼굴의 먼지 얼룩을 문지르면서 눈이 너무 많이 붓지 않았기를 바랐다. 형광색 조끼를 입은 남자들이 중장비 옆에서 부산스럽게 움직였고 그들 앞에는 깃발을 들고 신호를 보내는 남자가 한 명 있었다. 나는 목표물 암살 계획을 짜는 저격수라도 된 양 그 남자를 이리저리 뜯어보았다.

"안녕하세요."

도로에서 올라온 시커먼 기름기가 덕지덕지 달라붙은 속눈썹을 깜박거리며 그 기름기가 마스카라처럼 보이기를 바랐다. 파리한 볼에 묻은 빨간색 얼룩은 볼 화장처럼 보였으면 했다.

꿈도 크지.

자꾸 자신감이 없어지는 마음을 던져버리고 미소를 지었다.

"이 길을 통과하게 해주실 거라고 감독관이 말하더라고요."

그 남자는 내 더러운 초록색 재킷을, 반창고와 테이프가 칭칭 감긴 발가락이 보이는 샌들을, 지저분한 얼굴에 철썩 붙은 기름 낀 머리카락을 훑어봤다. 그는 서행 표지판에 몸을 기댔다.

"댁이 나체즈 길을 걷는다는 사람이요?"

"네, 그 사람이 저예요."

"요 며칠 댁 이야기를 계속 들었어요. 제길, 남자같이 거친 여자인 줄 알았는데."

무슨 뜻인지? 여성스러운 여자는 힘든 위업을 달성할 수 없다는 말인가?

나는 몸을 쭉 펴고 섰다.

"공사 현장을 통과하게 허락해주시면 정말 고맙겠어요."

"아, 그래요."

그는 무전기를 들었다.

"여기 여성분이 계셔. 자네들이 있는 길로 걸어가실 거야."

"뭐라고?"

"여성분. 초록색 재킷을 입었어. 잠깐 교통을 통제하고 통과시켜드려."

2초 동안 무전기가 잠잠했다.

"섹시해? 그 여자?"

"허허, 이 사람이."

그는 눈길을 옆으로 돌렸다.

"어때요? 내가 섹시한가요?"

웃음이 사람들을 결합해주는 최고의 수단이라고 하는데, 그런 면에서 우리는 확실히 유대감을 느꼈다. 함께 큰소리로 웃는 와중에 그는 무전기 버튼을 누르고 말했다.

"교통이나 통제해줘, 알았지? 그리고 이분을 통과시켜드려."

그는 노란 먼지 구름 쪽으로 손을 흔들었고 나는 그가 마음을 바꾸기 전에 얼른 뛰어들었다. 높은 다리에 발이 닿자 무서워서 이가 딱딱 부딪쳤다. 텅 빈 차선을 서둘러 걷는 동안 모든 작업자들이 안전모를 살짝 젖히며 고개를 까딱했다. 끝에 다다르자 깃발을 든 또 다른 남자가 나를 기다리고 있었다. 그 사람 뒤로 한 줄로 늘어선 승용차들과 캠핑용 차들이 구불구불 움직이고 있었다. 그가 손을 흔들어 나를 불렀다.

"이런 다리가 하나 더 있습니다. 800미터쯤 앞에요. 그쪽에 댁이 간다고 말해뒀어요."

"고맙습니다!"

나는 몇 걸음을 걷다가 나체즈 길 공사 현장 사진을 몇 장 찍었다.

거의 482킬로미터를 걷고 나서 처음 만난 도로 공사였다. 연방 정부는 항의하는 사람이 거의 없다는 이유로, 전국에서 여덟 번째로 방문객이 많은 이 국립공원의 기금을 유용했다. 하얀 선과 노란 선이 사라진 풀밭 도로를 걸으면서 움푹 팬 구덩이를 돌아가고 수천 평방미터에 달하는 방치된 쓰레기 더미들의 사진을 찍는 동안, 많은 사람들이 예산 삭감안을 통과시켜달라고 로비를 했다. 나체즈 길은 정작 이 길을 보존해야 하는 사람들에게 잊힌 채로 황무지로 남았다.

그러나 테네시 주의 메리웨더 루이스 사이트에 조금씩 가까워지는 동안 나는 한 가지에만 신경을 썼다. 메리웨더 루이스의 무덤이 문을 닫은 지 몇 달이나 지났다는 사실을 도보 여행을 시작하면서 알게 되었기 때문이다.

내가 그곳에 도착할 즈음에는 문을 열까?

나는 3킬로미터가 넘는 공사 현장이 거의 끝나는 지점에서 아빠가 기다리고 있다가 "책을 다 팔았어! 누가 최고의 판매왕이지, 응?" 하고 흡족해할 거라고 예상했다.

북쪽으로 뻗은 척박한 길에 아빠는 없었다. 세상에, 아빠가 없다고 이렇게 그립다니. 아빠의 부재라는 현실에 발을 헛디뎠고 몸을 비틀거렸다. 나는 무릎에 아이폰을 올려놓고 화면을 움직여 나체즈 길에서 아빠와 함께한 시간을 훑어봤다. 나중에 우리의 정감 어린 대화가 그리워질 때 재생하려고 대화하는 장면을 동영상으로 찍으려 했지만 그때마다 아빠는 잔뜩 얼어붙었다. 하긴 아빠라면 억지로라도 내가 기억하게 만들지 모르겠다.

그러나 기억은 아빠를 고스란히 포착하기엔 부족할 터였다.

사람들은 목소리의 뉘앙스를 잊는다. 사진은 주름살을 온전히 담지 못한다. 나는 아빠의 말투를 적어서 연습한 뒤에 아빠의 목소리와 버릇을 놀렸다. 그러나 결코 아빠를 그대로 만들어내지는 못하리라. 기억의 우물은 사람을 다시 만들어낼 정도로 깊지 않다.

나는 바지에서 풀을 털어내고 다른 표지판 쪽으로 비틀비틀 걸었다.

올드 트레이스, *800미터*

올드 트레이스는 옛사람들이 다니던 오솔길이 침식되고 남은 흙길이었다. 정부는 파크웨이를 건설할 때 올드 트레이스의 94퍼센트를 포장해서 편입했다. 나는 움푹 들어간 흙길의 흔적들을 찾아봤다. 푹 꺼진 공간들이 시간의 메아리를 증폭시켰다. 우르르 몰려가는 물소 떼. 활을 치고 나가는 화살. 보물을 훔치려는 도둑에게 맞아 죽는 외로운 뱃사공.

나는 뱃사공의 비명을 절대 듣고 싶지 않았다.

허기진 배와 터질 것 같은 방광 때문에 더 이상 생각을 할 수가 없어 몸만 앞뒤로 흔들어댔다.

"화장실이 있기를 바라다니 너무 큰 희망이지."

나는 중얼거리며 텅 빈 주차장으로 터벅터벅 걸었다. 빛바랜 갈색과 황금색 안내판의 가시들이 손가락을 찔렀다. 난간을 따라가니 울퉁불퉁한 계단이 나왔다. 낙서로 뒤덮인 피크닉 탁자에 도시락을 펼쳤다.

방광에 다시 찌르르한 통증이 왔다. 나는 계단을 깡충깡충 뛰어내려가 나뭇잎이 흩뿌려진 올드 트레이스에 큰대자로 누웠다. 나뭇가지들이 구름과 하늘을 가렸다. 메리웨더 루이스가 이 멀리 남쪽까지 말을 달렸을지 궁금했다. 내가 있는 곳을 걸었을지 궁금했다.

전화벨 소리가 울렸다. 마른 이파리들 사이로 유령들이 소용돌이처럼 사라졌다.

"여보세요?"

"안드라?"

아빠의 목소리가 스피커에서 울렸다.

"어디냐?"

"올드 트레이스에 있어요. 올드 트레이스요!"

"방금 거기를 지나왔어. 아무도 못 봤는데."

"그게…… 음……."

내가 과거와 대화를 나누고 있었다는 말을 아빠에게 어떻게 하겠는가? 내가 들은 속삭임들과 대화를 나눴다는 말을? 혼자 24킬로미터를 걷다 보니 겹겹이 소용돌이치는 영혼들에게 민감해졌다. 걸은 지 3주가 지나자 그들의 목소리가 아득한 옛날로부터 불어온 산들바람을 타고 울려퍼졌다. 나체즈 길은 늘 내게 친구가 돼주었고 이 길의 유령들은 기쁨을 불러일으켰다.

내가 실제로 경험한 일이지만 정신 나간 소리로 들릴 게 분명했다. 나는 말을 더듬었다.

"흠, 방금 책 한 권을 더 팔았다. 오늘만 총 열두 권이야."

"대단해요, 아빠."

"응. 그럼 차를 돌려서 그리로 가마. 아까 거기를 지나올 때 널 못 봤어. 이유를 모르겠구나."

더 머물고 싶은 발걸음을 간신히 돌려 올드 트레이스를 벗어났다. 내가 서 있는 지점에서는 나무에 가려 고속도로가 보이지 않았다. 나는 바지를 내리고 쪼그려 앉았다. 역사에 내 정수를 덧붙인다고나 할까.

방랑하는 영혼들이 영역을 표시하는 또 다른 방법이었다.

엄마와 아빠가 탄 차가 끼익 소리를 내며 주차장으로 들어왔다. 엄마는 차가 멈추기도 전에 운전석에서 도망쳤다.

"오늘 잠깐 동안 너랑 걸을래, 안드라. 네 아빠한테 날 데리러 오라고 전화했단다. 이제 몸이 좋아졌거든. 발에 얼음을 올려놓고 민박집에 앉아 있으려니 돌아버리겠더라."

"엄마, 발목을 더 쉬게 하셔야 해요."

나는 바나나를 우물거리며 말했다.

"얼음을 올려놨어! 오전 내내!"

"아빠!"

나는 낡은 안내판 옆에 있는 아빠에게 갔다.

"엄마한테 나랑 걸으면 안 된다고 말해주세요."

아빠는 대답을 하는 대신에 남자의 상징을 꺼내더니 내 발 주변의 땅에 소변을 갈겼다. 나는 노란색 물줄기를 피해 펄쩍 뛰다가 바나나를 떨어뜨릴 뻔했다.

"윽! 아빠!"

엄마가 소리를 죽여 킥킥 웃었다.

"흠, 네 아빠는 내가 걸어도 좋은지 아닌지 판단할 상태가 아니네. 오늘 방귀를 어찌나 많이 뀌던지."

"제발요, 엄마. 나 지금 밥 먹는 중이잖아요."

나는 점심밥이 남은 자리로 성큼성큼 걸었다. 땅콩버터에서 톱밥 맛이 났다.

"엄마는 걸으면 안 될⋯⋯."

엄마는 내가 고스란히 물려받은 그 자체를 취했다. 엉덩이에 손을 올리고 한쪽 다리에 체중을 실은 채 더 이상의 논쟁을 거부하겠다는 표정.

"갈 거다, 안드라. 꼼짝 못 하고 들어앉아 있는 짓은 더 이상 못 해. 게다가 네 아빠랑 단 둘이."

마지막 노란색 물줄기가 작은 시내를 이루며 안내판 밑의 바닥으로 흘러갔다. 아빠는 남자의 상징을 흔들어 털고 지퍼를 올렸다. 이어서 주머니에 손을 넣어 땅콩 봉지를 꺼냈다. 짭짤한 땅콩을 손바닥에 부어 나에게 내밀었다.

"좀 먹을래?"

나는 몇 걸음 물러서다가 피크닉 탁자에 걸려 넘어질 뻔했다.

"오줌 양념이 된 땅콩을요? 됐어요. 아빠나 많이 드세요."

아빠는 이미 입에 땅콩을 던져넣고 있었다.

"이 나무를 봐라."

아빠는 이끼가 덮인 소나무를 가리켰다.

"몇백 년은 됐을 게야."

"대단해요."

"이 길을 따라 엄청난 나무들이 있더라. 견고한 고급 탁자를 만들기에 딱 좋지."

"이미 탁자를 사셨잖아요."

나는 물병, 등산 장비, 에너지바 사이에서 소중한 공간을 잡아먹고 있는 아빠의 전리품이 실린 머큐리의 트렁크를 가리켰다. 골동품 탁자를 실을 자리가 없다고 아무리 설득해도 아빠는 듣지 않았다. 아빠는 보자마자 홀딱 반하는 고물이 있으면 어떤 방법을 동원해서라도 집으로 가지고 갔다.

"난 저걸 팔 능력이 되잖아."

아빠가 엄마와 나에게 한가로이 걸어왔다.

"가구에 남기는 흔적이 중요한 거야. 가구 표면을 다시 다듬는 작업 같은 것 말이다. 네가 이 세상에 살았다는 걸 사람들에게 알리는 거지."

나는 기억을 더듬었다. 나는 첫 번째 골동품을 흙탕물이 흐르는 강둑 옆 헛간에서 발견했다. 오크나무로 만든 화장대였다. 얼룩이 진 놋쇠 장식이 어우러진 서랍장 세 개가 달려 있었고, 군데군데 둥그스름하게 흠이 난 상판에 귀를 대면 음악 소리가 들렸다. 무쇠 냄비가 부딪치는 소리와 타닥타닥 불꽃이 튀는 소리.

모든 물건은 그 전 세대의 기록을 간직하고 있는 게 아닐까.

모든 오래된 물건에는 추억이 서려 있단다

처음 중고 가구를 산 때가 기억난다. 우린 갓 결혼해서 돈이 별로 없었다. 그래도 나는 린다가 화려한 장식품을 좋아한다는 걸 알았기에 가구점에 데리고 가서 갖고 싶은 물건을 고르라고 말했다. 린다에게 정해진 예산을 알려줬다. 물론 그 예산을 초과했지만. 집 안이 꼭 차도록 이것저것 골랐다.

배달 트럭이 집 앞에 서는 소리가 들렸고 나는 사람들이 짐을 내리는 걸 지켜봤다. 의자들, 탁자들, 초록색 5인용 소파, 양파 모양의 하얀색 램프들.

나는 기다리고 또 기다렸다.

매트리스를. 어쩌면 침대도.

번쩍이는 가구 군단의 행진이 끝날쯤 나는 린다에게 고개를 돌렸다.

"흠, 당신은 식당 가구를 모두 장만했고 거실에도 가구를 잔뜩 들여놨군. 그리고 나 쓰라고 황갈색 의자를 사줘서 고마워. 그런데 침대는 어디 있어?"

린다는 섬세한 손가락으로 램프들 중 하나를 쓰다듬었다.

"침대? 이런, 로이. 이 램프들을 보자마자 침대를 잊어버린 모양이야. 이 램프들이 정말 마음에 들어. 당신은?"

"얼마인데?"

아무렴, 린다가 가격을 말했을 때 나는 당분간은 가구점에 가지 못하겠구나 싶었다. 린다가 저지른 일로 1년치 가구 예산이 날아갔다.

나는 중고가구점을 돌아다니며 사람들에게 이야기 하기 시작했다. 얼마 지나지 않아서 침대 헤드와 발치가 높은 원목 프레임의 제니 린드 침대를 구했다. 하얀색 페인트가 두껍게 칠해져 있었지만 재질이 단단한 호두나무였다. 나는 삼림 관리원인지라 조금만 긁어보면 어떤 나무인지 척 알았다. 5달러에 침대를 사서 직접 손질하려고 집으로 가져왔다.

린다는 첫눈에 침대를 싫어했다.

"로이 왓킨스, 난 저 쓰레기에서 자지 않을 거야."

"기다려보라고, 린다. 당신이 본 것 중 최고의 침대로 만들어줄게."

나는 가구를 손질하는 공구를 사서 작업에 들어갔다. 하얀색 페인트를 다 벗겨내느라 일주일 내내 밤마다 일했다. 부러진 곳을 고치고 광택제를 발랐다. 작업이 다 끝나자 우리 침실에 갖다놓았다.

우리 집에서 가장 예쁜 가구였다. 린다조차 동의할 수밖에 없었다. 안드라가 태어나서 그 침대를 물려줬다. 안드라는 아직도 그 침대를 가지고 있고 마이클과 함께 사는 집에 뒀다. 그 침대는 어느 침대보다 잠이 잘 왔다.

모든 고물은 아름다운 영혼을 가지고 있다. 그 고물의 가치를 아는 사람이 정성을 들이면 얼마든지 아름다운 영혼을 이끌어 낼 수 있다.

Chapter 4.

아빠와 여행을
떠나기 전에
알았더라면
좋았을 것들

눈에 보이지 않아도
함께 걷는 사람들이 있다

마이클과 내가 301마일 이정표가 있는 나체즈 트레이스 파크웨이 북쪽에서 남쪽 구간을 느긋하게 걷는 동안 아침 햇살이 길에 쏟아졌다. 내 마흔다섯 번째 생일이었다. 미시시피주의 구릉지는 앨라배마 주로 흐르는 수로들과 평평한 들판들로 바뀌었다. 마이클의 방문은 내가 도보 여행을 시작하기 전부터 그가 계획한 깜짝 생일 선물이었다.

항상 마이클은 내가 끝까지 걸을 수 있다고 믿었다. 그는 내가 휴대전화 신호가 잡히는 곳에 있을 때면 영상통화를 걸어서 격려해주고 위로해주고 나를 얼마나 사랑하는지 말해줬다. 714킬로미터를 혼자 걷기로 한 내 선택에 이의를 제기한 적이 한 번도 없었다. 또 5주 동안 떨어져 있는 것을 불평한 적도 없었다. 그는 내가 강하다고 여겼다. 나는 마이클의 손을 꼭 쥐고 그의 생각처럼 정말 내가 강해지게 해달라고 기도했다.

그의 강함을 나에게 전해달라고.

나는 휴게소에서 마이클의 손을 놓고 버려진 칫솔의 사진을 찍었다. 일흔 살이 넘어서 차를 몰고 다니는 사람들은 쓰레기를 보지 못한다. 그러나 나는 사방에서 쓰레기를 봤다. 잊힌 도로를 따라 내던져진 인간성의 조각들이 방치된 현장이 보였다. 메리웨더 루이스가 지금 사람들의 기억에서 잊힌 것처럼.

루이스는 케이티 페리나 레이디 가가보다 훨씬 유명해져서 서부 정복에서 돌아왔다. 그리고 많은 축하를 받았다.

테네시 주 나체즈 트레이스에서 총상을 두 군데 입고 죽기 전까지는.

루이스는 서른두 번째 생일 전날 밤에 탐험 일지를 썼다.

나는 오늘부로 서른한 해를 끝마쳤고 이제 현세에서 나에게 주어진 기간의 약 절반을 살았다. 나는 인류의 행복을 증진시키거나 다음 세대에게 향상된 정보를 전달하기 위한 활동을 아직 다 하지 못했다는, 아니 조금밖에 못 했다는, 사실 거의 하지 못했다는 생각을 곰곰이 했다. 나는 나태하게 보낸 수많은 시간들을 돌아보며 후회했고, 그런 시간들을 신중하게 썼다면 얻었을지 모를 정보의 필요성을 절실하게 느낀다. 그러나 어차피 과거이고 되돌릴 수 없으니 우울한 생각을 서둘러 털어냈다.

그리고 앞으로는 자연과 운명이 베풀어준 재능을 전달해서, 인간 존재의 주요한 두 가지 목적을 진작시키려는 노력과 시도를 더 열심히 하겠다고 결심했다. 또한 지금까지는 나를 위해 살았으니 앞으로는 인류를 위해 살겠다고 결심했다.

일부 사학자들은 이 글이 자살의 징후라고 주장하지만, 나는 인류에 대한 자신의 공헌이 기억되기를 바라는 야심찬 사람의 개인적인 도전으로 해석했다. 나는 더 열심히 노력하라고, 더 베풀라고, 더 잘하라고 나 자신을 수없이 꾸짖었다. 인간으로서 성장하기를 원하고 나를 책망한다고 해서, 내가 자살 충동에 사로잡힌 사람이라고 말할 수 있을까?

루이스는 자신이 기억되기를 바랐지만, 그의 과묵함과 수상쩍은 죽음 때문에 그에 대해 파악하기가 더 힘들다. 그리고 이유를 알 수 없지만 나는 항상 파악하기 힘든 남자를 좋아했다.

테네시 주 호엔발트 근처 부서진 화강암 기념비 아래에 묻힌 메리웨더 루이스는 어차피 며칠을 더 걸어야 하는 거리에 있었다. 나는 앞으로 걸어야 하는 24킬로미터만 생각했다. 등산 바지에 감싸인 남편의 엉덩이를 감탄에 찬 눈길로 바라보며 팔짝팔짝 따라가니 걷기가 훨씬 수월했다.

"당신 그 바지를 입으니 얼마나 멋져 보……."

나는 309마일 이정표 근처에서 얼어붙었다.

마이클이 빙그르 돌아 나를 바라봤다.

"무슨 일이야?"

발치에서 은빛이 번쩍였다. 나는 몸을 굽혀 도로 가장자리의 하얀 선과 잔디밭 사이에 박힌 얇고 둥근 물건을 주워들었다.

윌리엄 클라크William Clark가 말한 불후의 명언이 세월을 거슬러와 울려퍼졌다.

'바다가 보인다! 오! 이 기쁨!'

"루이스와 클라크를 기념해 발행한 5센트짜리 동전이야. 클라크의 말이 새겨진 뒷면이 위를 향해 있었어. 바로 여기에."

나는 도로 가장자리를 가리켰다. 클라크의 기쁨이 내 마음에 넘쳐흘렀다. 나는 동전을 높이 치켜들고 꺄악 소리를 질렀다.

"생일 선물이야. 메리웨더 루이스가 나한테 주는 거야."

"설마."

마이클이 찌그러진 동전을 가져가 거친 가장자리와 닳아빠진 표면을 자세히 살폈다.

나는 입에서 나오려는 공상 같은 설명을 꾹 누르려고 동전을 휙 튕겨올렸다.

정신 나간 소리일 게 빤했기 때문이다.

내 삶에 불쑥불쑥 나타나는 메리웨더 루이스는 우리 집에서 신화였다. 내가 어느 날 한밤중에 마이클을 깨워 우리 침실에서 남자가 노래 부르는 소리를 들었다고 말했을 때 그는 내 정신 상태를 의심하지 않았다.

"이제 당신은 이야기의 자초지종을 다 알겠네."

그는 오래전에 죽은 노래 부르는 남자를 위해 흘리는 내 눈물, 사랑할 수 없는 유령과 나누는 대화, 영혼에 대한 도저히 억누를 수 없는 집착을 모두 참아줬다.

마이클은 나를 이해했다. 내 영혼을 알았다.

동전은 내 생각을 명쾌하게 해줬다. 동전은 삶의 행로를 정하려는 내 정신력의 신호였다.

나는 이번 도보 여행을 시작하기 전에 지퍼백에 행운의 부적들을 챙겼다. 우리 부부가 같이 쓰는 책상에서 마이클 건너편에 앉아 부적들을 하나하나 세심하게 살폈다. 독자들이 보낸 카드들, 2달러짜리 지폐, 강기슭에서 찾은 공작나비. 그리고 루이스와 클라크를 기념해서 나온 5센트짜리 새 동전.

"그 동전을 어떻게 할 거야?"

부적들을 지퍼백에 밀어 넣을 때 마이클이 물었다.

"이 동전?"

햇빛이 동전에 반사돼 반짝였다.

"루이스의 무덤에 두고 올 거야. 고맙다는 의미로. 아니면 다른 의미가 될 수도 있고. 모르겠어. 거기 도착하면 알게 되겠지."

마이클이 한쪽 입술을 올리며 싱긋 웃었다.

"아니면 *그가* 알려주겠지."

"뭐라고?"

"아무것도 아니야."

마이클은 하던 일로 돌아갔다. 내가 아무리 구슬려도 마이클은 내 동전에 대해 다시 이야기하지 않았다.

내 생일 전까지만 해도.

마이클은 길가에서 주운 부적을 손바닥에 그러쥐었다.

"그가 알았을까?"

"뭘?"

마이클의 손바닥에서 동전을 집어드는 내 손가락이 떨렸다. 파크웨이 지도에 따르면 우리는 앨라배마 주와 테네시 주 경계 바로 남쪽 테네시 강가에 있는 여관 콜버트 페리까지 걸어서 하루가 걸리는 위치에 있었다. 많은 사학자들이 루이스는 미시시피 북부에서 나체즈 길에 처음 발을 디뎠다고 믿었다.

나는 의심 많고 믿는 것이라고는 나뿐인 마이클을 바라봤다.

"이 동전이 루이스가 여기에 왔다는 의미일까?"

마이클은 양손으로 내 손을 덮어 우리 손 사이의 동전을 소중하게 감쌌다.

"분명히 그럴 거야, 안드라. 당신 말이 맞을 테니 이 동전이 그가 보낸 일종의 메시지라고 믿어야지."

"그렇지만……."

"뭐가?"

여러 가능성들이 마음속에서 소용돌이쳤다. 이 동전이 내가 소설에서 그를 위해 지어낸 새로운 결말을 허락한다는 뜻일까?

나는 지퍼백을 열고 동전을 넣었다.

"이건 루이스가 보낸 생일 선물이야."

나는 동전을 손가락으로 빙글빙글 돌렸다.

"아니면 왜 여기 있겠어? 하필 오늘? 증인이 돼줄 당신이 있는 때?"

나는 경사져서 올라가 숲으로 이어지는 땅 모양을 살폈다. 눈을 감고 귀를 기울였다. 나무가 뿌리를 내린 흙에 울려퍼지는 말발굽 소리. 말을 잃은 남자들의 외침. 루이스를 먼저 보내고 치카소 인디언 보호관인 제임스 닐리James Neely가 뒤에 남기로 한 거래. 나는 밀주 냄새를 찾아 코를 킁킁거렸다. 많은 사학자들이 루이스가 그린더 여관grinder's stand까지 술을 가지고 갔다는 점을 불안한 정신 상태의 증거로 주장했다.

그러나 아무 소리도 냄새도 없었다. 내게 주어진 것은 동전 하나뿐이었다.

나는 동전을 꽉 움켜쥐고 한숨을 쉬었다. 메리웨더 루이스의 최후 이야기를 쓰기 시작했을 때 나는 그가 작업에 관여해주리라고 전혀 기대하지 않았다.

그러나 그는 관여해줬다.

또 다른 표지판이 나타나자 그렇지 않아도 행복한 마음이 더 행복해졌다.

주 경계. 800미터

황금색 글자가 써진 방패 모양의 갈색 표지판. 거의 4주 동안 표지판은 내 삶의 진척을 보여주는 증거였다. 나는 습지와 숲과 언덕을 걸어서 가로질렀다. 진눈깨비, 바람, 회오리바람, 퍼붓는 비, 맹렬한 햇빛 같은 변덕스러운 날씨 속에서 482킬로미터 이상을 왔다.

마이클이 내 손을 꼭 쥐었다. 그를 바라보자 그의 푸른 눈동자 속에 퐁당 빠질 것 같았다. 그가 내 볼을 어루만졌다.

"기분이 어때?"

감정이 북받쳐 아무 말도 안 나왔다. 주 하나를 가로지르는 그 긴 거리를 걸을 때 어떤 느낌일 거라고 생각했더라? 자랑스러움? 혼란? 기진맥진? 모든 느낌들이 내 안에서 부글거리며 더 높은 자리를 차지하려고 경쟁했지만, 정상을 차지한 느낌은 자랑스러움이었다. 주 전체를 가로질러 걸을 수 있다면 무슨 일이

든지 할 수 있으리라.

나는 또 다른 표지판을 향해 서둘러 걸었다.

베어 크리크 마운드*Bear Creek Mound*

기억에서 사라진 문명의 유물 가운데 하나. 나체즈 길에 있는 거의 천년 역사를 가진 유물.

베어 크리크 마운드는 작년에 왔던 곳이었다. 내 소설을 쓰기 위한 정보 수집 여행 중에 들렀고, 그때 마이클과 나는 이번과 반대로 북쪽에서 이곳으로 내려왔다. 우리는 텅 빈 주차장에 차를 세우고 들판을 느긋하게 걸었다. 나는 언덕 옆을 거닐다가 바람에 묻힌 비명 소리를 들었다.

내 이야기에 자신의 자리를 넣어달라고 역사 속에서 튀어나온 또 다른 인물.

그날 나는 남쪽을 주시하면서 과거에 거기 뭐가 있었을지 궁금했지만 그때만 해도 헤아릴 수 없는 그 긴 거리를 걷겠다는 생각은 추호도 하지 않았다. 나체즈 길은 과거로 이어지는 문이었다. 이 길은 미래를 보여주지는 않았다.

나는 베어 크리크 마운드로 고개를 돌렸다. 작은 남자아이가 들판 저쪽에서 꽥 소리를 질렀다. 아이는 풀로 덮인 언덕에 다다르자 흙길을 올라가 움푹 들어간 꼭대기를 펄쩍 뛰어넘었다.

나는 사진을 계속 찍었다. 나는 아이 부모가 남자아이를 부를 때 그 소리를 듣지 못했고 그들이 떠나는 것도 의식하지 못했다. 다른 아이의 이야기에 푹 빠져 있었기 때문이다.

그 다른 아이는 바로 나였다.

내 삶은 아빠가 차로 이동하는 모습을 그대로 닮았다. 시간에 대한 아빠의 집착. "빨리 도착했구나" 혹은 "더 빨리 도착할 수 있었는데." 우리가 목적지에 도착할 때마다 아빠의 첫 말은 시간 측정이었다. 마치 그곳까지 이동한 과정이 시계 위의 숫자들과 경쟁을 벌이는 자동차 경주라도 되는 양.

그래서 항상 내가 모든 일을 후다닥 해치우는 걸까? 나는 절대로 멈추거나 둘러보거나 음미할 짬을 내지 않았다.

한 번에 24킬로미터씩 늘어나는 나체즈 길 모험은 아빠와 나의 그런 급한 면을 바꿔놨는지도 모르겠다. 아빠가 작은 마을의 중고품 가게를 죄다 샅샅이 살펴보고 낯선 사람들과 오랜 시간을 보내는 동안, 나는 보도의 굴곡을 기억하고 지질의 층을 탐구하고 수백 마리의 새를 만났다. 나는 아빠의 하루에 대한 이야기를 듣는 시간을 고대했다. 아빠가 누구를 만났는지, 책을 어떻게 팔았는지, 심지어 뭘 먹었는지조차.

희미하게 지워지고 있는 과거와 직면하는 여정에서 정확한 일정은 의미가 없었다.

"준비됐어?"

마이클은 나보다 몇 발자국 앞서서 걸었다. 다음 표지판을 향해서. 표지판은 보이지 않았지만 뭐라고 쓰여 있는지 알았다.

나는 24일 동안 나를 먹이고 재우고 받아들여준 미시시피의 잔디밭을 다리를 끌며 가로질렀다. 미시시피 사람들은 넘치는 환대와 매력과 강철 같은 근성을 보여줬다. 숙소의 주인들은 나체즈 길에 대한 열정으로 불탔으며 이 길을 알리려는 노력을 지치지 않고 드러냈다. 그들 모두에게 작별인사를 해야 하는 게 너무 안타까웠다.

"사진 몇 장 더 찍을게요."

나는 베어 크리크의 소곤거리는 소리에 귀를 기울였다. 몇 발자국만 더 가면 미시시피는 추억이 될 터였다. 여기서 맺은 관계와 보고 들은 모든 것을 나중에 상세하게 회상하고 싶었다.

나는 마이클에게 아이폰을 건네고 갈색 도로 표지판의 녹슨 버팀목을 찬찬히 살펴봤다.

앨라배마 진입

나는 금속 표지판을 붙잡고 양쪽 주에 다리를 하나씩 걸쳤다. 그리고 미소를 지었다. 내 성과에 놀라서 입을 떡 벌린 채.

"해냈어. 주 전체를 걸어서 횡단했어. 내가, 나 혼자서."

목소리들이 불처럼 타오르는 황홀감에 부채질을 했다.

"항상 우리는 네가 해낼 줄 알았어. 우리도 했으니까."

나는 그들을 깊이 들이마셨다. 앨라배마 북서부를 거쳐 테네시 중심부를 가로질러 종착지인 내슈빌까지 가는 길 내내 그들과 함께하려고.

나는 마이클의 손을 잡았고 뒤를 돌아보지 않았다. 끝이 마무리는 아니었다. 끝내고 싶지 않았기에 끝내자니 시원하면서도 섭섭했다. 하지만 끝내야 했다. 마무리는 나에게서 미시시피가 없어진다는 의미겠지만 그런 일은 절대 일어날 수 없었다. 미시시피는 내 마음에 스며들었고 미시시피의 풍경에는 아빠의 모습이 담겨 있었다. 길가 식당에서 만난 낯선 사람들과 어울려 거리낌 없이 웃고, 원하는 가구를 사고, 살 생각이 없던 사람들에게 책을 파는 아빠의 모습이.

내 도보 여행은 끝없는 선물들의 행진이 됐다. 그리고 나는 그런 선물을 당당하게 요구하는 기쁨을 알게 됐다.

두려움을 이기고 전진할 때
찾아오는 것들

앨라배마에서의 첫날은 온종일 빗방울이 흩날렸다. 빗방울이 눈에 후두둑 떨어져 콘택트렌즈를 자꾸 건드렸다. 내가 눈꺼풀을 치켜뜨려고 기를 쓰는 동안 엄마가 머큐리 그랜드 마퀴스의 시동을 걸었다.

"안드라, 내가 오늘 너랑 같이 걸을 상태면 좋겠는데 발목이 아직도 아프네. 네 아빠한테 꼼짝없이 묶여 있게 생겼어."

아빠가 열린 창으로 얼굴을 쑥 내밀었다.

"가서 네 간식거리를 사고 이우카라는 데를 좀 둘러보마. 도시 이름이 뭐 그 모양이야, 미시시피주 이우카?"

엄마와 아빠는 커다랗게 울려퍼지는 아빠의 웃음소리를 남겨두고 떠났다. 나는 315마일 이정표 근처의 물에 젖은 채 쭉 뻗은 도로를 보며 곰곰이 생각에 잠겼다.

골격통으로 다리와 뼈가 타는 듯이 아팠다. 내 근육은 약해진 부분이 끊어지기 일보 직전인 너덜너덜한 고무줄 같았다. 나는 이날의 선물을 찾기로 결심하고 엉망진창으로 망가진 몸을 북쪽으로 돌렸다.

"앨라배마야, 내게 친절하게 대해줘."

나체즈 길 중 64킬로미터에 못 미치는 구간은 앨라배마의 북서부 귀퉁이를 가로질렀다. 그 구역에는 비옥한 농지를 종횡으로 흐르다가 테네시 강으로 합류되는 강줄기들이 있었다. 나는 눈에서 빗물을 훔쳐내고 첫 번째 이정표에서 출발했다.

"그냥 비야. 얼굴만 괴롭고 말겠지 뭐."

산등성이를 따라가는 동안 방수 재킷과 바지로 빗물이 스며들었다. 빗물은 다리로 흘러내려 신발로 들어갔다. 진눈깨비 같은 빗물이 일정한 박자로 도로에 부딪쳤고 매 박자마다 목소리들이 함께했다.

"내가 이 멀리까지 걸을 때마다 가죽신발이 헤어져 다 벌어졌다오. 그러면 테네시까지 맨발로 걸어야 했소."

"댁이 신고 있는 멋진 신발을 가질 수 있다면 뭐라도 줬을 게요. 물이 새는 신발을 신어본 적이 있나?"

"당신네들이 가진 물건들이 얼마나 좋은지 생각해봤소? 발 상태에 대해 불평을 해대는데 말이지. 진짜 통증을 몰라서 하는 말이라오. 하여튼 여자들이란."

뱃사공들. 나는 바람이 불어오는 방향으로 몸을 돌리고 소리 쳤다.

"그래도 난 아직 여기 있어요. 댁들이 했던 대로 하고 있다고 요. 나는 여자고 내가 자랑스러워요! 난 혼자서 걷고 있어요. 이 건 우르르 몰려다니는 겁 많은 당신네 남자들보다 대단한 거라 고요. 날 좀 내버려 둬요! 알아들었어요?"

구름이 걷히고 차가운 진눈깨비가 달아났다. 무릎이 못 견디 겠다고 신음 소리를 냈지만, 내 의지로 날씨를 바꿀 수 있다는 확신이 생기니 발걸음이 가벼워졌다.

나무 한 그루 없이 탁 트인 들판에서 들려온 경적 소리에 몽 상에서 깨어났다.

"안드라!"

아빠가 창 너머로 손을 흔들었다.

"간식 가져왔다."

나는 소금을 뿌린 땅콩을 흘겨봤다.

"내 배낭에 땅콩 있어요, 아빠. 에너지바에도 땅콩이 들어 있 고요. 그건 아빠가 드시고 싶어서 샀죠?"

"네 아빠를 알잖니."

엄마가 아빠의 항의를 누르며 말했다.

"너 주려고 샀어."

"아니잖아요, 아빠."

"그랬다니까! 하지만 네가 정 먹기 싫다면야……."

아빠는 봉지를 찢어 땅콩을 입에 쏟아 넣었다.

나는 바람에 날리는 머리카락을 얼굴에서 걷어냈다.

"바람이 세지네요. 그래도 비는 그칠 것 같아요. 최악의 상황은 이제 넘어간 거면 좋겠네요."

"이우카. 최악은 거기야."

엄마가 반지들을 만지작거리면서 쏘아봤다.

"한시라도 빨리 집에 가고 싶구나."

"왜요, 엄마? 우리가 함께하는 이 시간이 즐겁지 않으세요?"

엄마는 창 너머 저편으로 시선을 돌렸고 아빠는 큰소리로 말했다.

"이우카! 이름이 뭐 그 모양이야? 대체 그런 이름을 어디에서 따왔는지 궁금하지 않냐, 응? 이-우우-카."

"아이고, 맙소사. 며칠 내내 저 소리를 듣게 생겼네요."

나는 방수 재킷을 벗어 뒷자리로 던졌다. 추운 날에도 그 재킷을 입으면 찌는 듯이 덥고 땀범벅이 됐다. 지퍼와 찍찍이로 된 사우나에 들어앉은 기분이었다. 나는 양팔을 위로 올리고 축축한 부분에 바람이 통하게 했다.

"앞에는 들판밖에 없나봐요."

"그래서 우리가 널 찾아온 것이기도 해, 안드라."

엄마는 무릎에 놓인 손을 아직도 비틀어대고 있었다. 내가 그대로 물려받은 긴장할 때 나타나는 버릇이었다.

"작업반이 우리를 중지시키더라. 1.6킬로미터 전방에 들개 떼가 있대. 그 사람들도 확실히는 모르지만 네 마리 정도인가 봐. 걔네들이 사슴 시체를 먹고 있다지 뭐니. 시체를 치우려고 하니까 들개 한 마리가 그들을 공격했대."

"내가 도착할 때쯤엔 다 가고 없을 거예요."

나는 배낭을 둘러매고 종아리를 스트레칭했다. 그 사이에 아빠는 땅콩을 사방에 흘렸다.

엄마가 한숨을 쉬었다. 짜증이 난다는 신호였다.

"로이, 당신 좀 전에 아이스크림을 세 덩이나 먹었잖아. 땅콩 좀 그만 먹어. 난장판을 만들고 있네."

엄마는 청회색 눈을 내게로 획 돌렸다.

"그래도 이 구역을 지날 때까지는 차를 타고 가는 게 좋겠어, 안드라."

나는 오른쪽 어깨에 놓인 부두 인형의 위치를 조정하며 내 목소리에 날카롭게 서린 조바심이 사그라지기를 바랐다.

"속임수를 쓰면 안 돼요, 엄마. 난 걸어야 해요."

엄마가 운전석에서 몸을 들어 차 주변을 세심하게 둘러봤다.

"그놈의 말도 안 돼는 규칙은 대체 누가 만들었니?"

"그저 난 역사를 기리려는……."

"그렇다고 네 목숨까지 위험에 빠뜨릴 필요는 없잖아. 내가 널 얼마나 걱정하는지 알기는 해? 네가 이…….”

“어리석은 짓이라고요? 그 말을 하고 싶으신 거예요?”

엄마가 터키석 반지를 손가락에서 뺏다 꼈다 하는 동안 아빠는 입에 땅콩을 더 우겨넣었다. 가족이 함께하는 순간마다 긴장감이 흘렀다. 노골적인 감정들이 바닥에 깔려 있었다.

나는 배낭끈을 조이고 엄마에게서 떨어졌다.

“나도 이 도보 여행이 얼마나 어리석은 짓인지 알아요. 그래도 난 날마다 여기 나와서 걸어야 해요. 아시겠어요?”

나는 말을 멈췄다. 내 목소리에 담긴 화를 억누르려고 입술을 깨물고 다시 종아리를 스트레칭했다. 마음이 진정되자 말을 이었다.

“예전 사람들은 다 이렇게 걸었어요. 난 괜찮을 거예요.”

“넌 항상 그 소리를 하는데 네가 어떻게 알아? 난 일주일 넘게 이 여행을 경험했어. 차들이 거의 널 칠 뻔한 걸 봤어. 네가 통증 때문에 절름거리는 것도 봤고. 그 들개들이 널 쫓아오지 않으리라고 어떻게 장담해?”

“왜냐면요…….”

나는 북쪽으로 얼굴을 돌렸다.

“나를 보호해주는 이들이 있으니까요.”

“누군데?”

나는 엄마의 말을 못 들은 체하고 떠났다. 엄마는 내 행운의 부적인 부두 인형을 싫어했고 내가 나체즈 길에서 듣는 목소리들을 믿지 않았다. 죽은 개척자들, 먼 옛날의 인디언들, 군인들과 스페인 사람들과 동물들. 한 친구는 그들을 살아있는 영혼이라고 불렀다. 신앙심이 독실한 엄마와 맞지 않은 발상이었다. 나도 엄마와 같은 신앙을 가지고 있지만 나는 그 외의 불가사의한 믿음들도 받아들였다.

왜냐하면 본질적으로 모든 신앙은 우리가 볼 수 없는 존재에 대해 같은 설명을 하고 있기 때문이다.

메리웨더 루이스 사이트에 조금씩 다가갈수록 목소리들이 요란해졌다. 맑은 날에는 내 발소리에서 그들의 소리를 들었다. 그들은 빗방울 속에서 수다를 떨었고 돌풍의 뒷자락을 타고 날았다.

어느 날 아침, 그들은 사슴을 만들어냈다. 사슴은 언덕에서 달려내려와 내 옆에서 걸었다. 나는 사슴의 귀가 휙 움직이는 모습을 봤고 사슴의 헐떡거리는 숨소리를 들었다. 사슴의 발굽 소리가 고속도로에 울렸다. 사슴은 호기심이 가득한 한쪽 눈으로 나를 바라봤다.

고요함 속에서 목소리들이 들렸다.

"예전에 우리는 늘 이런 순간들을 경험했다오. 당신네들은 이런 순간들 없이 어떻게 살지?"

나는 어떻게 살았지?

어쨌든 엄마가 걱정하는 게 옳긴 했다. 나는 고가도로를 걸을 때는 운에 기대지 않았다. 어깨 위 부두 인형 옆에 무기 하나를 챙겨 다녔다.

경찰이 인증한 호신용 스프레이였다. 아직 한 번도 써본 적이 없었다. 조준 방향이 잘못돼서 내 얼굴에 뿌리거나 바람이 불어 독한 최루액이 나한테 날라올까 봐 겁이 났기 때문이다. 나는 무서워지면 늘 엉뚱한 걸 움켜잡는 사람이었다.

"연습을 해두는 게 좋겠어. 만일에 대비해서."

나는 어깨에서 스프레이 통을 홱 잡아빼서 플라스틱 꼭지를 젖혔다. 빨간색 버튼을 누르자 정액이 분출되는 것처럼 액체가 분사구에서 25센티미터 정도 나갔다.

"이게 다야? 힘없이 한 번 찍 나오는 걸로 보호가 된다고? 이게 날 돕기도 전에 누가 날 트럭에 싣고 아무도 모르는 곳을 향해 절반은 가고도 남겠네."

나는 허공에 대고 욕을 퍼부을 뻔했다.

"경찰 인증 호신용 스프레이라. '날 납치해주세요'라고 크고 굵게 써놓지 않은 게 더 이상해."

나는 화가 가라앉자 스프레이를 오른손에 감추고 엄지손가락을 빨간색 버튼 옆에 뒀다. 도로가 또 다른 들판을 가로지르는 지점에 다다를 때까지 따라 걸었다.

"여기가 들개가 나온 자리인가 보네."

나는 양쪽의 탁 트인 진흙투성이 공간을 훑어봤다. 잽싸게 뛰어가고 싶은 마음을 억누르고 속도를 천천히 유지했다. 나무들 사이에서 바스락거리는 소리가 공격자의 것일 가능성이 있었다. 만족할 줄 모르는 굶주린 사냥개들의 콧김일지도.

"에드가 앨런 포의 소설을 읽지 말았어야 해."

나는 막힌 데 없이 펼쳐진 도로를 걸으며 중얼거렸다. 부서진 울타리가 쳐진 양쪽의 경작된 토지와 덤불 사이로 뻗은 고가도로였다.

나는 고개를 쭉 빼고 서쪽에서 동쪽으로 주변을 둘러봤다. 심장박동과 호흡이 빨라졌다. 동물은 겁이 나면 페로몬이 많이 분비된다고 사냥꾼들이 주장하지 않았던가? 일단 '겁이 나면'이라는 생각을 하고 나자 무를 수가 없었다.

나는 목표물이었다.

그것도 모든 것의 목표물이 될 수 있었다.

나는 전속력으로 달리며 반복해서 읊조렸다.

"괜찮을 거야. 괜찮을 거야. 괜찮을 거야. 발을 빨리 움직여. 눈은 지평선을 주시해. 스무 걸음을 걸을 때마다 차선을 바꿔. 계속 움직여. 멈추면 안 돼. 괜찮을 거야. 괜찮아."

나무들이 있는 곳에 다다르자 그 밑으로 들어갔고 뒤를 돌아보지 않았다. 나는 스프레이를 쥔 손에 힘을 풀었다. 손금이 플라스틱 용기에 찍힐 정도로 힘을 주고 있던 참이었다. 나는 숨을 헐떡거리면서 이정표 옆에 앉아 무릎 사이에 머리를 묻었다.

엄마가 저쪽에서 차를 몰고 오고 있었다. 떨림이 가라앉자 이정표에 발을 올린 사진을 찍고 나서 차로 다가섰다.

엄마는 기다리고 있었다. 무릎에 양손을 올리고 미동도 없이 침묵을 지킨 채.

"우리가 도착했을 때는 들개들이 가고 없더라."

"네. 그런 것 같더라고요."

나는 차분한 목소리를 내려고 기를 썼다. 아까 돌아와서 그 말을 해줄 수도 있었잖아. 그렇게 하지 않은 엄마에게 너무 화가 났다.

"내 척추지압사 기억나니?"

역시 엄마답다. 예상치 못한 대화로 말 돌리기 전술의 대가가 아닌가.

게다가 그 남자를 어떻게 잊겠어? 내가 십 대일 때 엄마는 매주 그를 만났다. 엄마는 2년 동안 좌골신경통과 싸웠다. 나는 그가 엄마에게 딱 들러붙어 끌어안는 게 좋아서 엄마가 일부러 방문 기간을 늘리고 있는 게 아닌가 싶었다. 끌어안기. 엄마는 그것을 교정이라고 불렀다. 엄마는 항상 그가 얼마나 잘생겼는지 말했다.

"그럼요. 기억나요."

"음, 지난달에 죽었어. 들개 떼에게 마구 물려서."

엄마는 완벽하게 손질된 손톱으로 나를 쿡 찔렀다.

"난 네가 걱정돼, 안드라. 항상 이 험난한 길을 너 혼자서 걷잖니. 아니면 마이클하고만 걷거나. 난 그런 일이 너한테 생길까 봐 무서워."

엄마가 고속도로로 차를 돌려 사라질 때 나는 그 뒤꽁무니를 향해 스프레이를 찍 뿌렸다.

나를 겁줘서 그만 걷게 하려고 들개들과 사슴 시체에 대한 이야기를 지어냈나? 하긴 엄마가 그러는 게 처음도 아니지, 뭐.

나에게도 이루지 못한 꿈이 있단다

안드라는 항상 연극에 관심이 많았다. 연기를 좋아하는 취미는 나를 닮은 게지.

이야기하기를 좋아하는 것도 나를 닮은 거고.

외모도 대부분이 나를 닮았다.

안드라가 대학에서 〈남태평양*South Pacific*〉의 주연을 맡은 때가 기억난다. 나는 학교를 집에서 다니게 하고 싶지 않았다. 집에 두려는 것은 순전히 린다의 생각이었다. 나는 안드라가 집에서 독립해 자신만의 생활을 꾸려나가야 한다고 생각했다. 내가 그랬던 것처럼. 그러나 린다는 안드라를 내 모교인 조지아대학교에 보내려 하자 졸도할 지경이 됐다.

"내 딸을 그 학교에…… 그 죄악의 소굴에 보내지 않을 거야."

린다는 화를 내며 콧구멍을 벌름거렸다.

"나도 그 죄악의 소굴에 다녔지만 문제없었어."

그러나 무슨 말을 해도 아내의 마음은 바뀌지 않았다. 안드라는 집 근처 대학에 입학했고 계속 연극을 했다. 안드라가 집에 와서 요리 중인 린다를 찾을 때 나도 그 자리에 있었다.

"엄마!"

안드라는 내가 앉아 있는 안락의자를 슝 지나쳐 복도로 갔다.

"연극 지도 교수님이 플로리다주립대학교 뮤지컬과 오디션을 보라고 하셨어요."

나는 상체를 앞으로 구부리고 귀를 기울였다.

"교수님이 거기 아는 사람들이 있대요. 내가 충분히 배역을 얻어 편입할 수 있을 거라고 하셨어요."

자신의 왕좌에 앉아 양손에 지원서를 팽팽하게 쥐고 있는 린다가 보였다. 나는 린다가 저러다가 지원서를 확 구겨 엉덩이를 닦겠다 싶었다. 그녀의 목소리가 복도로 울려퍼졌고 나는 그 소리를 들으려고 TV 볼륨을 줄였다.

"넌 뮤지컬을 전공하지 않을 거야, 안드라."

"왜 안 돼요? 난 항상 뮤지컬을 좋아했고……."

"그냥 안 돼."

수돗물이 흐르는 소리가 들렸다. 린다가 지원서에서 묻은 세균을 씻고 있는 게지. 어찌나 화가 났는지 변기 물을 내리는 소리 사이로도 그녀의 목소리가 들렸다.

"넌 아이를 낳고 나서 파트타임으로 일할 수 있는 과를 전공해야……."

"난 아이를 낳지 않을 거예요."

나는 싱긋 웃었다. 과연 내 딸다웠다. 늘 싸움을 걸지.

"하, 지금 생각이야 그렇지만 넌 아직 어려. 곧 마음이 바뀔 거야."

두 사람의 목소리가 내 쪽으로 다가왔다. 나는 안락의자에 몸을 기대고 앉았다. 내가 그들의 이야기를 듣고 있었다는 사실을 알리기 싫었다. 린다가 마음을 정한 다음에 편을 드는 게 훨씬 수월했다.

내 평생 두 여자 사이에 끼어 살게 되리라고는 꿈도 꾸지 못했다. 어머니와 아내. 아내와 딸.

안드라는 린다를 따라 서재에 들어가서 계속 싸웠다.

"난 항상 연기가 꿈이었어요, 엄마. 아시잖아요."

"꿈은 문제를 일으킬 뿐이야."

나는 CNN의 볼륨을 높였지만 꿈에 대한 생각을 멈출 수 없었다. 안드라의 나이일 때 나도 꿈이 있었다. 테네시에서 벗어나기. 입대해서 여기저기 돌아다니기. 대학에 입학해서 어머니를 자랑스럽게 하기. 나는 서른 살이 되기 전에는 여자를 멀리했다. 그러다가 어찌어찌하여 정신이 나가 린다와 결혼하고 가정을 이뤘다.

내 삶이 꿈처럼 흘러가지 않았다는 말은 아니다. 그저 출근하고 집에 돌아가고 나한테 의지하고 있는 사람들을 부양하느라 등골이 휘도록 일만 하는 생활로는 성이 안 찼을 뿐이다. 나는 항상 가족을 실망시킬까 봐 무서웠다.

내 아버지처럼 될까 봐.

사람들은 부모가 되면 말한다.

"난 저 사람처럼 하지 않을 거야. 저러지 않을 거야. 저러지 않을 거라고."

그러나 어느새 돌아보면 절대로 되지 않겠다고 말한 바로 그 사람이 돼 있다. 나 역시 한때 다짐했다. 나는 술을 마시지 않을 거야. 린다 몰래 바람을 피우지 않을 거야. 이런 온갖 다짐을.

그렇지만 아버지가 나에게 무슨 말을 어떻게 해야 할지 끝내 몰랐던 것처럼, 나도 내 자식에게 말하는 방법을 끝내 알지 못했다. 우리 사이가 달라지기를, 아빠와 딸의 사이가 아주 좋은 사람들처럼 되기를 꿈꿨다. 안드라의 십 대 시절 내내 별의별 노력을 다 하고 난 뒤에야 내가 기회를 잃어버렸다는 알았다.

나는 영원히 그 꿈을 이루지 못할 거다.

때론 한 걸음 물러나야 할 때가 있다

앨라배마의 바람이 북서쪽에서 강하게 불어와 내 온몸에 휘몰아쳤다. 차들이 내 옆을 쌩쌩 지나갔다. 내가 몸을 회오리바람처럼 휘리릭 돌리는 〈벅스 버니Bugs Bunny〉의 테즈메이니아 데빌처럼 보이지 않을까 궁금했다. 나는 들개가 다닐 만한 길을 피하면서 가장자리에 나무가 드문드문 끝없이 펼쳐진 들판을 비틀거리며 가로질렀다. 풍경이 미시시피보다 훨씬 황량했다.

내 다리는 보이지 않는 힘에 이끌려갔다. 매번 내가 의도하지 않은 곳으로 발걸음이 나아갔다.

"6.4킬로미터 남았어!"

나는 큰소리로 외쳤지만 귀에 들리지 않았다. 말소리가 326마일 이정표 주위의 창공으로 빨려 들어갔다. 하늘을 향해 주먹을 휘두르는데 바람이 세차게 불어 모자를 잃어버릴 뻔했다. 양손으로 모자챙을 꼭 움켜쥔 나는 날마다 기쁨을 발견하자는 결심을 잊었다. 대신 상체를 뒤로 젖히고 고함쳤다.

"바람으로 날 시험하냐? 또 나한테 무슨 짓을 할 셈이야?"

내 상상이었을까? 아니면 진짜로 바람이 웃었나?

트랙터 한 대가 도로 건너편 들판의 도랑들을 이리저리 누비고 있었다. 사방으로 퍼진 먼지 구름이 도로에 부딪쳐 더럽고 불투명한 벽이 생겼다. 나는 트랙터 운전자가 내가 지나갈 동안 가동을 멈춰줬으면 해서 펄쩍펄쩍 뛰고 소리를 지르고 손을 흔들었다. 엉덩이나 가슴을 내보여야 되나 하는 생각까지 했다. 그 순간엔 왜 사람들이 관심을 끌려고 그런 짓까지 하는지 완전히 이해됐다.

트랙터는 땅에 깊은 홈을 만들며 왔다 갔다 했다. 아무리 소리를 쳐도 윙윙거리는 엔진 소리나 으르렁거리는 돌풍 소리와 경쟁이 안 됐다. 완전히 패배한 나는 뿌연 먼지 속을 비틀비틀 걷다가 달리는 승합차와 부딪칠 뻔했다. 승합차는 돌풍과 싸우며 나를 향해 달렸고, 나는 그 차를 피하려고 배수로로 얼른 움직였다. 손을 흔들려고 들어 올리자 휘몰아치는 힘에 팔꿈치가 확 꺾였다.

승합차는 전속력으로 잔디밭으로 들어와 내 옆에 섰다.

"난 괜찮아요!"

조수석에 앉은 사람이 창문을 내리자마자 나는 입을 열었다.

그녀가 내 얼굴 바로 앞에 직사각형 물체를 흔들었다. 나는 하던 말을 뚝 멈췄다.

내 책이었다.

"당신을 만나려고 왔어요. 여기 사인해주세요."

상상도 못한 요청이었다. 바람의 장난인가? 나는 모자챙을 귀 옆으로 동그랗게 말았다.

"뭐라고요?"

"이 책이요! 당신 아버지가 콜버트 페리에서 이 책을 우리에게 팔았어요. 당신이 사인을 해주면 좋겠어요."

세찬 바람이 불어 몸이 문에 부딪쳤다. 나는 슬쩍 아래를 내려다보며 차에 흠을 내지 않았기를 바랐다. 조수석에 앉은 여자가 씩 웃으며 책을 평평하게 폈고 운전석에 앉은 남자가 나에게 펜을 건넸다.

"우리는 윌리엄 클라크의 친척입니다."

그가 말했다.

"오스틴 집안과 연결돼 있거든요."

뒷자리에 앉은 남자가 맞장구를 쳤다.

"그래서 당신이 메리웨더 루이스에 대한 책을 썼다는 이야기를 듣고 바로 샀어요."

나는 문틈으로 몸을 들이밀어 우르릉거리는 바람 소리를 잠시 피했다.

"어디서 오셨어요?"

"테네시요. 이 도로로 조금만 가면 돼요. 당신이 대단하다고 생각해요. 나체즈 길을 걷다니. 그리고 메리웨더 루이스에 대해서 글을 쓴 것도요."

"대단하죠. 아니면 대단히 미쳤거나."

나는 세 사람을 보며 빙그레 웃었다.

"음, 사학자들은 루이스가 미쳤다고 생각하죠. 그러나 클라크의 친척인 우리는 루이스가 살해당했다고 믿어요."

손가락이 부어서 첫 페이지에 내 이름을 쓰기가 힘들었지만 그들의 말에 아픈 줄도 몰랐다. 나체즈 길은 나에게 자신감이 필요할 때마다 사기를 높일 방법을 찾아줬다.

"내 책이 마음에 드시면 좋겠네요. 등장인물에게 애정을 가진 사람들이 책을 읽고 의견을 낼 생각을 하면 좀 겁이 나요."

"우리 모두 기대가 크답니다."

나는 그들에게 구부러진 명함을 건넸다.

"다음에 연락 주세요. 이런 날씨에 나와주셔서 고맙습니다. 두 분 덕에 일주일 내내 행복할 거예요."

나는 차에서 멀어지면서 바람을 잊었다. 테네시 강까지 3.2킬로미터를 걷는 데 30분도 안 걸렸다. 발이 날 듯 땅을 디뎠다. 코버트 페리 진입로를 따라 걷다가 늦은 점심을 먹으려고 부모님 차에 올라탔다.

"그 사람들이 널 찾아냈냐? 사인을 받았고?"

"네, 아빠."

나는 땅콩버터 샌드위치를 베어 물었다.

"책에 사인을 더 해야겠다, 안드라. 사인이 안 돼 있으면 못 팔아. 사람들은 사인이 된 책을 원해."

"밥 먼저 먹으면 안 될까요?"

"사인을 안 하고 차에서 내리지만 마라."

손가락이 두툼한 소시지처럼 부어올라 샌드위치를 잡아 간신히 입에 넣는데 덜덜 떨렸다. 차 내부가 광활한 바다에 떠 있는 것처럼 흔들렸다. 눈을 깜박였지만 흔들림이 더 심해졌다.

"빗속에 너무 오래 걸었나봐요."

엄마가 백미러를 휙 봤다.

"간식을 먹으려고 멈추지 않았어?"

"비바람이 들이치지 않는 곳을 못 찾겠더라고요. 이렇게 바람이 부는데 밖에 앉아 먹을 순 없잖아요."

나는 풍선같이 부은 손으로 얼굴에 부채질을 했다.

"좀 어지러워요. 곧 지나갈 거예요."

아빠가 손가락에 낀 조지아대학교 졸업 반지로 계기판을 톡톡 두드렸다.

"책에 사인을 하는 게 좋을 게야."

"아빠."

"로이."

엄마와 내가 동시에 내뱉었다.

"그 잔소리 좀 안 들으면서 몇 분이라도 쉴 수 있게 해주시면 안 돼요?"

"난 널 돕고 있어. 널 돕는 중이란 말이야. 이건 네 꿈이잖아. 그런데 네 역할을 안 하는구나."

내가 열세 살 때 아빠가 한 말이 고스란히 들리는 듯했다.

"실패자로 크면 안 된다, 안드라. 시작한 일은 꼭 끝마치는 습관을 들여야 돼. 어려움을 참고 계속하는 정신을 길러야 해."

나는 먹다 만 샌드위치를 뒷좌석에 던졌다.

"빌어먹을!"

엄마가 반지를 주렁주렁 낀 손가락으로 귀를 막았지만 나는 엄마가 불쾌해하든 말든 상관없었다. 책이 들어 있는 새 종이상자를 열다가 살을 베었다.

"자, 좋아요. 사인하고 있어요. 열 권이에요. 마지막 한 권까지 오늘 다 파시는 게 좋을 거예요."

"이미 팔……."

"이미 몇 권을 파셨는지 관심 없어요, 아빠. 아직 3.2킬로미터가 남아 있잖아요. 내가 이런 몸 상태로 사인해야 한다면, 아빠도 다 파셔야 해요."

"그렇지만……."

"무슨 문제 있어요? 하긴 장담하건대 아빠는 한 시간에 다섯 권도 못 파실 거예요."

"두고 봐라."

아빠는 차양을 툭 치고 씩 웃었다. 아빠에게 말다툼은 나에게 닿는 구명줄이었다.

그러나 문을 열고 허리케인 같은 세찬 돌풍에 부딪치고 보니 내 결심이 스르륵 날아가버리는 게 느껴졌다. 가로질러야 할 중요한 장소가 아직 하나 남아 있었다. 존슨 커피 메모리얼 브리지였다. 나체즈 길에서 가장 긴 이 이차선 다리는 테네시 강 양쪽에 걸쳐 있었다.

"엄마, 곧 다리가 나올 거예요. 다리 근처까지 차로 가서 일단 둘러봤으면 해요. 걷기 전에요. 이 바람을 맞으며 끝까지 걸을 수 있을지 확실치 않네요."

"이 날씨에 걸으면 안 되지."

아빠가 중얼거렸다.

나는 아빠의 어깨를 움켜쥐고 억지로 웃음을 참았다.

"난 아빠 생각에 신경 안 써요."

"허허. 나도 안다."

엄마가 구불구불한 길로 차를 운전해 절벽에 세웠다. 테네시 강은 끓어넘치는 냄비처럼 마구 출렁거렸다.

코버트 페리라는 이름은 테네시 강에서 사람과 동물과 물건을 실어 나른 사공과 배의 이름에서 따왔다. 뉴올리언스 전투의 여파가 남은 시절, 그 사공은 부대와 물자를 한쪽 둑에서 반대쪽 둑으로 실어 나르는 삯으로 미국 대통령 앤드루 잭슨Andrew Jackson에게 5만 달러나 청구해 오명을 얻었다. 나는 올드 트레이스와 물가가 접하는 지점에 있는 암석투성이 협곡을 쳐다봤다. 메리웨더 루이스가 이 먼 남쪽까지 내려왔다면 그 지점에서 강을 건넜을 것이다. 루이스도 내가 선 자리에 서서 배를 기다렸을지 모른다.

나는 그가 살던 시대를 상상했다. 루이스는 병 때문에 멤피스 구역 미시시피 강에서 떠나야 했다. 그는 2주 동안 피커링 항구에서 몸조리를 한 뒤에 치카소 인디언 보호관인 제임스 닐리와 육로로 이동하기 시작했다. 닐리는 내슈빌까지 앞장섰다. 그는 병든 루이스를 호위해주고 다른 길동무도 찾아주겠다고 했다.

두 사람은 오지를 가로질러 가면서 줄곧 술을 마셨고 소중한 말 한 마리를 잃었다. 닐리에 따르면 루이스는 말을 찾으라고 그에게 명령한 반면에 닐리는 그냥 계획대로 그린더 여관으로 가자고 주장했다.

바람에 날린 목소리들이 내 얼굴을 찰싹 쳤다.

"말을 듣고 있는 거요, 아가씨? 우리는 물 위를 걸을 수 없었소. 다들 배를 타고 건넜단 말이외다."

나는 텅 빈 주차장을 둘러봤다. 엄마와 아빠가 시동이 걸린 머큐리에서 손을 흔들었다.

나는 배 대신 차를 타면 될 거다.

뒷좌석에 앉는 순간에도 여전히 바람이 내 머릿속에서 웅웅 기승을 부렸다.

"차로 강을 건너주세요, 엄마."

아빠가 안전띠를 맸다.

"이번 여행에서 네가 한 말 중에 가장 분별 있는 말이로구나."

"3.2킬로미터 내에서 책 열 권을 어떻게 다 팔지나 궁리하세요, 아빠."

나는 가죽으로 된 머리 받침대에 기대 눈을 감았다.

오늘 가야 할 길은 3.2킬로미터가 남았다. 마지막 종착지까지는 183.4킬로미터가 남았다.

과연 내가 결승선을 넘을 수 있을까?

가족은 기대기만 하는 존재가 아니다

테네시 주 콜린우드. 인구 991명.

"이 방이에요, 귀염둥이."

나는 다리를 절뚝거리며 유리문을 지나 제2의 린다를 따라 길쭉한 방으로 들어갔다. 침대 두 개가 같은 공간에 자리 잡고 있었다. 형광등 때문에 천장 타일에 점점이 빛이 반사되었다.

"욕실이 아주 작아요. 원래 이곳을 사무실로 만들 계획이었거든요. 하지만 나체즈 길을 자전거로 여행하는 사람들이 많아서 숙박용으로 개조했죠."

욕실 문을 닫으니 몸을 돌릴 수조차 없었다. 과연 아빠가 들어올 수 있을지 미심쩍었다.

그래도 침대는 침대였고, 나는 침대가 필요했다. 그리고 나를 환영하는 영혼도.

나는 욕실 문을 열고 제2의 린다에게 미소지었다.

"완벽해요."

침대가 있으면 어디에 묵든 상관없었다. 이곳은 깔끔했다. 거실이 넓었고 제2의 린다는 배려심 있고 자상했다. 비바람을 뚫고 24킬로미터를 걷고 난 터라 그저 눕고 싶은 마음뿐이었다.

침대로 향하는 나를 엄마의 말이 가로막았다.

"우리는 욕조가 있기를 정말 바랐어요. 저 애는 발을 담가야 하거든요."

"엄마, 그럴 필……."

엄마는 매니큐어를 칠한 한쪽 손을 엉덩이에 올렸다.

"발을 보여드려, 안드라."

"안 돼요, 진짜. 아무도 내 발을 볼 필요가 없어요. 아무도요."

나는 풀다 만 운동화 끈을 만지작거렸다.

"위층에 올라와서 내 욕조를 쓰세요."

제2의 린다는 딱딱해진 양말 한쪽을 보더니 서둘러 문으로 향했다.

"얼른 준비해놓을게요. 노크할 필요도 없어요. 그냥 들어오시면 돼요."

그녀는 우리가 이의를 제기하기 전에 밖으로 나갔다.

엄마의 얼굴이 승리의 환희로 빛났다.

"네가 오늘 어떻게 24킬로미터를 걸었는지 모르겠구나. 금방이라도 쓰러질 것 같아 보여. 어서 가렴. 내가 우리 짐을 들여놓을게."

"아빠가 안 도와주신대요?"

나는 뜯겨나오는 피부 때문에 움찔움찔하면서 다른 쪽 양말을 벗었다.

"응. 중심가에 내려드렸어. 팔아야 할 책 다섯 권에 대해 뭐라고 중얼거리시더라."

"절대 못 파실 거예요."

나는 엄마가 짐을 내리도록 맡겨두고 바깥에 난 계단으로 다리를 질질 끌고 올라가 주인집으로 들어갔다.

제2의 린다가 문가에서 나를 맞았다.

"손자들이 여기서 같이 지내니까 욕실 문을 잠그세요. 안 잠그면 다섯 살짜리 아이 때문에 깜짝 놀라게 될지 몰라요. 다 준비돼 있어요, 귀염둥이."

나는 그녀를 따라 침실에 딸린 욕실로 들어갔다. 욕조에 뿌린 엡섬 솔트Epsom sault가 녹기를 기다리는 동안 세면대를 잡고 옷을 잡아당겼다. 다리를 굽힐 수 없어서 옷을 벗기가 보통 힘든 일이 아니었다. 압박 타이츠를 조금씩 허벅지에서 끌어내리면서 당장이라도 바닥에 넘어져 두개골이 깨지지 않는 게 신기했다.

통증 때문에 힘이 죄다 빠져나갔다. 테네시 강은 나를 휘청거리게 했지만 강물은 박수를 보냈다. 이제 세 개의 주 가운데 메리웨더 루이스가 지나간 구역인 두 번째 주를 거의 다 걸었다. 통증이 극심해서 괴로웠지만, 계속 나아가는 아빠를 보는 자랑스러운 마음을 사그라뜨릴 수는 없었다. 내가 특별한 선물을 공유하고 있다는 것을 알았기 때문이다. 그 선물은 늙어가는 부모와의 모험이었다.

델 정도로 뜨거운 물에 몸을 푹 담그고 발에서 반창고를 떼어냈다. 새끼발가락 발톱이 떨어져나온 피부에 붙어 있었다. 발가락 두 개는 보라색이었다. 매니큐어가 벗겨진 부분은 괴사라도 일어난 것처럼 보였다. 나는 눈을 치켜뜨며 투덜거렸다.

"이제 영영 예전 발로 돌아오지 않겠네."

15분. 30분. 물이 식을 때까지 몸을 푹 담그고 있었다. 미시시피주 레이몬드에서 거품 욕조를 사용한 후로 가장 긴 목욕 시간이었다. 내 방으로 돌아오면서 제2의 린다가 한 시간 동안 욕실을 쓴 나를 보고 뻔뻔하다고 생각하지 않기를 바랐다.

욕실을 오래 쓴 것은 뻔뻔해서라기보다 시도 때도 없이 소변을 봐야 해서 수시로 욕실을 드나드는 아빠가 주변에 없는 덕이었다. 아빠가 보고 싶었다. 방해할 아빠가 없으니 이제야 내가 아빠의 급한 요의에 얼마나 익숙해졌는지 알게 됐다.

방으로 돌아와 막 잠에 빠지려는 찰나 아빠가 우리 방의 유리문을 열어젖히고 서둘러 들어왔다.

"어이, 안드라. 안드라! 자냐? 어이! 잠든 거야?"

아빠가 내 팔을 꾹 찔렀다. 한 번. 두 번.

눈을 뜨는 것조차 아팠다.

"이제 깼어요, 아빠."

"흠, 열 권 다 팔았다. 열 권. 저 위 길가에 있는 커피숍에서."

"그 사람들을 매수하셨겠죠. 아니면 공짜로 주셨거나."

"아니야, 안 그랬어. 넌 내가 오늘까지 다섯 권도 못 팔 거라고 장담했지? 그 두 배야."

"알았어요. 대단하세요."

나는 새틴 시트에 몸을 묻고 베개로 얼굴을 가렸다.

아빠는 우쭐거리며 손가락으로 내 방패를 찔렀다.

"애로점이 하나 있긴 해."

"뭔데요?"

"도매를 원하더라고. 할인해달라고. 자기들 가게에서 책을 팔 거라고. 너라면 얼마에 팔겠냐?"

내가 몸을 확 일으켜 앉는 바람에 아빠의 손가락이 내 눈을 찌를 뻔했다.

"그 책들은 계산에 넣지 마세요. 할인해 넘기면서 팔았다고 하시면 안 되죠."

"열 권을 채운 건 맞잖아. 어떻게 팔라는 말은 하지 않았지 않냐. 오늘까지 열 권을 팔라고만 했지. 커피숍 사람들이 도매가로 사고 싶어 한단 말이다."

아빠는 불룩한 배 위로 팔짱을 꼈다. 아빠의 눈이 번쩍거렸다. 정말이지 끊임없이 나를 몰아붙이는 양반이었다.

내가 방 저편으로 휙 던진 베개에 마침 들어오던 엄마가 맞았다. 하지만 나는 멈추지 않고 고함쳤다.

"좋아요. 그 가격에 파세요. 대신 1페니도 더 깎아주면 안 돼요. 그 사람들이 그 가격에 동의하지 않으면 아빠가 내기에서 지는 거예요."

아빠는 손가락을 내 얼굴 바로 앞에서 흔들었다.

"오늘 저녁밥은 네가 사는 거야. 참고로 나는 엄청나게 배가 고프다."

아빠는 문을 꽝 닫고 나갔다.

나는 엄마를 바라봤다.

"아빠가 거기까지 걸어가신다는 거예요? 정말? 커피숍까지 거의 네 블록이나 되는데. 내가 저 뚱뚱한 아빠를 운동시키려면 이 방법밖에 없는 건가요?"

"네 아빠가 돌아오기 전에 저녁밥을 챙겨주마."

엄마는 콜린우드에 몇 개 안 되는 식당 가운데 한 곳의 메뉴판을 나에게 건넸다. 튀긴 탄수화물 덩어리들이 나열된 페이지를 두 장째 훑어보는데 배에서 꼬르륵 소리가 났다. 거의 563킬로미터를 걸었지만 몸무게가 1킬로그램도 빠지지 않았다. 가정식 버거의 사진과 설명에 입에 침이 고였지만 샐러드가 나온 페이지만 보려고 기를 썼다. 이 식당의 주력 요리가 맛나게 튀긴 음식인 마당에 샐러드를 고르려니 영 탐탁지 않았다.

나는 메뉴판을 던져버렸다.

"배 안 고파요."

"먹어야 해, 안드라. 점심도 거의 안 먹었잖아."

엄마는 비닐이 덮인 페이지를 내 손가락 사이에 밀어 넣었다.

"그건 아빠 잘못이었어요."

"아니, 둘 다 말다툼을 즐겼어."

나는 메뉴판을 놓고 머리 위로 이불을 끌어올렸다. 엄마의 목소리가 이불을 뚫고 들어왔다.

"너 먹을 햄버거 사올게. 네 아빠는 거기에 적어도 한 시간은 있을 거야. 분명히 새로 만난 사람들에게 얘기를 늘어놓겠지. 넌 먼저 저녁밥을 먹고 네 아빠가 돌아와서 내기에서 이긴 상을 달라고 우기면 잠든 체하고 있어."

나는 이불을 확 젖히며 앉았다.

"침대에서 30센티도 안 되는 거리에서 수면무호흡증 치료기가 요란하게 울려대는데 어떻게 잠들 수 있겠어요?"

"어떻게 해야 네가 잠들 수 있을지 나도 모르겠구나. 어쨌든 분명한 건 난 너랑 잘 거야. 사흘 동안 네 아빠랑 한 침대를 쓴 걸로 충분해."

엄마는 내가 뭐라고 말대답을 하기도 전에 잽싸게 문을 나섰다. 나는 여기저기 찢어진 발의 곡선을 손가락으로 훑었다. 피 투성이의 상처 하나하나가 승리의 상징이었다.

"며칠밖에 안 남았어, 안드라. 정확하게 일주일. 여기까지 올 거라고는 예상 못 했잖아."

아빠가 수표를 흔들면서 거들먹거리며 방으로 들어왔다.

"팔았다. 열 권."

아빠는 수표를 이불 위로 던졌다.

"내가 내기에서 이겼어. 자, 이제 네 사랑스러운 아빠에게 튀 긴 양파링을 사줘야지?"

"엄마가 내 저녁밥을 사러 식당에 가셨어요. 거기 가서서 아 빠가 드시고 싶으신 건 뭐든지 엄마에게 말하세요."

나는 아빠가 방을 나서기 직전에 소리쳤다.

"그런데 양파링 한 접시 다 드시고 와서 밤새 이 방에 냄새를 풍기시면 가만히 안 있을 거예요."

언젠가는 이 순간을
그리워할 것을 알기에

이틀 후, 또 다른 24킬로미터의 시작점에 선 나는 오르막길을 다섯 시간 동안 걸으면 과연 허벅지 뒤의 근육과 건조한 발이 어떻게 될지 의문스러웠다. 나는 260마일 이정표에서 운동화 끈을 꽉 묶으며 물이 떨어지는 소리로 주의를 돌렸다. 고속도로 옆 협곡 사이로 개울이 졸졸 흘렀다. 그 소리는 첫 3킬로미터를 걷는 동안 내 마음을 달래는 동반자가 돼줬다.

그렌록 브랜치에서 볼일을 볼 때쯤 다리와 발이 의지력에게 경고를 했다. 나는 진짜 화장실을 사용하고 가파른 길을 천천히 달려 개울로 내려갔다. 몸을 쭉 펴면 빠르게 흐르는 물에 발가락을 담글 수 있을 듯했다. 겨울의 끝자락이라 물은 얼음장같이 차가웠다. 몇 분 동안 담그고 있자 발목 아래로 전혀 감각이 없었다. 거의 한 달 만에 양쪽 발의 통증이 동시에 없어졌다.

나는 거의 오르가슴을 느낄 뻔했다.

"안드라! 괜찮냐?"

아빠의 직감은 주차장 울타리 너머에서조차 발동했다.

"아주 좋아요, 아빠! 그냥 동영상을 찍는 중이에요."

나는 아빠를 향해 아이폰을 흔들었다. 자연적으로 생긴 돌무더기 주변으로 개울이 세차게 흘렀다.

아빠는 비탈길을 두 걸음 내려왔다. 딱 두 걸음이었다. 다시올라갈 때 힘들까 봐 더 이상 내려오지 않았다. 아빠는 내가 올라오기를 기다렸다. 내가 절반도 가기 전에 아빠는 말을 하고있었다.

"조금만 가면 커다란 언덕이 나올 거야."

"말하지 마세요. 말하지 마세요. 말하지 마세요!"

나는 아빠 옆으로 올라서서 숨을 헐떡거렸다.

"전 지도를 볼 때 화장실 위치만 확인해요. 아시잖아요."

"그렇지만 지금까지 그 산길로 운전해왔는데 뭐. 언덕이 엄청나게 가팔라."

나는 모자로 귀를 가렸다.

"뭐가 나올지 알고 싶지 않다고 말했잖아요."

"그리고 구불구불해."

"아빠!"

"운전자들이 커브 길에서 널 발견하지 못할 거야."

아빠는 검정색 조지아 불도그 모자를 비틀어대며 자신의 발로 시선을 내렸다.

"나는, 어…… 그냥 네가 조심했으면 해서."

나는 아빠의 팔을 쓰다듬으며 차분한 목소리를 내려고 노력했다.

"주변을 잘 살피면서 걸을게요."

"그걸로는 부족해. 그러니 하는 말 아니냐."

아빠는 내 손을 떨쳐냈다.

"도로 한쪽은 완전히 암벽이야. 다른 쪽은 이 개울로 이어지는 엄청난 급경사면이고. 네가 고속도로를 따라 걸으려면 그 절벽을 올라가야 한다는 말이야. 운전자들이, 운전자들이 빠르게 차를 몰면, 음, 널 못 볼지 몰라."

나는 학교 친구의 오토바이를 탄 때가 기억났다. 그 남자애는 나를 데리고 열다섯 살의 폭주를 즐기러 갔다. 나는 엄마와 아빠에게 가도 되냐고 물어보지 않았다. 그냥 올라탔다. 우리는 동네 여기저기를 부르릉거리며 신나게 달렸다. 흙더미가 몇 개 나올 때마다 뛰어넘으며 흥분에 젖기도 했다.

집에 오니 아빠가 무표정한 얼굴로 안락의자에 앉아 있었다.

"네 방으로 가라, 안드라. 엉덩이를 맞아야겠다."

아빠는 이미 양손으로 허리띠를 팽팽하게 잡고 있었다.

"왜요? 내가 뭘 잘못했는데요?"

부모님이 마지막으로 나를 때린 때는 기억도 잘 나지 않을 정도로 오래전이었다. 초등학교 때 체벌을 받은 생각이 희미하게 나긴 했다.

아빠는 내 발에서 몇 센티미터 떨어진 자리에서 허리띠를 흔들었다.

"내가 조지아대학교 장례식장에서 일할 때 그놈의 오토바이들 옆에서 뭘 봤는지 아냐? 토막난 시체들. 성별마저 구분할 수 없게 엉망이 된 여자애 시체들. 나는 그 여자애들 중 한 명의 시체를 고속도로에서 수습해야 했다. 조각난 몸뚱이를 하나하나. 사람인지 아니면 차에 치여 죽은 동물인지 구분하지도 못 하겠더라."

아빠의 눈에 눈물이 글썽였다. 나는 아빠의 고통스러운 기억을 모른 체 할 수 없었다.

"몰랐어요. 한 번도 말씀 안 하셨잖아요."

"흠, 금방 말했지 않냐."

아빠는 허리띠 걸쇠를 만지작거리며 나를 외면했다.

"아빠."

나는 아빠의 넓은 어깨를 한 팔로 안았다.

"오토바이를 타는 게 아빠를 이렇게 속상하게 할지 몰랐어요. 제발 아빠의 기억 때문에 나를 벌주지 말아주세요. 그렇게 위험하면 다시는 타지 않을게요, 네?"

아빠는 그로부터 거의 30년이 지나서야 조각난 고깃덩어리가 된 딸을 보게 될까 봐 두려운 마음을 인정했다.

나는 털이 숭숭 난 아빠의 귀에 삐죽 걸린 1980년산 보청기를 흔들었다.

"적어도 난 차가 오는 소리를 들을 수 있잖아요. 나도 사랑해요, 아빠."

나는 아빠가 대답을 하기 전에 도로를 향해 빠르게 걸었다.

아빠와 나 둘 다 성장하고 있는지도 모르겠다.

도로가 오른쪽으로 휘어졌고 계속 절벽을 따라 이어졌다. 의지력만 있으면 된다고 마음을 굳게 먹고 비탈길을 급히 올라가다가 암석층에 손가락 관절이 긁혔다.

나체즈부터 내슈빌까지 714킬로미터에 걸쳐서 고도가 높아져 304미터 가량 차이가 났다. 나는 그 경사도를 느끼지 못하리라고 예상했다. 한 독자가 실제 고도 변화에 대해 질문을 했을 때에야 인터넷에서 검색을 해봤다. 테네시 주에서는 진짜 등산을 해야 할 판이었다.

나는 다음 커브 길에서 아킬레스와 그의 빌어먹을 건에 욕을 퍼부었다. 보도가 10도로 기울어 하늘과 맞닿아 있었다. 뻣뻣한 발목이 말을 안 들어 밑으로 펴지지 않자 어쩔 수 없이 발끝으로 걸어야 했다. 도로에서 움켜쥘 것이라고는 물집에서 진물이 흐르는 내 손뿐이었다. 구불구불한 언덕들과 그림 같은 개울을 보며 느끼던 신기한 기분이 숨을 헐떡거리고 이를 뽀드득 가는 상태로 바뀌자 힘껏 불태우던 투지가 날아갔다.

"검색을 해봐서 알고는 있었지만 이렇게 갑자기 닥치게 될 줄은 몰랐네."

나는 땀에 젖은 얼굴을 소매로 닦고 눈을 깜박여 다시 초점을 맞췄다. 흐르는 물. 새로 돋아난 빨간 새싹. 꽃봉오리. 내 앞에서 이리저리 날아다니는 딱따구리 한 마리. 딱따구리가 나무 몸통을 부리로 두드렸다. 그 소리가 모스 부호 같았다.

"넌 할 수 있어. 넌 할 수 있어. 넌 할 수 있어."

조금 힘이 난 발걸음을 내딛는 순간 차 한 대가 나한테서 9미터 정도 떨어진 커브 길을 엄청난 속도로 돌아 달려왔다. 나는 차에 치지 않으려고 어깨를 확 돌리다가 울퉁불퉁한 암벽에 세게 부딪쳤다. 자동차 매연이 코로 확 밀려들었다. 나는 손가락 관절과 팔과 무릎을 살펴봤다.

"피부가 몇 겹은 벗겨질 줄 알았는데 무사하다니 말도 안 돼."

나는 오른쪽 발을 텅 빈 보도에 올리고 결리는 등을 무시했다. 그 차는 속도를 한 번도 늦추지 않았다.

간신히 몸을 움직여 고원에 다다랐다. 암석들이 사라지고 우아한 들판과 울타리가 쳐진 목초지가 펼쳐졌다. 나는 풀로 덮인 산마루를 깡충깡충 뛰어보려고 노력했다. 아름다움이 통증을 이겼다. 모험심이 고통을 이겼다. 나무 두 그루가 함께 끼익 소리를 냈다. 일상생활의 소음 속에서 알아채본 적 없는 선율이었다. 370마일 이정표에 발을 올리고 사진을 찍었다.

"오늘은 혼자 걷는 마지막 날일 거야."

이 생각이 들자 안타까웠다. 수많은 어려움에도 불구하고 혼자 걷기에서 기쁨을 발견했다. 만신창이가 된 내 몸뚱이만으로 걸으며 자연이 틀어주는 영화를 보고 갖가지 상상을 하고.

내 영혼은 텅 빈 말벌의 보금자리를 보면서 가책을 느꼈고 안타까워했다. 햇볕이 내리쬐는 들판을 가로지르며 꽥 소리를 질렀고 수천 송이의 수선화 사이에 서 보기도 했다. 이 모든 순간의 여주인공은 오직 나였다.

나는 팔을 쫙 벌리고 빙글빙글 돌다가, 끝내고 싶지 않다는 깨달음에 깜짝 놀랐다. 홀로 걷는 내 여행은 마법 같고 신화 같은 기쁨이었다. 가장 힘들 때조차 나체즈 길은 내게 보상을 해줬다. 눈물이 더러운 뺨을 타고 흘러내렸다.

"여행이 다 끝나면 아주 그리울 거야."

차 한 대가 나에게 다가오면서 속도를 낮췄다. 내가 손을 흔들기도 전에 조수석의 열린 창문 사이로 초록색과 하얀색이 번쩍였다. 나는 양손을 머리 위로 들고 엄지손가락을 치켜세웠다.

"내 책이다! 내 책을 읽고 있군요!"

나는 엔진 소리가 희미해지고 꽤 지난 후까지 수선화들 사이에서 춤을 췄다.

책에 대해서는 거의 잊고 있었다. 나는 내 책을 읽으라고, 사람들을 설득하려고 목숨을 건 여정에 나섰다. 내 이야기에 헌신적인 태도를 보여주면 몇 명이라도 더 읽을 거라고 생각했다.

이제는 더 이상 신경 쓰지 않았다.

수없이 생겼다 가라앉고 또다시 생기는 겹겹의 물집이 이기적인 동기를 덮어버렸다. 내가 걷는 목적은 단순히 책 때문이 아니었다. 여행을 떠나기 전에는 나는 늙어가는 부모와 함께하는 모험의 가치를 결코 몰랐다. 문명은 역사의 실수를 되풀이한다. 마찬가지로 가족은 불화를 대대손손 답습한다. 714킬로미터를 혼자 걷는 도보 여행은 허황된 기대들을 벗겨냈고 나를 엄마와 아빠에게 밀접하게 결합시켰다. 우리는 과거의 자리에서 벗어나 역사를 다시 쓰게 되리라.

흔들리는 시야에 373마일 이정표가 들어왔다. 나는 모자를 벗었다. 손가락으로 머리를 빗는데 두피가 따끔거렸다. 눈을 몇 번 깜박였지만 여전히 세상이 갸우뚱했다.

"3.2킬로미터 남았어. 제길. 이 순간에 완전히 몰입하느냐 먹는 걸 잊어버렸잖아."

엄마에게 전화하려는데 엄마에게서 전화가 왔다.

"엄마? 어디에 계세요?"

"갓길에 있어. 374마일 이정표 바로 밑이야."

"좋아요. 거기서 기다리세요. 좀 어지럽네요."

"내가 가서 너를 태워올게. 네가 어⋯⋯."

"아니에요."

이로 에너지바 포장지를 잡아 찢었다.

"시간 가는 줄 몰랐어요. 아무것도 안 먹었고요. 곧 엄마랑 아빠랑 앉아서 점심을 먹을 거예요, 아셨죠?"

엄마 옆에 있는 아빠의 목소리가 들렸다.

"그애가 끝낼 때까지 기다릴까 봐."

"로이 당신은 갈 데가 없다고 해서 가만히 있는 사람이 아니잖아. 그리고 안드라? 너 주려고 감자칩을 가져왔어."

감자칩. 그런 정크푸드에 갑자기 의욕이 생기다니 나도 참 여전히 얄팍했다. 탄수화물 덩어리를 먹을 수 있다는 기대에, 기울었던 세상의 축이 똑바로 돌아왔다.

"아빠한테 제가 도착하기 전에 다 드시면 안 된다고 전해주세요."

"다 드실지도 몰라, 안드라. 서두르는 게 좋을 거야."

15분 뒤, 나는 짭짤한 죄악의 음식을 차 뒷좌석에 앉아 우적우적 씹어 먹으며 아이폰 계산기로 총 걸음수를 계산했다. 내슈빌에 들어갈 때 즈음이면 아스팔트 위에서 101만 3,000걸음을 걷게 되리라는 계산이 나왔다.

오지 하이킹을 하는 사람들은 다양한 지형을 걷는 호사를 누린다. 오르내림이 있는 길은 움직일 때 근육과 관절에 가는 충격을 여기저기로 이동시키고, 서로 다른 표면은 각 걸음의 충격을 분산시킨다. 반면 나처럼 아스팔트 길을 많이 걷는 경우는 오래 걷기가 발을 망가뜨리고 암벽 타기와 가파른 협곡 기어오르기가 몸을 피폐하게 만든다.

반복적인 움직임으로 생긴 부상으로 걸을 때마다 괴로웠다. 종착지까지 일주일이 남았는데 15분 이상만 쉬어도 무릎이 제대로 움직이지 않았다. 지형을 떠나서 어디를 걷든 마찬가지였다. 침대. 샤워. 자동차. 비명을 지르는 다리나 상처 입은 발을 한순간도 머리에서 떨쳐낼 수 없었다.

긍정적인 면에 초점을 맞추고 날마다 기쁨을 찾으려고 노력해도 끈질기게 습격해오는 고통에 괴로웠다.

나체즈 길을 걷기 시작하기 전만 해도 내 발이 아주 강해지고 학대에 익숙해지리라고 생각했다. 그러나 나체즈 길의 신들은 다른 계획이 있었나보다. 서른다섯 살에 아직까지도 풀리지 않은 수수께끼 같은 죽음을 맞이한 메리웨더 루이스는 나체즈 길의 가장 유명한 피해자였다. 오랜 세월 나체즈 길을 걸은 모든 사람들이 나처럼 아팠을까?

감자칩 덕분에 생긴 힘으로 마지막 1.6킬로미터를 걸었다. 왠지 몸이 더 가벼웠다. 나는 차에 올라타 다음 숙소의 방향을 엄마에게 알려줬다. 375마일 이정표 근처였다. 우리는 흙길을 운전해 검은 소들이 주변을 어슬렁거리는 빨간 별채 앞에 멈췄다.

차에서 털썩 내리자 래브라도 리트리버 두 마리가 내 옆에서 껑충껑충 뛰어다녔다.

"애들아, 그만 해!"

한 여자가 나와서 나에게 악수를 청했다. 나는 그녀의 진흙 튄 부츠와 느긋한 분위기에 감탄했다.

"난 여기 주인 도나 브랜치예요. 당신이 안드라군요. 녹초가 됐겠어요. 방으로 안내할게요."

나는 그녀를 따라 작업실을 지나 실내로 들어갔다. 편안한 음악이 아빠의 자리가 될 TV 부근에서 울려퍼졌다. 그녀는 환한 주방에서 걸음을 멈췄다.

"여기 큐리그(Keuring, 캡슐 커피 메이커)가 있어요. 마음껏 드세요. 그리고 여러분의 방은 모퉁이에 있어요. 바로 저기예요. 침대를 다 정리해놨어요. 타월은 샤워실 옆에 있어요."

나는 그녀에게 키스라도 하고 싶었다.

10분 후, 아무도 나를 침대에서 끌어낼 수 없었다. 기대는 고통의 또 다른 이름이었다. 어쩌면 육체적인 고통보다 더 괴로울지도 모르겠다. 내 몸은 항상 내 마음이 확신하지 못하는 일들을 했다. 내 마음을 극복했을 때 비로소 나는 성장했다.

천장에 달린 선풍기가 윙윙 돌아가는 소리를 들으며 다음 날에 대해 곰곰이 생각했다. 375마일 이정표부터 390마일 이정표 사이에는 신성한 장소가 있었다. 애초에 이 기나긴 길을 걷기로 한 목적은 그곳에 가기 위해서였다. 수수께끼 같은 죽음을 맞은 한 남자의 기념비 앞에 무릎을 꿇으려고.

서부 탐험길에 아버지가 될 기회가 차고 넘쳤으나 메리웨더 루이스는 한 번도 결혼을 하지 않았다. 그와 부하들은 서부를 가로지르는 길에 많은 섹스를 즐겼지만 현대 학자들은 루이스의 자손이 있다는 증거를 발견하지 못했다.

루이스가 쓴 탐험일지는 여러 권에 달한다. 그런데도 여전히 그는 신비에 싸인 사람이었다.

루이스가 말라리아나 조울증이나 알코올 중독이나 성병에 시달렸을까? 일부 사학자들의 주장처럼 그가 자주 정신 이상 증세를 보였다면, 어떻게 부하들이 3년여 동안 그와 함께 지냈는데도 그런 기록이 하나도 없을까? 가는 길이 옳다고 믿은 사람이 루이스 자신뿐이었는데도 왜 부하들은 어디라도 기꺼이 그를 따라갔을까? 루이스는 수천 킬로미터를 걷고 살아남아 결국 나체즈 길에서 죽기 전까지 몸을 얼마나 혹사했을까?

내 도보 여행은 그런 질문에 별로 많은 답을 주지 않았다. 아빠가 평생에 걸쳐 할아버지의 알코올 중독을 어떻게 감당했는지 별로 알지 못하듯이 말이다. 내가 태어났을 때 할머니는 울혈성 심부전으로 이미 돌아가신 뒤였다. 할머니의 사진들은 내가 아빠의 군대 시절을 볼 수 있는 유일한 기록이었다.

아빠에게는 모든 것이 이야기였다. 이야기는 아빠의 보호막이었다. 나는 퍼즐을 맞추듯 아빠의 이야기에서 낱말들을 꼼꼼히 추려내고 종합해 아빠가 어떤 사람인지 가늠했다. 아빠가 어디 출신인지. 나를 낳은 남자가 되기까지 어떻게 자랐는지. 나는 메리웨더 루이스의 삶에 대한 조각들을 모아 해석한 사학자들의 고충을 생전 처음으로 이해했다. 우리는 주어진 정보에서 진실을 걸러낸다.

침대에 앉아 쥐가 난 종아리에 로션을 발랐다. 그 행동으로는 머릿속의 정지 버튼이 눌러지지 않았다. 여전히 온갖 생각들이 멈추지 않고 떠올랐다.

아빠가 이야기를 통해서 자신이 어떤 사람인지 말했다 치자. 왜 나는 아직도 의문을 가질까? 아빠가 돌아가시면 나는 아빠가 어떤 사람이었는지 설명할 수 있을까? 아니면 메리웨더 루이스에 대해서 그랬던 것처럼, 그저 수천 개의 퍼즐 조각을 가지고 있는 것에 그칠까?

나는 텔레비전 소리 너머로 아빠의 기척을 살피려고 귀를 쭉 뺐다. 아빠는 아직 거실에 있었다. 이번에는 실종된 말레이시아 비행기에 대한 추측성 뉴스 대신 스포츠 중계를 보고 있었다.

아빠에게 도나는 내가 수십 년 동안 들은 이야기를 들어줄 신선한 먹잇감이었다. 도나가 아빠에게 커피를 만들어줬지만 아빠는 손에 들고만 있었다. 이야기를 하느라 마실 틈이 없었다. 아빠는 딱 그녀처럼 들판에서 풀을 뜯어먹는 소들과 함께 어린 시절을 보냈다고 말했다. 테네시 강 유역 개발 공사 때문에 가족의 땅이 물에 잠겼다는 이야기를 할 때 아빠는 울먹이는 듯했다. 아빠가 당뇨병 때문에 설탕을 먹지 않으려 한다는 말을 할 때 나는 거짓말쟁이라고 소리칠 뻔했지만, 넘쳐흐르게 담긴 아이스크림과 과자를 기꺼이 받아들였을 때 정체가 탄로 났다.

나는 새로운 조각들을, 아빠의 정체성에 대한 새로운 실마리를 찾으려고 귀를 기울였다.

아빠가 소들을 바라보려고 어기적거리며 밖으로 나갔다. 나는 몸을 힘들게 움직여 주방으로 갔다가 프렌치 도어 옆에 서서 아빠를 지켜보고 있는 도나를 봤다. 나는 커피 메이커의 버튼을 눌렀다.

"미안해요. 아빠의 장황한 얘기에 지겨우셨을 거예요."

헤이즐넛 커피가 큐리그에서 흘러나왔다. 향긋한 향기에 황홀해졌다.

"아빠는 낯가림이 없으세요. 낯선 사람에게도 금방 이야기를 늘어놓으시죠."

도나는 창 너머를 계속 주시했다.

"저분은 제 아빠랑 똑같으세요. 작년에 돌아가셨죠. 있잖아요, 안드라의 아버님이 하는 얘기를 듣고 있자니 잠시 아빠가 살아 돌아오신 기분이었어요."

도나의 카우보이 부츠가 미닫이문을 지나 캅틱 바인딩(Coptic

binding, 종이에 구멍을 뚫어 실을 꿰고 땋는 제본법)으로 양장본을 만드는 작업실로 향했다. 문이 닫히기 전에 도나가 속삭였다.

"여기로 모시고 와줘서 고마워요."

나도 내 아버지의 냄새가 그립단다

소들. 저 멀리 버팔로 강. 나는 현관 앞에 앉아 테네시에서 보낸 내 어린 시절의 향기를 흠뻑 들이마셨다. 그전까지만 해도 과거로 되돌아가는 여행을 할 수 있다는 걸 몰랐다. 여든 살 먹은 노인의 몸으로 어린 소년처럼 느낄 수 있다는 걸 몰랐다.

그런데 나에게 그런 일이 일어나고 있었다.

나는 거기 앉아서 돌아가신 아버지의 목소리를 들었다. 내 딸에게 알리고 싶지 않은 유일한 이야기를 나는 다시 체험했다.

우리는 오코이 강으로 흐르는 개울을 끼고 있는 소 방목지에서 일하는 중이었다. 풀을 베고 있었다. 나랑 아버지 그리고 장래 매부랑. 나는 아마 여섯 살이었을 것이다.

소들은 거의 온종일 우리 주위에서 펄쩍펄쩍 뛰어다녔다. 나는 죽을 듯이 무서웠지만 계속 일을 했다. 풀에 손을 벴고 옷 속으로 들어갔지만 아픈 티를 내지 않았다. 말하면 아버지는 그저 웃으며 사내녀석이 계집애 같다고 놀릴 게 뻔했다.

나는 내 자식에게 절대로 그런 외로운 기분을 느끼게 하지 않았기를 바란다.

오전 11시 무렵, 햇빛이 쨍쨍 내리쬤다. 분명 38도는 됐을 것이다. 나는 진흙에 낫을 내던지고 집으로 올라가겠다고 아버지에게 말했다. 어머니가 기적처럼 얻은 귀한 아들을 위해 기다란 컵에 레모네이드를 만들어줄 테니까.

나는 집으로 출발했다. 사방에 흩어진 소똥을 피하려고도 하지 않았다. 그러나 그것들이 다리에 닿기도 전에 아버지가 소리를 질렀다.

"다리 밑에 있는 괴물한테 잡아먹히지 마라, 로이 리."

아버지에게 들키기 싫었지만 그 괴물이 정말로 무서웠다. 다리 밑 괴물에 대한 이야기는 여러 번 들었다. 방목지 주변에서 쪼글쪼글한 몸들도 본 것 같았다. 아버지가 온종일 술을 마시는데도 아버지 옆에서 일하기를 꺼리지 않은 이유도 바로 그 괴물 때문이었다.

나를 지켜줄 사람이 하나도 없는 것보다 술 취한 사람이라도 있는 게 나았다.

나는 뒤꿈치를 홱 돌려 피투성이 주먹을 마구 흔들며 아버지에게 달려갔다. 그러나 아버지는 한 손으로 내 이마를 쭉 밀면서 웃고 또 웃었다.

"빌어먹을 개자식!"

나는 낄낄거리는 아버지의 웃음소리 사이로 비명을 질렀다.

"젠장맞을 괴물이 없다는 말만 해봐요! 지옥에 갈 줄 알아요, 개자식!"

아버지는 내가 지쳐서 나가떨어질 때까지 나를 껴안았다. 내가 풀 무더기에 풀썩 주저앉자 아버지는 또 병을 꺼내 밀주를 벌컥벌컥 들이켰다.

"좀 마실래, 로이 리?"

나는 아버지의 손에서 병을 낚아채 목구멍이 탈 듯이 독한 술을 한 모금, 아니 대여섯 모금 꿀꺽꿀꺽 삼켰다.

"괴물하고 그렇게 싸우면 돼. 그러면 괴물이 다시는 널 건드리지 않을 거야."

아버지는 셔츠 주머니에 병을 집어넣고 개울가 둑으로 내려가 풀을 마구 베기 시작했다.

아버지의 땀 냄새가 고스란히 풍기는 듯했다. 도나의 소유지 가장자리에 있는 나무들 바로 옆에 선 아버지가 보이는 듯했다.

나는 안드라에게 그 괴물들과 싸우고 있고 이기고 있다고 말하고 싶었다.

나이든 부모의 모습에서
내 모습을 발견할 때

비스킷과 베이컨이 그득한 아침밥을 먹고 나서 엄마와 아빠는 375마일 이정표에 나를 내려줬다.

"우리는 네 압박 타이츠를 가지러 숙소로 되돌아갈 거야, 안드라."

내가 압박 타이츠 두 벌 가운데 한 벌을 잊어버리고 온 탓이었다. 나도 어느 정도 나이를 먹은 여자인지라 추가 기능의 도움을 받으려고 등산 바지 밑에 압박 타이츠를 입었다. 그리고 허영심 때문이기도 했다. 사실 주로 허영심 때문이었다. 나는 하지정맥류에 걸린 채 도보 여행을 끝내고 싶지 않았다.

나는 버펄로 리버 밸리를 떠나 언덕을 올랐다. 메리웨더 루이스를 만날 준비가 돼 있었다. 루이스는 386마일 이정표에서 나를 기다렸다. 개척자 묘역의 화강암 더미와 부서진 기념비 아래에서 말이다. 2년 전, 나는 루이스의 무덤 옆에 서서 그의 이야기를 새롭게 엮어주겠다고 약속했다. 그가 준 5센트 동전이 그가 보낸 메시지가 아니라면 무덤으로 다시 가야 그의 진짜 생각을 알 수 있을 터였다.

죽은 사람이 생각을 할 수 있다면 말이다.

나는 간신히 몸을 끌고 전망대로 올라가 양지에 앉았다. 발을 흔들어 풀어주면서, 루이스가 그곳을 지나갈 때 경치가 어땠을지 궁금했다. 선명한 녹색의 봄빛이 생명을 희망을 부활을 넌지시 알렸다. 루이스가 10월에 여행했을 때는 마른 이파리들이 부서져 우울하게 흩날렸을 것이다. 자신의 죽음을 향해 서서히 다가가고 있던 그때, 그는 죽음에 대해 생각하고 있었을까?

30분 후, 다시 파크웨이로 올라섰다. 루이스가 죽기 전 몇 시간 동안 무슨 생각에 잠겨 있었는지 영원히 아무도 모를 터였다. 나는 일부러 꾸물댔다. 감정적으로는 그의 무덤이 내 도보여행의 끝이기 때문이었다.

나는 새 출발을 할 준비가 안 돼 있었다.

스스로 인정한 사실을 곰곰이 생각하다가 고개를 드니 머큐리 그랜드 마퀴스가 조수석 문이 열린 채 고속도로에 주차돼 있었다. 나는 뛰었다.

"엄마! 아빠! 무슨 일 있어요? 괜찮으세요?"

텅 빈 차에 도착한 즉시 갓길에 차를 대고 시동을 껐다. 빈 무가당 과자 봉지가 놓인 옆자리에 엄마의 가방이 활짝 열려 있었다. 나는 열쇠를 잡아채 문을 잠갔다.

"아빠!"

나는 상체를 뒤로 젖히고 소리를 질렀다.

"아빠, 어디 계신 거예요?"

나무들 사이에서 언뜻 격자무늬 셔츠가 보였다. 나는 비탈길을 성큼성큼 내려가 아빠와 나 사이의 간격을 줄였다. 그러다 내 발에 걸려 넘어질 뻔했다. 관목과 잡초로는 전혀 가려지지 않는 아빠가 거기 있었다. 바지는 발목까지 내려와 있고 오물이 묻은 휴지 더미가 주변에 널려 있었다. 아빠는 내 목소리를 듣지 못했다. 멜빵에 묻은 대변을 북북 문지르고 있는 참이었다. 그러나 필요 없는 짓이었다. 대변이 여기저기에 죄다 묻어 있었다. 카키색 바지에 점점이 찍혀 있었고 셔츠 등 부분에도 튀어 있었다.

딸의 죄로 아버지가 벌을 받았다.

아빠를 보지 못한 체하려고 서둘러 자리를 뜨려는데 아빠가 내 탈출을 망쳤다.

"안드라! 저기…… 어……."

나는 입술을 달싹거렸지만 아무 소리도 나오지 않았다.

엄마가 내 뒤로 다가왔다.

"오, 로이. 난 당신이 차를 세우라고 하기에 1번인 줄 알았어."

아빠는 또 다른 휴지 뭉치를 바닥에 던지고 고속도로를 쭉 훑어봤다.

"아이고, 주변에 아무도 없어서 다행이구먼."

"당신이 씻을 수 있게 숙소로 돌아가야겠네."

엄마는 차 쪽으로 몸을 돌렸다. 나는 엄마를 따라갔다.

"트렁크에 큰 비닐 봉투가 있는지 모르겠구나."

나는 엄마 앞을 가로막고 분노로 이글거리는 눈빛을 보냈다.

"아빠가 이렇게 심각한 상황인 걸 왜 말하지 않으셨어요?"

"아빠가 너에게 알리기를 원치 않으셨어."

"그 이유로 아이에게 아빠의 건강 상태를 말하지 않……."

"넌 아이가 아니야, 안드라."

"좋아요, 엄마. 맞아요. 난 성인이니까 아빠의 건강 상태를 알 권리가 있어요. 아빠가 얼마나 자주 이런 사고를 치시죠?"

엄마는 손톱의 매니큐어에 관심을 쏟기 시작했다.

"얼마나 많이요, 엄마?"

"아, 별로 안 많아."

"왜 항상 엄마는 어림잡아 말하세요? 날마다? 일주일에 두 번? 어느 쪽이에요?"

"글쎄, 사정에 따라 달라, 안드라. 대부분은 대변이 나오기 전에 화장실에 도착하지."

"그러니까……."

"나체즈 길에서 두 번 그러셨지만 우리는 널 태우기 전에 잘 처리했어."

나는 집에 있어야 하는 아빠를 장거리 자동차 여행에 끌어들였다. 내 목표에만 너무 빠져서 아빠의 건강 악화를 알아채지 못했다. 죄책감에 온몸이 휘청거렸다.

"세상에. 아빠는 여기 계시면 안 돼요."

"네 아빠는 그런 말에 신경 안 쓰셔. 자신의 생각이 중요한 사람이지 않니."

아빠가 나무들 사이에서 쏜살같이 달려나왔고 조수석에 앉는 것을 도우려는 우리를 어깨로 밀어냈다.

"두 사람 다 너무 소란을 피우는구나. 난 괜찮아. 언젠가 너한테도 똑같은 일이 일어날 거야, 안드라."

내가 대답을 생각해내기도 전에 엄마는 시동을 걸고 출발해버렸다.

과연 내가 아빠와 또 다른 모험을 할 수 있을까?

다른 엔진 소리가 들려와 생각에서 빠져나왔다. 나는 파란색 차가 지나갈 수 있도록 비켜섰고 평소처럼 엄지를 들어 올려 계속 가라는 신호를 했다.

그러나 그 차는 멈췄다. 운전자가 조수석 문을 열었다. 살이 축 늘어진 팔뚝에 걸린 소매는 페인트범벅이었다. 그는 미소를 짓지 않았다.

"타요."

나는 그의 사정거리 밖으로 두 걸음 물러났다.

"아니에요. 괜찮아요. 나체즈 길을 걷는 중이에요. 아무 문제 없습니다."

"어서, 타요. 태워다줄게요."

덥수룩한 수염에 가려 얼굴이 제대로 보이지 않았다. 키가 작은지 큰지, 근육질인지 약골인지 분간이 안 갔다. 내 손가락이 슬금슬금 호신용 스프레이로 향했다.

"안 태워주셔도 돼요. 이미 말했잖아요. 나는 걷고 있는 중이라고요."

"앨라배마 320마일 이정표 근처에서 걷고 있는 당신을 봤소. 다른 데서도 몇 번 봤지. 사양 말고 타라니까."

그가 팔걸이 위로 상체를 구부려 글러브 박스 문을 열었다 닫았다 했다.

"아니요. 괜찮아요."

나는 그가 글러브 박스 안에 넣어뒀을지도 모를 무기를 꺼내기 전에 비틀거리며 달렸다.

내 뒤에서 부르릉 소리가 요란하게 들렸다. 나는 호신용 스프레이를 꼭 움켜쥐고 숲으로 내달려 고속도로가 보이지 않을 때까지 잡초와 나무 밑동 사이를 이리저리 가로질렀다. 그가 갑자기 속도를 냈을 때는 기름 냄새를 잔뜩 들이마셨다. 유칼립투스

나무 뒤로 쭈그리고 앉아 아이폰을 꺼내려다 손가락 관절의 피부가 거친 나무껍질에 사정없이 긁혔다. 부들부들 떨리는 손으로 내 구명밧줄인 아이폰을 더듬더듬 찾았다. 살금살금 다가오는 발소리가 들리지 않는지 귀를 기울였다. 나뭇잎이 바스락거리는 소리와 새가 날갯짓하는 소리뿐이었다. 마침내 아이폰 화면이 켜지고 왼쪽 위 구석에 뜬 글자는 '서비스 안 됨'이었다.

나는 이마를 나무에 기대고 숨을 멈췄다. 미시시피주 잭슨을 지난 후로 482킬로미터 이상 걸어오는 동안 공원 관리원을 한 명도 못 만났다. 예산 삭감을 감행한 의회 때문에 순전히 혼자 힘으로 내 몸을 지켜야 할 판이었다. 공원 관리원을 호출할 방법이 없었다. 누군가 나를 구해줄 거라는 희망도 없었다.

사람들의 기억에서 사라진 나체즈 길과 이 길을 다니는 사람들을 위해 예산이 늘어났으면 좋겠다는 생각이 또다시 절실하게 들었다.

5분. 10분. 15분. 나체즈 길에서 엔진 소리가 들렸지만 점점 커지다가 곧 희미해졌다. 나는 숲의 가장자리로 천천히 기어가 도로를 살폈다.

파란색 차는 가고 없었다.

나는 휘청거리며 산골짜기를 지나 도로로 올라섰다. 통화 신호를 미처 확인하기도 전에 손에 들린 아이폰이 진동했다.

가는 중이야. 어디 있었니?

손가락을 움직여 엄마의 문자 메시지에 답장을 보냈다.

여기 있었어요. 계속이요.

부모님이 악화되는 아빠의 건강 상태를 감추는 마당에 굳이
사실을 말해서 나까지 걱정거리를 보탤 필요가 없었다.
따지고 보면 딱히 거짓말도 아니었다.

Chapter 5.

우리는 사랑하는
사람들과
어떤 추억을
쌓아야 할까

나를 응원하는 사람들과 함께라면
외롭지 않다

메리웨더 루이스 사이트를 향해 부리나케 가는데 다시 전화
벨 소리가 울렸다. 방문객들. 두 사람이 나를 만나러 나체즈 길
저편에서 달려오고 있었다.

독자들에게 함께 나체즈 길을 걷자고 권할 때 응할 사람이 아
무도 없으리라 생각했다. 버려진 고속도로에서 도보 여행을 하
려고 시간을 낼 사람이 있을까? 변덕스러운 날씨와 독이 있는
뱀과 온몸을 물어뜯는 벌레들을 감수하고? 블로그에 올린 초대
글은 점점 뒤로 밀렸고 어느새 나는 그 글을 잊어버렸다.

매사추세츠주에 사는 작가이자 독자인 리사 크레이머에게
연락을 받기 전까지는.

나는 리사가 집시의 이동 과정을 연구하기 위해 떠난 동유럽
여행에 대해 쓴 글을 인터넷에서 읽으면서 그녀를 알게 됐다.

글을 읽을수록 나와 비슷한 점이 많이 발견됐다. 연극, 글쓰기, 헌신적인 남편, 여행에 대한 동경. 우리는 온라인에서만 소식을 주고받았지만 나는 그녀를 소중한 친구라고 여겼다.

그렇지만 이메일 수신함을 열 때만 해도 그녀가 쓴 "진심으로 당신과 걸으러 가고 싶어요"라는 문장을 읽게 되리라고는 상상도 못했다.

정신이 나갔나? 리사가 진짜로 오더라도 우리는 첫눈에 서로를 싫어하게 될지 모를 일이었다. 게다가 그녀가 독사에게 물리기라도 하면 어쩌지? 나를 고소할까? 나는 리사가 예의상 하는 말이라고 확신하고 빈 화면을 바라보다가 글자를 입력했다.

오세요. 꼭 오세요.

나는 전송 버튼을 누르고 나서 리사에 대해 잊어버렸다.

다음 날 아침, 이메일 수신함이 깜박거리며 새로운 이메일이 왔다고 알렸다. 리사가 보낸 이메일이었다.

비행기 표를 알아보는 중이에요. 보스턴에서 내슈빌까지 날아가는 비행기 삯이 꽤 비싸네요.

진심이었나?

나는 재빨리 구글로 검색해서 할인 항공권을 몇 개 찾았다.

이 날짜들의 항공권은 저렴하게 나와 있어요.

내 여행에 동참하려는 사람이 있다는 생각에 나는 술에 취한 것처럼 들떴다.

토리와 함께 머무세요. 그녀는 내슈빌에 있어요. 당신도 그녀를 온라인에서 봤을 거예요. 도보 여행 마지막에 같이 지낼 예정이에요. 사실 저도 아직 만난 적이 없답니다.

토리 넬슨도 온라인에서 알게 된 사람이었다. 토리가 결혼식 계획을 세우면서 블로그 독자들에게 의견을 달라고 올린 글을 보고 나는 그녀를 팔로잉하기 시작했다. 그녀는 여러 가지 웨딩 드레스와 신부 화장과 신부 머리를 제시하고 투표를 벌였다. 나는 몇 달 동안 의견을 내놓았고 자신의 결혼식에 대한 결정을 낯선 사람들에게 맡길 정도로 배짱이 두둑한 사람을 알게 된 게 참 신기했다. 키가 180센티미터에 달하는 그녀는 보자마자 좋아질 게 분명했다.

내 옆에 토리와 리사가 차를 세웠을 때는 믿을 수가 없었다. 우와, 기쁨의 함성과 음악 소리가 나무들 사이로 울려퍼졌다.

나는 평생 알아온 친구라도 되는 양 나한테서 풍기는 악취를 신경 쓰지도 않고 열린 창문 사이로 리사를 안았다.

"세상에, 여기까지 오다니 말도 안 돼요!"

나는 크게 소리치며 요란하게 차를 돌아가 악 소리를 지르며 숨 막힐 정도로 꽉 토리를 껴안았다.

리사가 얼굴에서 꼬불꼬불한 머리를 걷어냈다.

"우리가 왔어요!"

그들은 그날 마지막 6킬로미터를 나와 함께 걸을 계획이었다. 우리는 메리웨더 루이스 사이트에서 만나 함께 소풍을 즐기기로 약속했다. 두 사람은 곧 차를 몰고 고속도로를 달려 떠났지만 나는 더 이상 혼자가 아니었다. 그녀들이 어떤 약탈자라도 물리칠 수 있는 선물을 내게 줬기 때문이다. 파티 때 부는 분홍 종이나팔. 반짝반짝 빛나는 여자들의 의리에 눈이 부셨다.

앞에 놓인 길에 대해서 생각하기 전까지만 해도 그랬다.

나는 처음부터 지금까지 걷는 내내 메리웨더 루이스 사이트에서 내가 보낼 시간을 구체적으로 상상했다. 버려진 길을 혼자서 걷는다. 미리 알아놓은 올드 트레이스로 접어드는 길로 빠져서 루이스의 발자취를 따라 그가 죽은 숲 속 공터까지 갈 생각이었다. 그런더 여관의 잔해 사이를 걸은 다음 루이스와 클라크 기념 5센트 동전을 오른손에 꽉 쥐고 루이스의 기념비가 있는 곳까지 쭉 걸을 생각이었다. 동전에 입을 맞추고 명복을 빈 후 루이스의 무덤에 동전을 놓아둘 생각이었다.

그러면 루이스가 속삭일지도 모를 일이었다.

"고맙소."

나는 손에 든 분홍 종이나팔을 바라보며 혼자 오래 걷다 보니 정신이 나갔다고 리사와 토리가 생각하면 어쩌나 싶어 걱정이 됐다. 혼자 루이스의 무덤에 갈 계획을 제쳐두고 엄마에게 전화를 걸었다.

"엄마, 안녕! 아빠는 어떠세요?"

엄마가 한숨을 쉬었다.

"또 도나에게 얘기를 하고 계신다. 네 아빠를 잘 알지 않니."

나도 모르게 말이 나왔다.

"어, 이쪽으로 와주셨으면 좋겠어요. 어떤 남자가 차를 세우고 날 태우려고 했어요."

"어디니?"

"383마일 이정표요."

"움직이지 마. 10분 안에 도착할 거야."

걱정하지 말라고 말하려는데 엄마가 급하게 전화를 끊었다. 여성의 힘을 주장하는 호신 용품이 나체즈 길에 안전망을 드리우고 있었다. 종이로 만든 파티용 나팔을 가지고 있는 여자를 쫓아올 사람은 없을 터였다.

8분 후, 엄마와 아빠가 내 옆 잔디에 급하게 차를 세웠다.

"오늘은 그만 해라."

아빠가 열린 창문 사이로 말했다.

"정신병자가 돌아다니는데 혼자 있으면 안 돼. 장례식장에서 일할 때 난 사람들이 얼마나 끔찍한 짓을 저지를 수 있는지 수없이 봤다."

"그 사람은 지금쯤 멀리 갔을 거예요, 아빠."

"그래도 널 지켜보고 있어야 우리가 안심하지……. 네가 메리웨더 루이스 사이트에 도착하고 그 여자애들이 너랑 합류할 때까지만이라도."

엄마는 내가 이의를 제기하기도 전에 창문을 올리고 차를 몰아 다음 커브에 댔다. 내가 다가가면 엄마는 다시 차를 앞으로 조금 더 몰았다.

메리웨더 루이스 사이트 입구까지 800여 미터가 남은 곳에서 엄마와 아빠는 왼쪽으로 차를 몰아 사라졌다. 나는 주먹을 마구 흔들며 축하했다.

"드디어! 루이스가 걸은 길을 찾게 됐어."

그러나 루이스의 무덤까지 걷겠다는 내 꿈은 메리웨더 루이스 사이트의 표지판을 찍으려고 고속도로를 건너는 순간 산산조각이 났다. 머큐리 그랜드 마퀴스가 입구를 막고 있었다. 엄마가 차에서 펄쩍 뛰어내려 뒷문을 열었다.

"우리가 태워다줄게. 이 도로는 너무 혼잡해. 주차장을 돌아

보고 왔어. 삼림 작업 중이더라."

"엄마."

"네 엄마가 파라색 차를 본 것 같대."

아빠가 참견을 했다.

"게다가 그 여자애들이 거기 와 있어."

나는 배낭을 스르르 미끄러뜨리고 항복했다.

"아빠가 여자애들이라고 부른 걸 두 사람이 알면 퍽이나 좋아하겠네요."

"왜? 맞잖아? 여자애들이잖아? 봐라, 여기 린다도 여자고 너도 여……."

"됐어요, 아빠."

"조지아대학교의 첫 흑인 여학생이었던 샬레인 헌터^{Charlayne Hunter}도 여자애였다. 너는 그녀만큼 강해. 다른 종류이긴 하지만. 이 길 끝까지 혼자 걷다니."

나는 슬쩍 눈물을 훔치고 뒷좌석에 몸을 묻었다. 아빠가 세 개의 주를 걸어서 통과하는 내 도보 여행에서 세 번째로 칭찬을 했다. 가슴이 벅차올라 아빠의 칭찬을 아무렇지도 않게 받아들일 수가 없었다.

아직은.

인생에는 결코 잊을 수 없는 순간들이 있다

나는 조지아대학교에 다닐 때 장례식장 다락에서 살았다. 하숙비를 대신해서 장례식장에서 일하며 한밤중에 영구차로 시골길을 달렸다. 고속도로에 널브러진 시체 조각들을 수습하기 위해서.

어느 날 밤, 장례식장에서 일을 하고 있는데 전화가 왔다. 아주 늦은 시간이었다. 당시 흑인 두 명이 조지아대학교에 입학했다. 그들의 말을 빌리면 인종 차별을 받았다. 우리는 강의실 사이 복도를 걸으며 이 갈등 상태에 불이 붙으면 무슨 일이 벌어질지 궁금하다고 수군댔다. 흠, 오래지 않아 궁금증이 풀렸다.

그날 밤, 큰 야구 경기가 열렸다. 조지아대학교 대 조지아공과대학교의 경기는 항상 긴장감이 팽팽하게 흘렀다. 조지아공과대학교가 연장전에서 이기자 난리가 났다. 사람들은 술병을 박살내고 벽돌을 던지며 대소동을 일으켰다.

　그런데 몇몇은 그 순간을 흑인 혐오를 터뜨릴 기회로 삼았다. 사람들이 무리에 합류했고 캠퍼스 전체로 퍼졌다. 그들은 창문을 깨고 불을 질렀다.

　우리에게 전화가 온 이유는 대부분의 소도시 장례식장이 운구차를 앰뷸런스로 이용하던 시절이었기 때문이다. 부상자 가운데 누군가가 장례식장 고객이 될 경우를 감안한 관행이었다.

　현장에 도착했을 때는 이미 경찰을 부른 뒤였다. 최루탄이 너무 자욱해서 뚫고 나갈 수 없을 지경이었다. 우리는 들것을 차에서 빼들고 조심조심 테이트 학장 옆을 지나갔다. 테이트 학장은 조지아에서 유명한 인물이었다. 그가 학생증을 확 잡아 빼앗으며 한 명씩 퇴학시킬 때의 벼락같은 목소리와 번들번들한 대머리를 나는 평생 잊지 못할 것이다. 왜 학장이 퇴학으로 그들을 멈출 수 있다고 생각했는지는 아직도 모르겠다.

　아무튼 우리는 여학생 기숙사에 들어가 샬레인 헌터가 숨어 있는 방을 찾았다. 팔꿈치로 문을 열고 들어서자 그녀는 젖은 수건들을 얼굴에 덮은 채 침대에 누워 기절해 있었다. 우리는 들것에 그녀의 몸을 묶어 운구차로 날랐다. 그녀는 자신을 옮기는 것도 몰랐을 것이다. 다행히 우리는 벽돌에 얻어맞거나 유리에 찢긴 데 없이 무사히 나왔다.

　나는 정말로 그때가 내 생애 마지막 밤이라고 생각했다. 여학생 기숙사에 들어가기가 너무 무서웠지만, 내가 들어가지 않을 때 생길 일을 평생 지고 사는 건 더 무서웠다. 그 여자애에게 무슨 일이 생겼다면 결코 스스로를 용서하지 못했으리라.

그 후 캠퍼스에서 그녀를 몇 번 봤지만 그녀를 데리고 나온 사람 가운데 한 명이 나라는 말은 하지 않았다. 그녀는 그날 밤의 기억을 다시 떠올리고 싶지 않거나, 그런 모습의 자신을 누군가 봤다는 사실을 알고 싶지 않을 것 같았다. 하지만 아직도 나는 그녀를 만나서 그녀가 해낸 대단한 일을 존경한다고 말할 수 있으면 좋겠다.

그녀는 졸업할 때까지 살아남을 수 있을지 확신하지 못한 채 자신의 존재가 또 다른 폭동을 유발하지나 않을까 날마다 걱정하며 살았을 것이다. 그녀의 대학 시절은 외로움 그 자체였다.

내가 그날 밤 그 자리에 간 덕에 그녀가 목숨을 구하고 올바른 방향으로 발걸음을 내디딜 수 있게 돼서 기뻤다. 그녀는 졸업 후 사회에 나가 눈부시게 활약했다.

나는 그녀의 대단한 삶에 놀라지 않았다. 그날 밤 수건을 걷어내고 얼굴을 봤을 때 그녀가 어떤 어려움이라도 이길 수 있으리라고 이미 확신했기 때문이다.

내 딸의 얼굴에도 그녀와 똑같은 의지가 서려 있었다.

나 자신의 렌즈로 바라볼 때
보이는 것들

리사랑 토리와 어울려 끊임없이 웃고 떠드는 동안 나는 표정 관리를 하느라 애를 썼다. 닭날개 바비큐와 병아리 콩을 갈아 만든 후무스를 마음껏 먹는 내내 아빠에게 가는 시선을 어쩔 수 없었기 때문이다.

아빠는 벤치에 앉아 있었다. 혼자서. 성인 여자들이 십 대처럼 키득대는 소리에 아빠의 보청기가 기능을 상실해 아무것도 들리지 않는 듯했다. 아빠의 표정은 괴팍하고 불편해 보였다. 아빠는 이야기가 하나도 없는 공간, 그래서 김빠진 공간에 홀로 놓여 있었다. 나는 아빠와 엄마를 번갈아 보며 정말로 아빠가 괜찮은지 미심쩍었다. 아빠와 함께하는 시간이 5주째에 접어든 지금, 나는 아빠가 갈수록 줄어드는 기력을 그러모아 간신히 버티고 있다는 것을 알았다.

토리가 떠돌이 개에게 닭날개를 주는 사이에 리사는 아빠를 대화에 끌어들이려고 노력했다. 그녀는 화강암으로 된 나침판 바늘을 빙그르르 돌렸다. 루이스의 탐험 성과를 표시한 지도에 그려진 그의 옆얼굴 쪽에서 바늘이 멈췄다.

"우리는 한눈에 안드라의 아버님인 걸 알아봤어요."

"어떻게 알아봤소?"

아빠가 양팔을 배에 올렸다.

"공원에 있는 가게에서 책을 팔고 계시는 걸 봤어요."

리사의 연극적인 몸짓은 압도적이고 진실했다. 그녀의 팔다리는 집시의 우아함을 기억했다.

"안드라의 책을 읽으라고 사람들을 설득할 참으로 가게에 들어갔다가요."

"맞아요. 그런데 안드라의 책을 파는 걸로 유명한 아버님을 본 거예요. 우리가 졌다 싶더라고요."

토리는 바닥에 다리를 꼬고 앉아 굶주린 개에게 감자칩을 흔들었다. 그녀는 긴 다리를 쭉 폈다. 과감하게 정수리 위로 틀어 올린 머리를 신부 머리로 선택한 키 큰 여성의 얼굴이 자신감으로 빛났다.

"이 개를 집에 데리고 가야 할까 봐요. 어떻게 생각하세요? 난 그래야 할 것 같아요."

"데리고 가세요."

나는 속에 베이컨이 들어간 차가운 비스킷을 베어 물었다.

아빠가 상체를 숙이자 벤치에서 끼익 소리가 났다.

"난 댁들보다 책을 잘 파니까…… 가만, 이름이 뭐였더라?"

"리사예요. 당연하죠. 안드라는 아버님보다 나은 판매원을 절대로 못 찾을 거예요."

리사는 후무스에 피타칩을 넣었고 토리는 새로운 닭뼈로 개를 놀렸다. 우리는 완벽한 삼인조였다. 나는 리사의 성실한 끈기가 좋았고 자기를 낮추며 남을 웃기는 토리의 재주도 좋았다.

나는 벤치에 발을 올리고 아빠를 유심히 살폈다. 아빠는 항상 대단한 사람이 되고 싶어 했다. 내가 십 대 때 아빠가 엄마와 나를 두고 떠나려 했던 건 좌절된 야망 때문이었다. 누구나 살다 보면 남은 시간이 별로 없다는 사실을 깨닫는 순간이 있다.

나는 내가 아빠에게 시간을 줬기를 바랐다. 아빠는 이야기하는 것을 통해 자신이 항상 되고자 갈망한 인물이 됐다. 철없는 딸이라 그런지 모르겠지만 나는 아직도 아빠가 뭐든지 할 수 있다고 믿었다.

나는 엄마 옆에 앉았다.

"당연히 아빠보다 나은 판매원은 없죠. 아빠가 최고예요."

아빠는 처음으로 커다랗게 웃었다.

메리웨더 루이스 사이트에 대한 상상 속에서 나는 아빠의 웃음소리를 들은 적이 없었다. 내 웃음소리도 들은 적이 없었다.

결국 나는 홀로 루이스를 숭배하자는 계획을 버리고 새로 사귄 두 친구들과 묘지에 갔다. 내가 5센트 동전을 놓기에 적당한 자리를 찾는 동안 두 사람은 웃으며 농담을 했다.

"좋아요, 연극의 한 장면을 만들어보죠."

연극 연출가인 리사가 역할을 배정했다. 나는 180센티미터인 토리의 등에 올라탔고 리사는 토리의 다리 사이로 들어갔다.

"엄마, 사진 좀 찍어주실래요?"

우리가 메리웨더 루이스를 소재로 흥겨운 장면을 연출하는 동안 엄마는 우리의 전화기와 사진기로 번갈아가며 사진을 찍었다.

그 사이에 아빠는 지나가는 낯선 사람들에게 책을 팔았다.

올드 트레이스는 우리 오른쪽으로 구불구불 뻗어 있고 흙길 양쪽으로 나무 울타리와 숲이 경계를 이루고 있었다. 웃음소리가 울려퍼지는 와중에 나는 그 길을 걷는 상상을 했다. 어두침침한 길을 나 혼자서. 나는 새 친구들을 껴안으면서 두 사람이 나를 구했음을 깨달았다. 그들은 메리웨더 루이스를 만나는 내 경험에 기쁨을 불어넣었다.

우리가 차로 걸어갈 때 나는 표지판을 뒤돌아봤고 루이스가 죽은 자리에 섰다.

바위가 비밀을 속삭였다. 바위에는 시간의 목소리들이 기록돼 있었다. 그러나 어떤 목소리도 메리웨더 루이스의 죽음에 감취진 진실을 드러내지 않았다. 루이스는 내가 바친 5센트 동전을 받아들였고 나에게 더 큰 선물을 줬다.

마침내 나는 루이스와 아빠의 연관성을 이해했다. 두 사람은 삶을 낭비하는 것을 두려워했다. 주어진 시간을 더 많은 결실을 이루는데 사용해야 한다고 믿었다. 아빠가 침묵에 빠질 때면 나는 아빠의 생각을 읽었다. 그리고 아빠의 생각을 이해했다. 내 생각과 비슷했기 때문이다.

나는 643킬로미터를 걸으면서 아빠를 발견했다. 나체즈 길은 아빠에게 향하는 문이었다.

야망은 늘 자신의 성과에 만족하지 않게 만든다. 꿈을 꾸는 사람은 자유롭게 열정을 발산할 수 있기에 더 많은 결실을 얻을 수 있다고 생각한다. 그 순간 아빠의 이미지가 바뀌었다. 비로소 내가 투명한 렌즈를 통해 아빠를 볼 수 있게 됐기 때문이다.

나 자신의 렌즈로.

우리는 조금씩
서로를 이해해가는 중이니까

"예전에 여기 묵은 적이 있어요. 괜찮은 숙소일 거예요."

우리는 테네시 주 플라이 근처에 있는 크리크뷰 팜으로 들어가는 흙길로 차를 몰았다.

"플라이라는 데가 있는 줄 전혀 몰랐다."

Y교차로에서 좌회전을 할 때 아빠가 중얼거렸다.

"공작새들을 치지 마세요, 엄마."

"공작새?"

아빠가 계기판을 움켜쥐려고 몸을 움직이자 동전 크기로 부분 탈모된 부분이 번쩍거렸다.

"숙소는 TV만 잘 나오면 돼."

나는 땀으로 얼룩진 좌석을 셔츠로 닦았다. 나체즈 길의 신들은 지독하게 극단적이었다. 그들은 나를 조금도 봐주지 않았다.

나는 초반 며칠 동안 진눈깨비 속을 걸었다. 끝에서 두 번째 날에 24킬로미터를 걸을 때는 기온이 32도에 달했다. 그나마 따뜻한 날씨는 뻣뻣한 관절과 아픈 근육에 도움이 됐다. 400마일 이정표에서 사진을 찍으려고 허리를 구부렸을 때 몸이 말을 잘 들어서 하늘을 날 듯 기뻤다. 엄마 아빠가 410마일 이정표로 데리러 왔을 때 내 유일한 관심사는 내 속에서 활개치는 기쁨이었다. 수많은 어려움과 괴로운 통증에도 불구하고 내슈빌에 거의 다 왔다.

우리의 마지막 숙소인 크리크뷰 팜은 시설이 완벽히 갖춰진 곳이었다. 몇 주 동안 침대를 같이 쓰고 작은 방 하나에 짐을 잔뜩 밀어 넣고 지낸 끝에, 마침내 우리는 괜찮은 공간을 차지할 수 있었다. 아주 깨끗한 주방에서 저녁밥을 만들고 방충망이 쳐진 베란다에 놓인 흔들의자에 앉을 수 있게 됐다. 문지방을 넘으니 진짜 집처럼 아늑한 공간이 기다리고 있었다.

내가 황홀감에 빠져 있는 동안 아빠는 계단 발치로 어슬렁어슬렁 걸어갔다. 그리고는 단단한 오크 목재를 주먹으로 탕 쳤다.

"계단을 또 올라가야 하다니 도저히 못 믿겠구먼. 아래층 방을 내가 쓰면 안 되냐?"

아빠는 일층에 있는 침실로 느릿느릿 걸었다.

"안 돼요. 크리스틴과 쿠퍼가 오늘 밤에 그 방에서 잘 거예요. 그리고 내일은 다른 사람이 예약돼 있어요."

쿠퍼는 내 두 살짜리 대자(성세·견진 성사를 받을 때 신친 관계를 맺은 피후견인 남자)였다. 쿠퍼의 부모는 아이가 태어나기 전부터 나에게 대모 역할을 해달라고 부탁했다. 우리가 말하는 대모는 종교적인 의미와 전혀 상관이 없었다. 그저 쿠퍼의 엄마인 크리스틴은 경험을 받아들이고, 호기심을 갖고, 삶을 풍성하게 하는 선택을 할 줄 아는 아이로 자라도록 쿠퍼를 이끌어달라고 했다.

크리스틴은 내 결혼기념일에 진통을 시작해 허드슨 리치 밸리에서 쿠퍼를 낳았다. 우리 집과 쿠퍼의 집을 오가는 직선 항로가 없어서 빙 돌아가야 하기 때문에 쿠퍼를 거의 보지 못했다. 갓난아기에서 천사 같은 아이로 자라는 모습을 온라인에서 사진으로 지켜볼 수밖에 없었다.

내가 항상 크리스틴의 꿈을 응원했기 때문에 그녀는 내가 쿠퍼의 대모가 될 수 있다고 믿었는지도 모르겠다. 우리는 같은 연극에 출연하면서 만났다. 크리스틴은 나보다 몇 살 어렸지만 그녀가 뉴욕으로 이사 간 뒤에도 무너지지 않을 만큼 탄탄한 우정을 쌓았다. 배역을 맡기가 하늘의 별 따기만큼 어렵다는 사실을 알면서도 나는 크리스틴에게 포기하지 말고 원하는 꿈을 추구하라고 말했다.

크리스틴은 연출가 리처드 포먼Richard Foreman의 환각적인 연극에 출연했다가 한 남자를 만났다. 그리고 그와 결혼했다. 크리스틴이 그에 대해서 처음 말했을 때 나는 소리쳤다.

"다른 건 다 잊어버려. 그 남자랑 만나. 네 천생연분이야."

그는 그녀를 숭배했고 그녀의 연약한 정신력을 키워주었으며 그녀를 위해 싸웠다.

크리스틴은 나체즈 길 중 일부분을 쿠퍼를 데리고 나와 걷고 싶어 했다. 그녀가 메시지를 보내자마자 나는 커다란 기쁨과 극심한 공포 사이에서 오락가락했다. 호기심 많은 유아를 데리고 연방 고속도로를 이리저리 누빈다고? 난간은커녕 다가오는 자동차를 막아줄 보호막 하나 없는 도로를? 나는 타블로이드 신문 기사를 상상했다가 움찔 놀랐다.

대모가 유아를 위험에 빠뜨린 사건으로 감옥에 갇혔다. 그녀는 술에 취한 상태였나?

나는 크리스틴과 쿠퍼를 기다리는 동안 지난 여정을 되돌아봤다. 한 달 동안 거쳐간 열두 개의 침대. 친구가 된 열두 명의 낯선 사람들. 열두 종류의 접대 방식.

열두 번 곱하기 열두 번 곱하기 열두 번……. 나는 퀼트 이불이 깔린 침대로 스르르 무너져 숫자를 셈하며 시간을 보냈다. 이 길에서 내가 아빠에게 어떤 경험을 안겨줬는지 감히 상상이 안 됐다. 아빠는 리모컨을 들고 한 채널을 한동안 보다가 마구잡이로 채널을 돌리다가 하는 과정을 되풀이하고 있었다.

"이 모험을 계속 함께해줘서 고마워요, 아빠."

나는 속삭였다.

"내가 나를, 아빠를, 메리웨더 루이스를 이해할 수 있게 도와줘서 고마워요."

아빠의 목소리가 계단을 타고 올라왔다.

"안드라! 아까 플라이 씨한테 책을 한 권 팔았다. 가서 그 책에 사인해라."

"아빠."

나는 얼룩투성이의 셔츠를 들고 계단으로 달려갔다.

"이제 가서 옷을 갈아입어야지. 지금 당장 널 거기로 데리고 갈 거야. 넌 책에 사인을 할 거고."

"그렇지만 아빠, 나는 완전히 지쳤고……."

아빠가 한 손을 치켜들었다.

"누가 할 소리인데. 나야말로 완전히 지쳤다."

아빠가 가슴을 두드렸다.

"바로 여기가. 자, 서둘러."

나는 열세 살짜리처럼 쿵쾅거리며 계단을 내려갔다. 밖으로 나가서 조수석에 몸을 내던졌다.

"지금 가야 하는 이유를 모르겠어요."

"왜냐하면, 가겠다고 약속했거든. 이제 조용히 해라, 안드라. 안전띠 매야지."

아빠는 차를 몰고 좁은 문을 지나갔다.

"사람들을 실망시키면 유명한 작가가 못 돼. 책에 사인하는 것에 너무 게으르면 유명한 작가가 못 된다고. 네가 내키지 않을 때라도 사람들을 위해 시간을 내야 해. 네가 유명해지면 그때부터 진짜 유명해지기 시작하는 거야. 네 늙은 아빠가 사람들을 대하는 방식을 딸한테 제대로 가르치지 않았다는 소리를 아무한테도 듣기 싫다."

"나는 유명해지지 않을 거예요, 아빠. 게다가 사람들은 더 이상 사인에 신경 쓰지 않아요."

"그게 중요한 게 아니야. 사람들을 제대로 대해야 해. 그들이 네 세상의 전부인 것처럼 대해야 한다고. 그렇게 하면 책이 팔릴 거야. 사람들은 네가 자신들에게 어떻게 했는지 기억할 테니까. 그러니까 널 잊어버릴 수가 없지."

"아빠, 난……."

그러나 아빠는 돌연 주제를 바꿨다.

"내가 성경책 판매원일 때 사우스조지아에서 농부를 만난 얘기를 했던가?"

나는 아빠의 팔을 토닥거렸다.

"다시 해주시지 그래요, 아빠?"

348

기적은 삶을 재미있게 만든단다

나는 책을 잘 팔았다. 이유는 간단했다. 안 산다는 말에 물러서지 않았기 때문이다. 내슈빌의 남서부 사람들에게 배운 교훈이었다. 대학에 다닐 때 그 교훈을 이용해서 3년 동안 여름이 되면 집집마다 돌아다니며 성경과 다른 책들을 팔았다.

하지만 실적이 제일 좋을 때조차 판매왕을 이기지 못했다. 그 남자는 말더듬이였다. 그는 무조건 문을 두드렸고 집에서 나온 사람이 성경을 사지 않겠다고 하면 이렇게 말했다.

"이 채채채채채책을 제가 이이이이이읽어드리면 안 되되되되되될까요?"

대부분의 사람들은 그를 치워버리려고 책을 샀다. 나는 그의 기술에서 많이 배웠다.

내가 사우스조지아에 갔을 때가 생각이 난다.

그늘에서도 기온이 43도를 웃돌았다. 나는 차를 몰고 시골길을 돌아다니며 손님을 찾고 있었다. 그러다 노새들을 몰고 가고 있는 농부 옆에 차를 세우고 내려 그 사람의 먼지투성이 밭까지 같이 걸었다.

그는 나를 만난 걸 달가워하지 않았다. 내가 성경을 사라고 말하기도 전에 신을 모독하는 말을 해댔다. 내게 사정없이 욕을 퍼부었고 성경을 내 엉덩이에 꽂아버리겠다고 말했다.

나는 어떻게든 끼어들어 말하려고 했지만 도무지 틈을 안 줬다. 내가 차에 탈 때까지 계속 나한테 욕을 내뱉었다.

흠, 당시 나는 일주일치 판매 할당액을 채우지 못했고 어떻게 해야 할지 몰랐다. 길가에 있는 마지막 집이 보였다. 집에 누군가 있을지 모른다고 생각하며 차를 세웠다.

문을 두드리니 백발의 여인이 나왔다. 그녀의 주변에는 셀 수도 없이 많은 아이들이 있었다. 그녀는 남편이 집에 없다고 말했지만 내가 설명을 늘어놓으며 성경을 보여주는 동안 가만히 듣고 있었다. 내가 말을 마치자 그녀가 빙그레 웃었다.

"여기서 기다리세요."

그녀는 50달러를 가지고 돌아왔다. 일주일치 판매 할당액이었다.

"아무 책이나 이 금액만큼 살게요."

사람들은 책을 팔려면 기적이 필요하다고 말한다. 그 말이 사실일지도 모르겠다.

내 딸은 기적의 도움을 받고 있다. 나는 나체즈 길을 함께 걸으며 그것을 여러 번 목격했다.

못해서 한이 될 일은
만들지 않는 것이 좋다

"아빠, 애 좀 꼬집지 마세요. 왜 만날 꼬집으세요?"

쿠퍼가 꼼지락거리며 아빠를 피해 침실로 달려갔다. 묵직해진 기저귀가 통통한 다리를 철썩철썩 쳤다.

"기저귀 갈까, 쿠퍼?"

쿠퍼가 바닥에 철퍼덕 주저앉자 기저귀 속 내용물이 뭉개졌다. 나는 대모의 특권을 행사했다.

"좋아. 네 엄마한테 하라고 하자."

나는 냄새 나는 기저귀를 손으로 만지작거리는 쿠퍼를 뒤로 하고 나왔다. 엄마는 부엌에서 조리대를 닦고 있었다. 아빠는 텔레비전 앞에서 잠들어 있었다. 눈알이 흔들릴 정도로 텔레비전 소리가 요란했다.

기차가 그려진 옷으로 갈아입은 쿠퍼는 우리들 사이를 씩씩하게 기어다녔다. 쿠퍼는 내가 가느다란 금발을 쓰다듬는 사이에 아빠를 향해서 방귀를 뿡 뀌었다. 두 사람을 보고 있자니 삶을 시작하는 아이와 마무리하는 노인의 차이가 극명하게 보였다. 나는 엄마를 꼬옥 끌어안았다.

"난 엄마랑 아빠를 잃기 싫어요. 바보 같은 소리인 줄 알아요. 그 순간을 피할 수 없겠죠. 하지만 언젠가 엄마랑 아빠가 떠나신다고 생각하면……."

"네 덕에 아빠가 30년은 젊어졌어."

나는 도보 여행을 끝내고 싶지 않았다. 이 여행에서 우리 삶에 중요한 일들이 많이 일어났기 때문이다.

나는 마지막 24킬로미터를 걷게 될 아침 풍경을 빤히 응시했다. 이제 더 이상 뻣뻣한 몸으로 고생할 필요가 없고 이른 아침에 자명종 소리에 깰 필요도 없다. 다섯 시간의 평화와 고통도 없다. 아빠와 함께하는 내 모험의 마지막 밤도 지나갔다. 우리는 다음 날 아침에 마지막 시골식 아침밥을 먹고 차에 짐을 실으리라.

쿠퍼가 손가락을 잡아당겨서 나는 아이를 다리 위로 끌어올렸다.

"코끼리 보러 갈까?"

공작새들은 숙소 앞 도로에서 날개를 펼친 채 한껏 멋을 부리고 있었다.

"쟤네들은 코끼리가 아니…… 아, 안 돼, 기다려."

나는 쿠퍼를 끌어당겨 귀에 입을 맞췄다.

"코끼리를 네 마음껏 볼 수 있는 곳에 갈 거야."

나는 거실을 향해 소리쳤다.

"아빠! 준비하세요. 10시까지는 도로에 도착해야 해요."

아빠의 배가 파자마 상의 아래로 절반쯤 드러나 있었다. 아빠는 양손으로 가죽 소파를 움켜쥐었다. 아빠도 시간을 멈추고 싶은 모양이었다.

아빠가 발을 질질 끌며 위층으로 올라갔다. 힘겹게 한 걸음한 걸음 내디딜 때마다 내 가슴이 아려왔다.

"아빠, 도와드릴까요?"

"아니다. 난……."

계단에서 발이 미끄러지자 아빠가 씩씩거리며 말했다.

"난 괜찮아."

엄마가 나와 걷기로 한 크리스틴과 쿠퍼를 내려줄 때 아빠는 늘 앉는 자리를 차지하고 있었다. 고속도로를 달려가는 머큐리 그랜드 마퀴스를 보니 오른쪽으로 기울어 있었다.

"언니 부모님이 정말 좋아요."

크리스틴은 내가 아기를 넣어 등에 매는 배낭에 쿠퍼를 앉히는 동안 기다리며 말했다.

"쿠퍼도 좋아해요. 언니 어머니가 쿠퍼에게 그 얘기를 해주셨어요."

"무슨 얘기?"

"아주 작은 여자에 대한 얘기요."

"어, 그래. 어릴 때 들은 기억이 나네."

"어머니가 높은 목소리로 얘기하니까 쿠퍼가 계속 깔깔거리더라고요. 웃고 또 웃고."

"나도 항상 그랬어."

크리스틴은 초콜릿색 머리카락을 귀 뒤로 넘겼다.

"두 분은 우리 쿠퍼에게 또 다른 할머니 할아버지가 돼주실 거예요."

나는 1812년 전쟁 기념비에서 쿠퍼와 크리스틴과 헤어져 마지막 남은 16킬로미터를 혼자 걷기 시작했다.

지나가는 차를 볼 때마다 손을 흔들었다. 봄 햇살이 반짝이는 크리스마스 전구처럼 나체즈 길을 환하게 비췄다. 나무와 수풀의 갈색 빛이 흔적도 없이 사라지고 푸른 잎이 우거져 있었다. 벌들이 꿀에 취해 내 머리 위를 윙윙 날아다녔다.

나는 다리로 다가가면서 뒤에 카트를 단 채 홀로 서 있는 자전거 한 대를 찍으려고 아이폰을 빼들었다. 자전거로 여행하는 사람들은 나와 같은 거리를 일주일 만에 완주했다. 올해는 겨울이 길어서 걷는 동안 그들을 마주칠 기회가 별로 없었다.

아무래도 자전거 주인은 자연 화장실에서 볼일을 보러 아래로 내려간 듯했다. 나체즈 길을 걸으면서 다리 밑 탐험이 현명하지 않다는 걸 체득했다. 나는 같은 이유로 고속도로를 에워싸고 있는 나무 밑도 피했다. 누구나 남의 눈에 띄지 않는 공간에서 용변을 볼 자격이 있었다.

발걸음을 옮기려는데 숲에서 한 남자가 머리 위로 양팔을 들고 쏜살같이 달려나왔다.

"난 메리웨더 루이스 유령이다."

그가 굵고 단조로운 어조로 말했고 나는 얼어붙었다. 유령이 점점 다가왔다. 그는 내 자리에서 60센티미터 정도 떨어진 곳까지 오자 한 손을 등 뒤에서 휙 움직여 내 소설을 내밀었다.

"메리웨더 루이스 유령이 자신의 책에 사인을 받고 싶어 하나이다."

나는 보송보송한 흰 수염을, 햇볕에 심하게 탄 피부를, 몸에 딱 붙는 사이클용 옷을 바라봤다.

"어르신 자전거예요?"

그는 헬멧을 끌러 벗고 머리를 북북 긁었다.

"젠장. 숲에 숨어 있다가 메리웨더 루이스 유령인 체해서 겁을 주기로 당신 아버지한테 약속했는데. 겁먹지 않았다는 말은 아버지한테 하지 말아요."

"아, 겁먹었어요. 어르신은 그동안 제가 메리웨더 루이스의 유령을 만난 적이 얼마나 많은지 상상도 못 하실 거예요."

나는 캐멀백에 담긴 물을 한 모금 빨았다.

"안드라예요."

"톰이오. 일흔다섯 번째 생일을 기념해서 이 길을 달리는 중이라오."

"나체즈까지 완주하실 거예요?"

그는 나에게 펜을 건네고 내가 책 안에 이름을 휘갈겨 쓰는 동안 기다렸다.

"그래요. 장거리 자전거 여행이 인생에서 중요한 시점의 생일을 맞이하기에 제격이라고 생각했소. 내 나이가 되면 언제가 마지막 날이 될지 모르는 법이라우."

"네. 나체즈에 도착하시면 꼭 에텔 양 집에 묵으세요."

"아, 당신 아버지가 에텔 양에 대해 벌써 다 말해줬소. 이 정신 나간 모험을 끝내기에 완벽한 곳인 것 같더구먼."

"혹은 또 다른 모험을 시작하기에도요. 에텔 양이 기력을 완전히 회복시켜줄 거예요."

그는 내 소설을 가방에 넣고 악수를 청했다.

"야영하면서 당신 책을 읽을 순간을 기대하고 있소이다."

나는 그의 손바닥을 오랫동안 꽉 움켜쥐었다.

"뭘 하시든, 올해 삶에서 가장 즐거운 순간들을 맞이하시길 바랄게요."

"고맙소. 내가 당신을 너무 겁먹게 한 게 아니었으면 좋겠군."

내가 괜찮다고 말하기도 전에 그는 헬멧을 쓰고 사라졌다. 나는 하늘과 맞닿은 그의 뒷모습을 바라보며 끽끽거리는 자전거 페달 소리에 귀를 기울였다.

숲 속에서 지저귀는 새소리가 울려퍼졌다.

나는 초점 없는 멍한 눈으로 나체즈 길에서 얼마나 많은 유령들을 만났는지 생각했다.

마지막 24킬로미터를 걷는 날이 너무 빨리 왔다. 그리고 내가 이 길을 걷기 시작한 첫날과 마찬가지로 전 세계 독자들이 보낸 메시지로 전화기에 불이 났다.

해낼 줄 알았어요.

정말 대단해요.

거의 다 끝났어요! 내일이 그날이에요!

꼭 그 순간을 즐기세요.

그동안 거쳐온 마일 이정표들이 하나하나 눈앞을 스쳐 지나갔다. 내 감각으로 세상을 기록하고 싶어서 아이폰을 주머니에 넣었다. 갓 벤 풀과 거름 냄새. 비탈길의 미미한 변화. 철새들. 나무에 솟아난 분홍 새싹. 이 소리와 냄새를 더 이상 맡지 못하겠지. 입술을 핥으니 짭짤한 맛이 났다. 나는 숫자가 써진 이정표들을 가만히 어루만졌다.

삶의 기쁨이 넘쳐흘렀다.

차에 올라타 다리를 쭉 펴는 동안, 매일 명상의 시간이었던 걷기가 끝났음을 아쉬워하지 않았다. 창에 비친 도로는 한 폭의 수채화 같았다. 그래, 아직 끝나지 않았다. 삶의 한 단계 한 단계가 끝날 때마다 여전히 아빠와 추억을 만들 수 있다. 부모님과 함께 시간을 보낼 계획을 짜서 실행하면 된다. 굳이 5주 동안이나 떠나는 자동차 여행이 아니어도 될 것이다. 한 시간 동안 긴 산책을 하는 것만으로도 새로운 경험이 쌓이리라. 아니면 주말 여행을 해도 좋으리라. 분주하면서도 단조로운 삶에 추억을 하나씩 덧붙이게 될 것이다.

몇 시간 뒤, 나는 나체즈 길에서의 마지막 밤을 준비했다. 아빠는 포드 모델 A의 크롬 그릴을 손가락으로 쓰다듬으며 큰소리로 감탄했다.

"대단한 차네."

그 차는 결혼 50주년을 기념해 나체즈 길을 여행하는 부부의 것이었다. 나는 아빠가 그들에게 책을 파는 동안 옆에서 사진을 찍었다.

안으로 들어가기 전에 부인이 녹색 이파리를 내 손에 슬쩍 쥐어줬다.

"네 잎 클로버네요."

나는 놀라 숨을 훅 들이마시고 솜털이 보송보송한 이파리를 어루만졌다.

"이 귀한걸. 받을 수 없어요."

"난 항상 네잎 클로버를 발견한답니다."

그녀가 빙그레 웃었다.

"50년 동안 결혼생활을 유지한 비결이 뭐겠어요?"

그녀와 남편은 전날 밤에 크리스틴과 쿠퍼가 묵었던 침실로 들어가 문을 닫았다. 아빠가 텔레비전 앞에 앉아 있는 사이에 나는 마지막으로 욕조에 몸을 푹 담그려고 간신히 다리를 움직여 위층으로 올라갔다.

더할 나위 없는 기쁨에 차 노래를 흥얼거렸다. 드디어 해냈다. 그러나 미처 깨닫지 못했지만 따져보면 나는 실패자였다. 애초에 나는 도보 여행이 신문에 대서특필되며 마무리되기를 원하지 않았던가.

신예 소설가, 베스트셀러로 향한 길을 걷다!

다음 날 팔릴 책까지 합하면 오백 권을 팔고 도보 여행을 마무리하게 될 터였다. 1.6킬로미터당 한 권이 조금 넘는 책이 팔렸다.

그래도 나는 신경 쓰지 않았다. 내 마음은 5주 동안 부모님과 함께한 시간, 아무도 지울 수 없는 추억으로 밝게 빛났다. 한 시간 한 시간이 지나 하루가 되고 하루하루가 지나 일주일이 되는 과정의 모든 순간에 기쁨에 대한 교훈이 담겨 있었다. 나는 부모님의 관 앞에 서서 "우리가 그걸 같이 못 한 게 한이 돼요"라는 말을 중얼거릴 일이 없게 하겠다고 다짐했다.

뒤늦은 후회는 아무 소용없다. 못해서 한이 될 일을 당장 실행에 옮겨야 한다. 그렇게 되면 삶에 구멍이 사라지고 빛을 발한다. 속에 담아둔 소원을 끄집어내 이루며 후회 없이 사는 게 진정한 삶이다.

삶은 포기를 모르는 사람의 것

"마지막 구간에는 언덕이 많을 거다."

아빠가 창문에 얼굴을 대고 소리치는 동안 엄마는 435마일 이정표에서 멀어지는 내 모습을 아이폰으로 찍었다. 내가 나체즈 길을 걷는 마지막 날이었다.

"14킬로미터 남았어요. 끝에서 봬요."

엄마가 내 손에 아이폰을 쥐어줬다.

"오늘은 계속 너랑 같이 있을 거야. 저기, 너한테 우리가 필요할 경우에 대비해서."

나는 목구멍에 치솟는 울화통을 삼키며 엄마가 내 얼굴을 보기 전에 얼른 몸을 돌렸다.

"알았어요."

하늘이 비가 올 징조를 보였다. 고속도로를 따라 걸으며 하늘

저편에 퍼지는 보랏빛을 한 눈으로 살폈다. 천둥소리 사이로 전화벨 소리가 울렸다.

"안드라 왓킨스 씨와 통화할 수 있을까요?"

한숨이 나왔다.

"전데요."

남자의 목소리가 계속 이어졌다.

"여기는 내슈빌의 뉴스 채널 4입니다. 당신을 인터뷰하러 갈 예정인데 1시쯤 도착할 것 같아요. 이 날씨에 그 시간까지 걸을 수 있겠어요?"

나는 귀에서 전화기를 떼고 시간을 확인했다. 오전 11시였다. 흠, 두 시간에 14킬로미터라.

나는 소리 내어 웃었다.

"네, 어서 뵙고 싶네요."

"날씨가 좋아지면 당신을 바로 발견하게 되겠죠. 특별히 장소를 정해서 기다리지 않아도 됩니다. 우리가 알아서 찾을게요."

나는 전화를 끊고 꺄악 소리를 질렀다. 내가 내슈빌 TV에 나오게 생겼다.

아마도?

내 안에서 아드레날린이 솟구쳤다. 연극 무대에 등장할 순간을 기다릴 때마다 싸워야 했던 긴장감과 토할 것 같은 느낌이 되살아났다.

막 걸음을 내디디려는 참에 다시 전화가 울렸다.

"안드라 왓킨스입니다."

재잘거리는 여자의 목소리가 들렸다.

"안녕하세요. 저는 「더 테네시언The Tennessean」의 알렉스예요. 오늘 끝내실 때 그곳에 가려고 해요. 몇 시쯤이면 될까요?"

"2시요."

나는 머릿속으로 계산을 하기도 전에 불쑥 말해버렸다. 정신 없이 시간을 말해놓고 만사가 잘 풀리기를 바랐다.

또다시 전화가 울렸다.

"여보세요?"

"안드라. 마이클이야."

남편은 파르나소스북스 서점에서 열리는 행사에 필요한 물건을 챙기려고 내슈빌에 가는 길이었다. 그 행사는 내가 작가로서 처음으로 나가는 공식적인 자리였다.

"있잖아, 너무 많은 일이 벌어지고 있어. TV 방송국에서 취재하러 온대. 그리고…… 당신 일정을 조정해야 되겠는데."

"왜?"

"나체즈 길 끝에서 게이트를 지나가는데 마지막 이정표가 제442마일 이정표였어."

"뭐라고? 어떻게 그럴 수 있지?"

나는 구겨진 나체즈 길 지도를 끄집어내 설명을 읽었다.

'북쪽 종점, 444마일(714킬로미터) 이정표는 테네시주 내슈빌 근처다.'

파크웨이 지도의 정보가 거짓이었어?

"지도엔 444마일이라고 돼 있단 말이야."

"알아. 나도 지도를 샅샅이 뒤졌고 확인하려고 차를 몰고 가봤어. 거기 멈춰서 사람들에게 물어보기까지 했어."

"그래서?"

"제442마일 이정표가 종착지래."

비가 얼굴로 후두둑 떨어졌다. 주변 공기가 거대한 물풍선 같았고, 나체즈 길의 영혼들이 그 물풍선을 나한테 던지려고 주변을 맴도는 듯했다.

"그럼, 9킬로미터를 남은 세 시간 동안 걸어야 되는 건가?"

"그냥 아무 때나 종착지에 도착하는 대로 끝내, 안드라. 시간을 맞출 필요는 없어."

"맞춰야 해. 1시에 TV 방송국 사람과 만나고 2시에 신문사 사람을 만나기로 약속했어."

내 목소리가 높게 떨렸다. 갑작스레 불안감이 밀려들었다. 5주 동안 정해진 일정 하나 없다가, 막판에 와서 약속 두 개가 나를 예전의 조급한 모습으로 돌려놓을 판이었다. 빗방울 하나가 코에 떨어졌다. 나는 눈을 감고 지켜봤다. 빗방울이 초록색 재킷을 따라 잽싸게 흘러내리다가 사라졌다.

곱슬거리는 금발의 여자아이가 내 머릿속에서 노크를 했다. 내 소설의 주인공이었다. 나는 1년 이상 그 아이와 함께 지내며 그 아이의 이야기를 썼다. 아이는 법정에서 코에 흘러내리는 땀 방울을 달고 처음 등장했다. 이제 내 이야기를 빗물이 가득한 코로 끝내게 생겼다. 나는 얼굴을 닦으며 웃었다.

"뭐가 웃긴데?"

"아, 아무것도 아냐. 계속 이 날이 끝나지 않기를 바랐어. 이젠 서두르지 않아도 될 핑계가 생겼네."

"날씨는 어떻게 하고?"

"난 어떤 날씨 속에서도 걸을 수 있어."

전화를 끊고 고속도로를 따라 모퉁이를 돌았다. 출구가 계곡 바닥을 향해 구불구불 이어져 있었다. 레이퍼스 포크였다. 2년 전, 마이클과 나는 레이퍼스 포크에서 처음으로 파크웨이로 진입했다.

한 시간 후, 438마일 이정표 근처의 다리에 올라섰다. 버드송 할로우 다리였다. 가장자리에 서서 아래를 내려다봤다. 잔디와 고속도로가 한데 섞여 빙글빙글 돌았다. 다리와 땅 사이에 무한히 넓은 구멍이 입을 쫙 벌리고 있었다. 다리를 건널 수 있을지 자신이 없었다. 다리 난간이 내 허리에도 못 미칠 만큼 낮았다. 나는 다리의 남쪽 끄트머리에서 머뭇거리며 몇 걸음을 걸었다. 현기증이 나 하늘과 나무와 아스팔트가 뒤섞였다. 구역질이 났다. 손가락 관절이 두꺼운 종이에 쓸렸다. 종이 상자였다. 나는 양손으로 상자를 움켜쥐고, 휘청거리는 발 때문에 떨어진 사기를 북돋으려고 거기에 써진 '타이어 펑크 수리'라는 글자에 집중했다.

"자전거도 구하셨잖아요. 내 목숨도 구해주세요."

나는 상자를 바닥에 던지고 사진을 한 장 찍었다. 이어서 몇 장을 더 찍고 나서 아래를 다시 내려다봤다. 여전히 아찔했다. 눈을 정면으로 향했을 때 건너편에 홀로 선 사람이 보였다.

엄마였다. 나는 엄마에게서 시선을 떼지 않았다. 눈싸움을 한다고 생각하고 가면 되리라. 눈싸움을 할 때는 밑을 내려다보지 말아야 하니까.

나는 마침내 다리의 북쪽 끄트머리를 비틀거리며 지나가다가 최고로 기분이 좋은 아빠를 발견했다. 나체즈 길에서 마지막이 될 판매를 하는 중이었다. 상대는 오토바이 운전자였고 장소는 간선도로 대피소였다. 아빠는 한 명의 사람과 주차장이라는 조건만 갖춰지면 언제 어디서라도 바로 판매 공격을 개시했다.

남자의 얼굴 바로 앞에 내 책을 흔들어대며 말했다.

"그 애가 이 책을 썼답니다. 자, 보여요?"

나는 그쪽으로 다가가 악수를 청했다.

"안녕하세요. 안드라예요. 나체즈 길 전체를 혼자 완주하시는 중이세요?"

"에이, 난 그냥 드라이브를 즐기려고 나왔어요. 당신이 이 길 전체를 다 걷는 것하고는 상대도 못 되죠. 여기 계신 당신 아버지가 다 말해주셨어요."

"당신의 오토바이에 대해 들려주세요."

나는 오토바이를 타는 이야기에 귀를 기울였다. 베트남과 삶에 대한 이야기에도 귀를 기울였다.

"책 한 권 살게요."

그는 검은색 새철백의 지퍼를 열고 공간을 만들었다.

나도 책을 팔 실력이 있는 모양이었다.

나는 아빠와 하이파이브를 하면서 우리가 한 팀임을 깨달았다. 아빠는 다시 홍보전에 열을 올렸고 나는 판매를 마무리했다. 아빠가 없었다면 내가 작가로 어떻게 살아남았을까?

한 달 넘게 내 집이 돼준 도로에서 빈둥거리며 아빠의 대한 생각에 빠져들었다. 세 겹으로 접힌 턱을 출렁거리며 웃는 모습, 독특한 억양, 보청기를 꺼놓는 버릇.

나는 TV 방송국 승합차를 향해 손을 흔들었다. 그들은 나를 촬영할 테니 고속도로를 따라 걸으라고 했다. 몸을 벌떡 일으켰다. 그리고 그들을 두고 마지막 내리막길을 찾아갔다. 내슈빌로 이어지는 구불구불한 길이었다.

나는 뒤꿈치를 보도에 파묻고 시간을 멈추고 싶었다. 도보 여행을 시작할 때만 해도 부모님과 있는 매 순간이 두려웠다. 도

대체 언제 우리의 관계가 괴로움에서 환희로 바뀌었을까?

"부인, 괜찮으신가요?"

흰색 SUV에 탄 남자가 물었다. 자전거 핸들 모양의 콧수염에 가려 입이 거의 보이지 않았다. 나는 자동차 옆에 붙은 로고를 바라봤다. 연방 관리원. 미시시피주 잭슨을 지난 이후로 처음 만나는 공원 관리원이었다.

"그럼요. 나체즈 길을 걷고 있어요. 오늘이 마지막 날이에요."

"나체즈에서부터 쭉 걸으셨나요?"

그는 창문틈 사이로 상체를 구부려 미국 정부의 상징을 손가락으로 쓸었다.

"네. 3월 1일에 시작했어요."

나는 숨을 참고 기다렸다. 잭슨 남쪽의 공원 관리원들은 회의적인 시선으로 나를 맞이했다. 한 관리원은 도보 여행을 하려다가 결국 90마일 이정표에서 녹초가 되고 만 부부의 이야기로 나를 즐겁게 했다. 그의 어조에는 "그런데 그 사람들은 당신보다 훨씬 체격이 좋았어요"라는 분위기가 뚝뚝 흘렀다.

내가 성공할 수도 있다고 인정한 첫 번째 연방 공무원은 222마일 이정표에서 만난 공사 감독관이었다. 그 이후로는 아무도 만나지 못했다.

관리원은 차 문을 두드렸다.

"우리는 몇 주 동안 당신에 대해서 얘기했어요! 관리 담당 직원들이며 뭐며 죄다 감축됐답니다. 아시겠지만 예산 삭감 때문에요. 그런데 다들 돈도 못 받으면서 추가로 뛰고 있어요. 순전히 당신을 위해서요. '우리 아가씨가 괜찮은지 확인해봐야겠어!' 날마다 다들 개인 시간에 당신 뒤를 따라다녔어요."

"정말요?"

나는 간선도로 대피소에서 우연히 만난 미화원들, 쓰러진 나무와 잔해를 치우고 있던 삼림 관리원들, 나를 지나치면서 경적을 울리던 수많은 트럭들을 떠올렸다. 나와 이야기를 나눌 때 그들은 자금 지원이 끊긴 상황에서 최선을 다해 맡은 일을 하고 있다고 말했다. 사람들의 기억에서 지워진 장소를 보존하려 노력하고 있다고.

나는 형편없이 낮은 봉급을 받고 세상의 인정도 얻지 못하는 사람들이 자기 시간과 돈을 들여 나를 안전하게 지켜주려고, 내가 끝까지 걸을 수 있도록 길을 열어주려고 노력했다는 깨달음에 솟구치는 눈물을 참으려고 눈을 깜박거렸다.

"다들 날 따라다녔다고요?"

"네, 당신을 만나게 돼서 정말 기쁩니다. 게다가 오늘이 끝나는 날이잖아요."

나는 여전히 어쩔 줄 몰라 하며 고개를 끄덕였다.

"네. 1.6킬로미터 정도 남았어요."

"우와, 행운을 빌게요. 우리 모두 당신을 응원할 겁니다. 앞으로 당신이 어디를 가든지요."

그가 탄 차의 미등이 빗속으로 희미하게 사라지는 모습을 보며 나는 속삭였다.

"내가 어디를 가든지."

나는 짧은 다리를 지나 나무 울타리를 따라 442마일 이정표를 향해 걸었다. 나체즈 트레이스 파크웨이의 공식적인 종착점.

하지만 나는 새로운 시작을 발견했다.

혼자 걸을 때보다 같이 걸어야
더 즐거운 길이 있다

나체즈 길의 끝인 442마일 이정표에 발을 올릴 때 어떤 기분일 거라고 예상했더라? 나는 마이클과 부모님을 보게 될 줄 알았다.「더 테네시언」에서 나온 기자도.

그러나 내 친구 신디 두레이가 사우스캐롤라이나에서 12시간이나 차를 몰고 오리라고는 생각지도 못 했다. 여든아홉 살인 어머니를 데려오려고 에이컨까지 들렀다 올 줄도 몰랐다. 차에서 내슈빌에 사는 딸 케이티에게 전화를 해 "방금 할머니를 태웠어. 이제 널 데리러 갈 거야. 그리고 안드라를 만나러 가자. 진짜 즐거운 여행이 될 거야"라고 말한 것도 몰랐다.

나는 종착점에서 내 도보 여행의 최고 선물을 경험했다. 신디를 끌어안으면서 내 여정이 다른 사람을 모험하도록 자극했다는 사실을 알게 됐다. 신디는 굳이 5주가 필요하지 않다는 걸 알았다. 그녀가 사랑하는 사람들과 마음에서 우러나오는 뭔가를 하는 데는 24시간이면 충분했다.

나는 카메라를 향해 미소를 지으며 더 많은 사람들이 신디를 따라 하면 어떤 일이 생길지 궁금했다. 몇 시간, 며칠, 혹은 일주일. 자신에게 중요한 사람들과 함께한 예상 밖의 여행에서 평생 남을 추억이 쌓이기도 한다.

미루다가는 정말로 늦어버린다. 추억을 쌓을 기회가 영영 사라진다.

모두가 내 주위로 모여드는 사이 몸에는 아무 느낌도 없었다. 5주 만에 처음으로 통증이 전혀 안 느껴졌다. 그저 몸이 멍했다.

하지만 머릿속은 여행을 통해 엄마와 아빠와 나에 대해 알게 된 새로운 사실로 활기차게 북적거렸다. 심장에는 기쁨이 넘쳐흘렀다. 전통적인 길인 올드 트레이스에서 벗어나 내 옆을 지켜준 유령들에게 고개를 끄덕여 인사했다.

나체즈 길의 마지막 11킬로미터는 새로운 도로였기 때문이다. 내슈빌 올드 트레이스 주변은 개발 열기에 휩싸여 있었다. 나는 뱃사공들에게 고개를 끄덕이면서 그들이 그곳에 있기를 원해서 왔다고 느꼈다.

거의 한 시간에 달하는 축하가 끝나자 사람들이 흩어졌고 내 곁에는 마이클과 엄마와 아빠가 있었다.

"3킬로미터 뒤에 있는 커다란 돌 표지판으로 돌아가서 사진을 몇 장 찍고 싶어요."

아직은 나체즈 길과 작별할 준비가 안 돼 있었다.

우리는 두 차에 나눠 타고 자욱한 안개 속 비가 내리는 길을 달렸다. 숲을 찬찬히 둘러보며 나체즈 길의 1만 년 역사연대표에서 중요한 순간들로 거슬러 올라갔다. 나는 활엽수와 나뭇잎과 은빛 하늘을 바라봤다. 그리고 얼마동안 눈을 감고 시간 여행을 했다.

711킬로미터를 걷는 동안 미국의 많은 주를 개척하기 위해 홀로 혹은 단체로 나체즈 길을 걸었던 셀 수 없이 많은 사람들을 기리려고 노력했다. 나는 쫓겨난 인디언의 목소리에 귀를 기울였다.

"우리가 뭘 해냈는지 보이는가?"

그들이 아주 오래된 언덕과 유골이 묻힌 곳에서 속삭였다. 퀘벡 지방의 프랑스어가 수많은 철새들의 날개 위에서 정복자의 스페인어와 뒤섞였다. 나는 알아들을 수 없는 소리, 예상치 못한 리듬을 들었다. 나는 마지막으로 오직 한 가지를 간청했다.

나체즈 길이 우리를 나체즈 길에 새겨주기를.

천년 후에 사람들이 이 길을 여행할 때 몇몇은 부모님과 나의 목소리를 듣게 될지 모른다. 낙엽과 새소리에서, 자기 발자국의 메아리 속에서, 산들바람을 타고 윙크하는 수선화가 핀 들판에서 말이다.

나는 엄마와 아빠 사이에 끼어 나체즈 트레이스 파크웨이 표지판 옆에 섰다. 두 사람에게 한쪽 팔씩 두르고 카메라를 향해 미소지을 때 한 가지 소망을 추가했다.

나는 우리 모험의 모든 요소를 아주 작은 것까지 다 기억하고 싶었다. 아빠의 웃음소리. 엄마가 내 이름을 말하는 방식. 나는 눈물을 흘리며 엄마와 아빠를 꼭 끌어안고 그들을 내 뇌 회로에 깊이 각인시켰다.

누군가 우리를 기억하는 한 우리는 영원히 사는 것이니까.

왜 아빠와 여행을 떠났냐고 묻는다면

초판 1쇄 인쇄 2017년 11월 13일
초판 1쇄 발행 2017년 11월 20일

지은이 안드라 왓킨스 | **옮긴이** 신승미 | **펴낸이** 김종길 | **펴낸곳** 글담출판사
책임편집 김진희 | **편집** 박성연, 이은지, 이경숙, 김진희, 임경단, 김보라, 안아람
디자인 정현주, 박경은, 이유진, 손지원 | **마케팅** 박용철, 임우열 | **홍보** 윤수연 | **관리** 김유리

출판등록 1998년 12월 30일 제2013-000314호
주소 (04043) 서울시 마포구 양화로12길 8-6(서교동) 대륭빌딩 4층
전화 (02)998-7030 | **팩스** (02)998-7924
블로그 blog.naver.com/geuldam4u
페이스북 www.facebook.com/geuldam4u
인스타그램 www.instagram.com/geuldam

ISBN 979-11-5935-023-8 (03840)
책값은 뒤표지에 있습니다.
잘못된 책은 교환해드립니다.

이 도서의 국립중앙도서관 출판시도서목록(CIP)은 e-CIP 홈페이지(www.nl.go.kr/ecip)와
국가자료공동목록시스템(www.nl.go.kr/kolisnet)에서 이용 가능합니다.
(CIP 제어번호 : 2017027824)

글담출판에서는 참신한 발상, 따뜻한 시선을 가진 기획 아이디어와 원고를 기다리고 있습니다.
원고는 글담출판 블로그와 이메일을 이용해 보내주세요. 여러분의 소중한 경험과 지식을 나누세요.
블로그 http://blog.naver.com/geuldam4u **이메일** geuldam4u@naver.com